地獄変

地獄變

あくたがわ りゅうのすけ

芥川龍之介

銀色快手 譯

目次

鼻子

說到禪智內供[1]的鼻子，池之尾一帶可說是無人不知，無人不曉。他的鼻子從上唇一直垂到下巴，足足有五、六寸那麼長。鼻尖和鼻根幾乎一般粗，要說形狀嘛，更是怪得出奇，宛如細長的臘腸，頹然地垂懸於臉孔中央的位置。

年過五十的內供，打從小沙彌起，內心一直深受鼻子的問題所苦。直至今日，升為內道場供奉的他，依舊擺脫不掉這鼻子帶給他的折磨。表面上，內供總是表現出一副蠻不在乎的模樣，這不僅是因為他覺得身為一個專心往生淨土的出家人，不該老是惦念著鼻子；另一方面，實在是他不願讓大家知道他為了鼻子的事成天憂心忡忡。也因此，每當茶餘飯後，內供盡可能避開一切有關鼻子的話題。

內供深為鼻子愁苦，原因有二。第一是鼻子太長，頗為不便。其次是用膳的時候，不能隨心所欲，倘使獨自吃飯，飯粒總會沾黏在他的鼻尖上。他總要吩咐徒兒隨侍在飯桌前，手持一寸長兩尺寬的木條，略微挑起鼻子，方能安心地飽餐一頓。這對於專事挑鼻子的徒兒以及內供本人來說，都是相當折騰人的。

有一回，一名小童子接替徒兒的工作，正當挑起鼻子的時候，想不到竟然打了個好大的噴嚏，結果內供的鼻子就泡在粥裡，這則趣聞喧騰一時，幾乎傳遍了整個京都！——然而，這絕不是內供為鼻子愁眉不展的主要原因，說實在的，傷了他老人家的自尊才是真正的原因。

池之尾的街坊鄰居之間，流傳著這樣的說法，幸好內供並非俗眾，否則就憑他的長鼻子，有哪個女人肯嫁給他。甚至還有人議論道，他正是因為長鼻子的緣故才出家的吧。內供對此不以為然，當了和尚之後，鼻子的煩惱卻從未少過。至於娶不娶得到老婆，這事兒確實是傷到他的自尊，心情也變得格外敏感脆弱。而他一心一意想挽回的是自己被損耗殆盡的顏面和自信心。

內供首先想到的是，如何讓長鼻子看起來比實際上來得短些。於是，趁著四下無人的時候，沒事就攬鏡左顧右盼，努力變換各種角度端詳鼻子，光這樣還不足以心安，他甚至用手托腮，或是撐著下巴，不厭其煩地對著鏡子揣摩。即使鼻子看起來顯得短了，他還是從未感到滿意過。有時，越是苦心積慮，鼻子反而顯得越長，好像存心跟他作對似的。這時候，內供便把鏡子收在匣中，大嘆一口氣，怏怏不樂地回到他的置經桌前，念他的觀音經。

1「內供」乃「內供奉」的簡稱，職掌宮殿內供奉之儀，舉行御齋會的時候擔任誦經師，祈禱天皇身體健康的高僧。

此外，內供還會不斷地留意別人的鼻子。池之尾寺院裡，常有僧眾講經說法。寺內的僧房櫛比鱗次，一間挨著一間，澡堂裡頭每天燒著熱水供僧眾滌浴。所以此地出入的僧侶甚多。內供總是很有耐心地端詳他們的臉。期盼從他們之中覓得一位和他同樣生著長鼻子的人，聊以寬慰。內供不看人，只看鼻子。因此藍布衫和白袍之流，難入他的法眼。更不用說那些戴著黃帽子、身穿赭黑色袈裟的方丈們，平日早已司空見慣，視若無睹實屬必然。——縱然發現有鷹勾鼻的，也找不到足以和內供匹敵的長鼻子。眾裡尋它千百度，仍遍尋不著，內供的心情不免感到鬱悶。內供與人交談時，之所以會下意識捏捏下垂的鼻子，也不管年紀這麼大把了，還在人前羞得面紅耳赤，一切皆因不平衡的心態作祟。

最後，內供甚至覺得，如果能在佛經及佛經以外的書籍裡，找到和自己有著相同鼻子的人物，或多或少內心也會感到些許安慰。然而，沒有一本經書寫到目連或是舍利弗的鼻子是長的，當然龍樹和馬鳴這兩位菩薩的鼻子也與常人無異。

又有一回，內供與人談起中國，聽說蜀漢的劉玄德長著一對長耳朵，不由得在心底暗想著：若換作是長鼻子，不知道能減輕自己內心多少的壓力啊。

像這樣，內供一邊努力尋找消極的解決方法，一邊積極地嘗試各種能夠使鼻子縮短的方法，不用說也能明白。

內供幾乎能用的方法全試過了。包括煎王瓜湯來喝。甚至把老鼠尿塗在鼻子上。無論是何種方法，鼻子依然以五、六寸的長度從嘴唇的上方垂落，絲毫沒有什麼變化。

那年秋天，上京為內供辦事的徒僧，從熟識的醫生那裡得知讓鼻子變短的妙方。這位名醫原本是從中國渡海來的，當時在長樂寺作佛堂裡的供奉僧[2]。

徒兒回來之後，內供一如往常裝作蠻不在乎的模樣，也不立刻去嘗試讓鼻子變短的妙方。反而用一派輕鬆的口氣，抱怨每頓飯還得勞煩徒兒，於心不忍。其實，他心裡多麼急切地巴望著哪位徒兒能主動勸說他去試試那個妙方。而徒兒未必不明白師父的用心良苦。與其說引起徒兒的反感，倒不如說由於內供的這番苦心，反倒使得徒兒更加強烈地同情師父的處境。於是就順著內供的心意，苦口婆心地勸誘他使用自己習得的方法。這時，內供總算笑顏逐開，順理成章聽從了徒兒的建議。

這治鼻妙方極其容易，只需先用熱水燙過鼻子，再讓人用腳在上面踩踏便成。

2 於寺內掌佛事之僧，或於佛前供花、點燈、捧香之職稱。

寺內澡堂每天都有沸騰的熱水。徒兒便立即前往澡堂，把連指頭也不敢伸進去的滾燙熱水舀入桶中，提到內供的面前。要是直接將鼻子泡進桶子，臉恐怕會有被蒸氣灼傷之虞。於是，徒兒想到了個好方法，把盛菜的木托盤中央挖了洞，蓋在提桶上，讓內供得以將鼻子鑽進窟窿伸入熱水中。說也奇怪，唯獨這鼻子浸在熱水裡，絲毫不覺得熱燙難受。過了一會兒，徒兒說：「該已燙夠了吧。」

內供苦笑了一下。因為他心想，光聽這句話，誰也沒料想指的竟然是鼻子。他的鼻子被蒸得搔癢難耐，倒像是給跳蚤叮咬了似的。

等到徒兒把內供的鼻子從木托盤的窟窿拔出來，忙不迭地用雙腳在那熱騰騰的鼻子上用力踩踏，內供側身躺臥著，把鼻子垂在地板上，眼見徒兒的腳在自己眼前上下晃動。徒兒臉上不時露出心疼的表情，看著他的光頭說：

「師父！會不會疼？醫生說要用力地踩，您一定很疼吧？」

內供很感激地搖著頭，本想表示並不覺得疼。但鼻子被腳踩著，脖子僵住，頭也搖不成，只能翻起眼珠子，打量徒兒腳板凍壞的裂痕，沒好氣地說道：「不疼。」

但老實說，鼻子正癢得難受，被徒兒這麼一踩，並不感到痛楚，反而無比舒坦快活。

踩上一會兒工夫，鼻頭開始冒出像小米粒狀的東西，像極了被拔光毛的小鳥被火薰烤一般，徒兒見此光景，便停住了腳，喃喃說道：

「說是要用鑷子把這拔掉呢！」

內供雖不悅地繃著臉，事到如今，也只能一聲不吭地任由徒兒處置。他當然明白徒兒也是出於一番好意。不過自個兒的鼻子被當作物品任人擺布，心裡總覺得不是滋味！那神情彷彿接受不信任的醫生施以手術的患者，遲疑地看著徒兒用鑷子從毛孔中鉗出多餘的脂肪。脂肪長約四分，如同鳥羽的羽管。

不久，處理完畢後，徒兒一臉如釋重負的表情說：

「再燙一回就行了。」

內供皺起八字眉，咬緊牙根，任憑徒兒處置。

果不其然，經過兩次薰蒸的過程，燙過的鼻子明顯縮短不少，同一般的鷹勾鼻差不了多少。內供一邊撫摸變短了的鼻子，一邊難為情地拿著徒兒遞給他的鏡子，仔細端詳鏡中的自己。

鼻子——原本垂到顎下的鼻子，令人難以置信地萎縮了，如今只懸在嘴唇上方苟延殘喘。上面滿是紅斑，大概是被踩踏時所留下的刮痕吧。如此一來，不會再有誰敢嘲笑我了吧。——鏡子裡面內供的臉，對著鏡子外面內供的臉，滿意地眨了眨眼睛。

可是，這天內供一整天心神不寧，他擔心自己的鼻子又會變長。因此，內供不論在誦經時、吃飯時，一有空就會下意識地伸手摸摸鼻尖。顯然是他過度擔心，鼻子仍舊好端端地懸掛在嘴唇上方，並沒有垂下來的跡象。睡了一覺，第二天早晨醒來，內供睜開眼睛，不由分說，頭一件事就是先摸摸自己的鼻子。鼻子依然是短的。他總算放心了，彷彿抄寫多年的《法華經》終於功德圓滿，前所未有的喜悅忽然間湧上心頭。

然而過了兩三天，內供發現了意外的事實。有位武士來到池尾寺辦事，他的臉上顯露出比以前更可笑的神情，連說話也不正經說，眼睛死盯著內供的鼻子瞧。尤有甚者，過去害得內供把鼻子浸泡在粥中的那位侍童，在講堂外與內供擦肩而過時，剛開始是低著頭強忍著笑意，後來大概是憋不住了，終於噗哧一聲大笑起來。內供向雜役徒僧交辦事情的時候，他們表面上畢恭畢敬地聽著，當內供一轉過身，便立刻咯嗤咯嗤笑了起來，這情形不止發生過一兩次。

對此，內供起初還以為是自己的相貌突然改變的緣故。照目前的情況看來，這解釋似乎還不夠充分。——當然，侍童和雜役徒僧之所以發笑肯定是有原因的。可是同樣在笑，跟過去長鼻子時候相比，情況似乎不太一樣。若是比起看慣的長鼻子，看不慣的短鼻子更為滑稽，那倒是無所謂。總覺得其中似乎另有隱情。

「從前他們可沒笑得這麼厲害啊。」

在經堂誦經時，內供偶爾會停頓下來，歪著禿腦袋想，如此喃喃自語。可愛的內供，每當這個時候，必定茫然若失地看著掛在旁邊的普賢菩薩像，回憶起四、五天前長鼻子的光景，心境上頗有「今朝落魄人，憶昔時榮景」的鬱悶之感。遺憾的是，內供資質愚鈍，還無法悟得此中真意。

——人有兩種互相矛盾的感情。當然人皆有惻隱之心，對旁人的不幸總會寄予同情，然而當事人設法擺脫不幸之後，卻又心有不甘，不知怎地讓人覺得悵然若失。說得誇張點，甚至會希望那個人再度陷入以往的不幸。於是乎，態度雖然消極，卻在不知不覺間，對那個人懷起敵意來。——內供儘管不明白箇中奧妙，但心頭依舊感到不舒坦，這無非是從池之尾僧侶和俗眾們的態度中，察覺到身為旁觀者的利己主義。

於是，內供的脾氣變得越來越糟，不管對象是誰，說不到兩句話，劈頭就指著對方惡聲咆哮。搞到最後，連為他治療鼻子的徒僧都在背地裡咒罵他：「內供會因為吝於傳法的罪過而遭報應的。」讓內供怒火中燒的尤其是那名淘氣的侍童。有一天，內供聽見外頭有狗狂吠不止，便若無其事走出屋外一探，只見侍童正揮舞著約二尺長的木棍，追逐一隻長毛又骨瘦如柴的狗。不只是在追逐，還一邊大聲叫嚷「別打牠的鼻子，嘿，別打牠的鼻子。」內供見狀，憤而從那侍童手中奪下木棍，狠狠地痛打侍童的臉。那木棍原來就是從前用來托高鼻子用的木條。

此時此刻，硬是把鼻子弄短的內供，為此懊悔不已。

就在當晚，約莫日暮之後，忽地颳起一陣狂風。寺頂塔簷的鐘聲嘈嘈切切傳到枕邊，聽得教人心發慌。加上夜裡寒氣逼人，更使得年邁的內供輾轉反側難以成眠。他在被窩裡翻來覆去，頓覺鼻子奇癢無比，伸手一挖，裡面濕漉漉的，好像還有點浮腫。似乎只有那裡在發燒。

內供以在佛前供花的手勢按著鼻子自顧自地說道。

「誰教我好端端的鼻子，偏偏要去折騰它，恐怕是生病了吧？」

第二天，內供一如往常早起，抬頭乍見院內銀杏樹及橡樹的葉子一夕之間撒滿一地，庭院明亮得彷彿鋪滿了黃金，也許是降霜的緣故，九輪[3]在晨曦中閃耀著光芒。內供立於長廊，面對此情此景，不禁深深吸了一口氣。

就在此時，一種似曾相識的感覺又重新浮上心頭。

內供忙不迭地伸手去摸鼻子，這回他摸到的不是昨夜的短鼻子，而是原本從上唇垂到下巴，足足有六、七寸長的鼻子。

內供頓時恍然大悟，鼻子在一夜之間又恢復到原來的長度。同時感受到了鼻子變短時，那種輕鬆又愉悅的暢快心情。

——這下子，不會再有人笑我了吧？

內供在心裡面喃喃自語著，任由長鼻子沐浴在黎明的秋風中。

大正五年一月

3 佛寺塔上露盤的柱頭裝飾。

孤獨地獄

這故事是從我母親那兒聽來的。我母親又是從我的大叔父那兒聽來的。故事真偽難辨，從我大叔父自身的品行推測，這件事很有可能真實發生過。

大叔父是個通達人情世故的人，在幕府末期的藝人和文人當中，有許多知己，像是河竹默阿彌、柳下亭種員、善哉庵永機、同冬映、第九代團十郎、宇治紫文、都千中、乾坤坊良齋等人，都和大叔父有著深厚的交誼。

其中默阿彌在《江戶櫻清水清玄》裡塑造的紀國屋文左衛門，就是以我的大叔父的形象作為藍本。自從大叔父去世至今，已經五十年了。他還在世的時候，曾有過「今紀文」的綽號，說不定現在還有人聽過他的名號。——他姓細木，名藤次郎，俳號[1]香以，人稱山城河岸的津藤。

津藤有段時期在吉原的玉屋[2]結識了一名僧侶。這個人是本鄉[3]一帶某間禪寺的住持，名字叫禪超。他也是個嫖客，和玉屋一位叫錦木的花魁混得挺熟。當然，那時候是禁止僧侶食肉娶妻，只是從外表上看起來，他不像個出家人。他在黃八丈[4]的和服上套件有著日本家徽圖案的黑色禮服，謊稱是個醫生。

——大叔父和他是偶然相遇的。

那是華燈初上的某個夜晚，在玉屋二樓，津藤如廁歸來時，正要穿過長廊，無意間看到一個男子倚著欄杆賞月。他頂著光頭，個子不高，身形削瘦。在月光下，津藤以為是那個常到這邊尋歡，醫術不怎麼高明的醫生竹內。當津藤經過他面前的時候，就伸手輕輕地扯住了他的耳朵。原本想著等他吃驚地回過頭來，打算當面取笑他。

沒想到看到那張臉，反倒讓津藤大吃一驚。除了光頭之外，長得和竹內一點也不像，此人額頭寬闊，雙眉之間的距離很窄，可能因為雙頰削瘦，使眼睛顯得更大。左頰上有一顆很大的黑痣，即便在此朦朧月色中依然清晰可見。再加上他的顴骨很高，這樣的一副相貌，斷斷續續地映入津藤不知所措的眼中。

「請問有何貴事？」光頭佬用十分惱火的語氣問道，似乎還帶著幾分酒意。

方才我忘了說，那時津藤還帶著一名藝妓和一位隨從。當光頭佬怒言相向要津

1 俳句是以五、七、五共十七個音節組成的日本短詩。俳句詩人的署名稱之為俳號。
2 江戶吉原遊廓一家妓館的堂號。
3 原為東京舊行政劃分的三十五區之一，今為東京都文京區。
4 一種黃色布料上織有茶褐色條紋的絲織品，原產日本八丈島。

藤賠禮道歉，身為隨從豈能袖手旁觀。於是就代替津藤向對方賠不是。津藤趁此時連忙帶著藝妓回到自己包下的房間，就算再怎麼通情達理，遇到這種事還是會感到棘手。話說那個光頭佬聽了隨從仔細交代誤會的始末緣由，馬上消了氣，白個兒哈哈大笑起來，這個光頭佬就是禪超。

後來，津藤派人端了點心送給禪超以表歉意。禪超也覺得很過意不去，特地登門拜訪，向津藤賠禮。從此兩人結下不解之緣。不過，雖說已有了交情，但他們除了在玉屋二樓偶爾相會之外，彼此似乎沒什麼往來。津藤滴酒不沾，而禪超卻是酒國豪傑。禪超這個人很懂得享樂生活，而在沉湎女色上，更是遠勝津藤一大截。對此，津藤本人曾批評道：搞不清楚到底誰是出家人？——身形魁梧、體態肥滿而容貌醜陋的津藤，平時總是留著月代頭[5]，脖子上戴著銀項鍊繫著護身符袋，穿著藏青色的棉布衣，束著三尺的白腰帶。

某日，津藤遇到禪超，他正披著錦木的羽織[6]彈奏三味線。平素即氣色不佳的男子，今日格外臉色蒼白，眼睛充血，嘴角鬆垮的皮膚還微微地抽搐。津藤馬上想到，莫非有什麼心事嗎？便說：「如不嫌棄，願與閣下促膝一談。」即便以此口吻探詢對方的意思，恐怕也引不出什麼肺腑之言。而且對方比平時更加寡言，有時話題還有一搭沒一搭的。津藤還以為也許這就是嫖客慣有的一種倦怠。畢竟縱情酒色之人出現的倦怠，是無法藉由酒色來治癒的。在這種窘況下，兩人卻不同於以往，平靜地打開話匣子侃侃而談，於是，禪超似乎突然想起了什麼似的，說了這麼一段頗耐人尋味的話。

據佛教的說法，地獄也分成許多種類，大致說來，首先可分為根本地獄、近邊地獄和孤獨地獄三種。從「南瞻部州[7]下，過五百踰繕那，乃有地獄。」這句話來看，大抵上古時候就已經有地獄了。但其中只有孤獨地獄不論是山間曠野、樹下空中，幾乎隨處都可以突然出現。

也就是說，照目前的這種境界，每一刻都是無常的，地獄般的苦難可以立即現前。我在兩三年前，就已經陷入這種地獄了。對任何事都不會產生持久的興趣。因

---

5 傳統日本成年男性的常見髮型。從前額側至頭頂部的頭髮全部剃光，使頭皮露出呈半月形。

6 套在和服外的短外套。

7 也作南閻浮提，梵語，原指印度，後來指的是包括中國、日本在內的地區，成為相對於佛國淨土，屬於俗世的一種泛稱。

此，我總是從一個境界轉到另一個，惶惑不安地生活著。當然，我也逃不出這地獄的箝制與苦難。只要這種情況持續不變，就會感到痛苦不已。於是乎我仍在原地繞圈子，日復一日過著似乎忘卻痛苦的生活。可是，到最後仍不免陷入其中難以自拔，除了死路一條，別無他法。從前即便覺得痛苦，也不想尋死，但如今……

最後一句話，津藤並沒有聽進耳朵裡。因為禪超一邊彈奏三味線，聲音壓得很低。從那之後，禪超再也不曾造訪玉屋。沒有人知道這位行為放蕩的禪僧後來怎麼樣了。不過，那天禪超把一本金剛經手抄本放在藝妓錦木那裡，自個兒忘了帶回去。津藤晚年窮途潦倒，在下總地方[8]的寒川閒居時，經常擱在桌上的書籍之一就是這個手抄本。津藤在封皮上寫著自己作的俳句：「蓳野露水緣，驚覺年四十。」這個抄本如今已散佚。大概也無人知曉這個俳句。

這是安政四年左右的故事。母親對於地獄很有興趣，所以才會記得這個故事。

每天大部分時間都待在書齋裡消磨時光的我，從生活面向來說，和我的大叔父以及這名禪僧，幾乎是毫不相涉，住在不同世界的人。從個人嗜好的面向來說，我本身對於德川幕府時代的戲作[9]和浮世繪並沒有什麼特別的興趣。但我自己在某些心境上卻格外關注孤獨地獄這類故事，將自己的同情心投注在他們的生活裡。關於這點，我並不否認，在某種層面上，我也是一個飽受孤獨地獄折磨的人。

大正五年二月

8 日本古國名，位於今日的千葉縣、茨城縣、埼玉縣之間。
9 江戶時代流行的通俗讀本，是灑落本、滑稽本、人情本的總稱。芥川龍之介有一部短篇作品，就叫做〈戲作三昧〉。

芋粥

這是發生在元慶末年，仁和初年的故事。不管怎樣，時代在這裡扮演的角色並不重要。讀者只需要知道背景是平安朝的遙遠年代即可。——那時候，攝政藤原基經[1]門下的侍從中，有一位叫做五位的五位帶刀侍衛。

我也不想只寫五位，想清楚寫出他的名字，是哪裡的誰，偏偏古代文獻上並沒有明確地記載。事實上，很可能連被記載的資格都沒有，是個名不見經傳的凡夫俗子吧。一般來說，古代文獻的作者對於記載平凡的人和故事，似乎不感興趣。在這一點上，他們和日本崇尚自然派的作家大不相同。平安時代的小說家，跟我們所想的不一樣，都是大有來頭，絕非等閒之輩。——總之，攝政藤原基經的侍從當中，有一位叫做五位的五位侍衛。他就是這個故事的主角。

五位是個其貌不揚的男子。他是個矮個兒，赤鼻子，眼角下垂，嘴上的鬍鬚也很稀疏。由於臉頰異常削瘦，下巴看起來特別尖。至於嘴唇嘛——若要一一細數，恐怕說也說不盡。五位天生長得猥瑣也就罷了，還真不是普通的醜，其動作舉止簡直教人不堪入目。

沒有人曉得這名男子是何時，又為何開始侍奉藤原基經。只知道他從很久以前就穿著同一套褪色的水干[2]，戴著同一頂皺巴巴的烏紗帽，日復一日毫不厭倦地擔負著相同的職務，這點無庸置疑。或許正因為如此，現在任何人都看不出他曾有過年輕的時候。（五位年過四十）取而代之的印象，好像他生來就是如此，那凍著似的赤鼻子，徒具形式的鬍髭，都說是給朱雀大道上的風吹的。上至主人藤原基經，下著飼牛的牧童，都打從心底相信這個說法，沒有人懷疑過。

如此「風采獨具」的男子，會受到周遭怎樣的待遇，應該不需要在此贅筆詳敘吧。在侍衛營裡面，五位得到的關注遠不及一隻蒼蠅。合計近二十人的下役，對這位仁兄的出入冷淡至極，近乎漠視的程度。五位每次開口，他們依然閒聊如故，根本不願停下來聽五位說話。對他們而言，五位的存在宛如空氣般，連礙眼都沾不上邊。下役尚且如此，用膝蓋想也知道，別當[3]或統管侍衛營的上役更不把他放在眼裡。他們對待五位，總在冷淡的表情背後藏著童稚般無來由的惡意，不管想表達什麼，總以手勢敷衍了事。人類之所以用語言溝通絕非偶然。因此，光憑手勢溝通也會有雞同鴨講的時候。他們似乎把罪過全推到悟性有缺陷的五位頭上。每次溝通

1 擔任陽成天皇的攝政，平安前期的貴族。
2 平安朝男性服裝的一種。
3 副官之類的差役。

失敗，便從這男的歪斜扁帽頂，乃至幾乎要磨破的草鞋跟，上下打量個沒完。然後，一邊嗤之以鼻，一邊轉身掉頭離去。儘管如此，五位從不曾有一絲怨懟，他是如此懦弱而無能，以至於將一切加諸於他身上的不幸皆視為理所當然。

然而，身為同僚的侍衛們看他毫無反應，就更變本加厲地戲弄他。年長的同僚將他其貌不揚的長相當作笑柄逢人就說。年輕的同僚則是藉此機會一逞口舌之快，好練就他們尖牙利嘴的工夫。這些人當著五位的面前，對他的赤鼻子和鬍髭，烏帽子和水干大肆嘲弄還不知饜足。非但如此，就連五、六年前和他仳離的糟糠之妻，以及和其妻有染的花和尚，也時常成為他們茶餘飯後八卦話題。此外，尤有甚者，他們還會故意喝光他竹筒裡的酒，再撒一泡尿到竹筒裡……如此惡劣的玩笑不勝枚舉，其餘的也就可想而知。

倒是五位對這些揶揄渾然未覺，至少在旁人眼裡，認為他是隻毫無反應的呆頭鵝。不管別人如何惡言相向，他依舊面不改色，只會默不作聲地撫弄嘴上稀疏的鬍髭。唯有當同僚惡作劇時，像是在他的髮髻上紮紙片兒，或是將草鞋掛在太刀鞘上，他才會哭笑不得地擠出一張笑臉說：「萬萬使不得啊，諸位爺兒們。」任誰聽了那聲音，見到那表情，理應受到良心的譴責才是。（他們欺侮的不光是這赤鼻五位一人而已，還有一些他們不認識的人——而那些無名的受害者，像是透過五位的表情與聲音，在責備他們的冷漠無情。）——那種感覺就在一瞬之間，模糊地滲入他們的內心深處。卻沒有幾個人還記得當時的心情。少數之中，只有一位來自丹波國的下級武士——此人乃是嘴上剛長出幾根鬍髭的青年——不消說，起初他也和大伙兒一齊沒來由地輕蔑赤鼻五位。然而就在某一日，不曉得什麼原因，他聽見五位大喊一聲：「萬萬使不得啊，諸位爺兒們。」說什麼也不願掉頭離去。自從那次以來，惟獨這男子眼中的五位已經完全換了個人。而營養不良、面無血色的五位呆滯的臉龐，竟流露出對世間迫害哭訴無門，窺探著「人們」的眼神。這名下級武士每想起五位，便覺得世上的一切突然之間顯得不堪入目。於此同時，不知為何凍紅的鼻子，以及稀疏可數的鬍髭讓他有種福至心靈的感覺。

不過，會有這種想法的，惟獨他一人。除此之外，五位依然擺脫不掉周遭人們的輕蔑，過著卑微如狗一般的生活。第一，他連件像樣的衣服也沒有，勉強有一件灰藍色的水干與同色系的指貫[4]，如今已泛白，褪成不藍不紫的顏色。水干的情況

4 平安時代附有繫帶的男褲。

還好，只是肩頭些微綻開了線，繫帶與穗飾有點變色而已，但指貫的褲腳已不成樣了。每次見到那件指貫下方，猶如拖著瘦公卿座車的瘦牛之步般，弱不禁風的竹竿腳，即便是口無遮攔缺德的同僚，也不免興起一絲憐憫之情。而他所佩的太刀也頗令人費解，柄上金屬部分黑鞘的塗漆也斑駁了。這位赤鼻的傢伙，一邊耷拉著草鞋，一邊駝著背走著，在寒冷天空下，背似乎駝得更厲害了，又好像在找尋什麼似的，一路上左顧右盼，停停走走，行徑十分猥瑣，也難怪沿途往來的販夫走卒把他當作傻蛋看待。現在，就有這麼一件事兒……

某日，五位走在三條坊門往神泉苑方向，眼見童子六、七人，齊聚在路旁，不知在做些什麼。

他心想「難不成在玩陀螺。」便往童子們的背後仔細一瞧，原來是一隻不知打哪兒迷路的長毛獅子狗，只見童子們正用繩子勒住牠巨大的脖子，還外加一陣拳打腳踢。向來怯懦的五位，即便曾有過同情心，卻礙於周遭的眼光，不敢表露出來。不過這次因為對方是孩子，倒也生出幾分勇氣。於是盡可能擠出笑容來，上前去拍拍其中一位年紀較大的孩子的肩，出聲制止「哎呀~饒了牠吧。狗兒挨打也是會疼的。」

於是，那孩子轉過頭來，狠狠地白瞪他一眼，就像是侍衛營中的別當一樣，五位不知所云時，便帶以輕蔑表情，斜著眼打量他。「關你何事啊！」那孩子退後一步，噘著嘴衝著他頂了一句「什麼玩意兒嘛，你這赤鼻子！」五位聽了這番話，猶如臉上挨了一記耳光。然而儘管被冷嘲熱諷，他卻沒有半點惱怒之意，反倒責怪自己多言招致羞辱，而感到無地自容。他以苦笑掩飾內心的委屈，默默地朝神泉苑方向走去，那幾位童子推擠著跟在他後頭，邊嬉鬧邊吐舌。這些他都毫無察覺，畢竟對於怯懦的五位來說，就算知道了又能如何呢？

　　這故事中的主人公，天生就是受人踐踏侮辱而來到這人間的嗎？他完全不抱持任何希望嗎？其實並非如此，五位早在五、六年前就對「芋粥」這種食物有著異常的執著。所謂的芋粥，就是將山芋切片之後，再用甘葛[5]汁熬煮而成的粥物。這在當時算是極致的美味，乃上呈給萬乘之君的御膳。話說，這位五位要能嚐到如此人間佳味，也只有在一年一度的「流水席」上才有機會。就算彼時能喝得到，也僅止於沾喉之微。因此從很久以前，能夠大啖芋粥飽食一頓，就成了他唯一的夙

5 植物的一種，其汁液帶有甜味，過去曾用來取代價格昂貴的砂糖。

願。當然，這件事他從未曾與人分享過。甚至連他自己也沒有明白意識到這是他貫穿人生的欲望。事實上，我們甚至可以這麼說，他誕生在世界上就是為了這個目的。——有時候人類會為了能夠滿足或是不能滿足的莫名欲望，窮畢生之力去追求。若有人笑為愚痴，說穿了對「人生」來說，那只不過是個陌路之人罷了。

而五位一直以來夢想著「飽食芋粥」，這個願望竟然意外成真，記錄這段過程的始末，即為寫此芋粥故事的主要目的。

*

話說，某年正月二日，恰好藤原府上辦流水宴（此與謁見皇后和太子的二宮大饗[6]乃同日舉行，攝政關白設宴招待大臣以下之公卿一齊享用美饌，菜色之豐富與大饗無異），五位也混雜在其他侍衛之間同享剩菜殘羹。那時尚未有將剩菜分給下屬取食的習慣，而是讓眾人齊聚一堂，共享盛宴。雖說此流水宴與大饗同等豐盛，但昔日菜肴名目眾多，珍饈卻罕見，大凡不過是鏡餅、年糕、蒸鮑魚、風乾雞、宇治的冰魚[7]、近江的鯽魚、醃鯛魚片、鮭魚子、烤章魚、大蝦、大柑、小柑、橘、串柿[8]之類。菜單中照例會有一道芋粥。五位每年都巴望著能喝上一碗。但僧多粥少，到嘴裡的往往所剩無幾。況且今年的粥更是少的可憐，或許是心理作用吧，嚐起來格外甘美。於是，喝完後，他悵然望著見底的空碗，用手掌拭去沾在髭上的殘滴，自顧自地說：「要是哪天能飽食芋粥，必是此生無憾。」五位話音未落，便有人戲謔地嘲笑道：「我說大夫閣下，想必您未曾飽食過芋粥？」

聲音低沉而威嚴，儼然一介武夫。五位從駝背的身軀抬起頭，怯生生地望向那人。聲音的主人是當時一起服侍基經，任職恪勤[9]的民部卿[10]時長之子藤原利仁。此人身材魁梧、虎背熊腰，一邊嚼著炒栗子，一邊連續飲了幾杯黑酒，看上去似乎有幾分醉意。

「真是遺憾啊！」利仁抬起臉來，以一種帶著輕蔑與憐憫的口吻繼續說道：「若您真心希望，利仁願意讓閣下飽食一頓。」

6 平安時代每年正月二日，於皇城內的大臣官邸舉辦的盛宴。
7 鮎魚的幼魚，每年九至十二月捕撈進貢。
8 成串曬乾的柿子。
9 平安時代保護皇臣貴族的下級武士。
10 古代的民政官員。

即使飽受欺負的狗，縱然在路上瞧見一塊肉，也不敢貿然湊上前去。五位還是如往常擺出一副哭笑不得令人費解的表情，不時端詳利仁的臉，又瞅著自己的空碗，心裡頭無比掙扎。

「不願意？」

「……」

「怎麼樣？」

「……」

五位感覺自己在眾目睽睽之下，無論如何答覆，又會被嘲弄一番，實屬必然。答與不答，結果都一樣，真是左右為難，不由得躊躇了起來。要不是這時候，對方用略帶不耐煩的口氣說道：「不願意的話，不用勉強！」五位的眼神肯定還徘徊在利仁與空碗之間。

就在這時，聽見這番話，他急忙答道：

「豈敢……恭敬不如從命。」

凡是聽到兩人問答者，無不啞然失笑。

「豈敢……恭敬不如從命。」

有人模仿著五位的回答。霎時，許多軟筒硬筒的京派烏帽在橙黃橘紅的杯盞間，隨著笑聲波浪狀起伏。其中笑得最響亮，最肆無忌憚就是利仁。

「那麼，改日有勞尊駕！」

說著說著，利仁皺起臉來，原來是被湧上來的笑聲和吞下肚的酒氣一起噎在喉嚨裡。

「……咱們一言為定！」

「恭敬不如從命。」

五位紅著臉，把方才的話結結巴巴地覆述了一遍。不用說，又引來一陣哄堂大笑。至於利仁，就是刻意要五位再說一遍，才會這樣追問，所以笑得比先前更誇張，聳著寬闊的肩膀，一副樂不可支的模樣。這位來自朔北的粗野漢子，生活中只會兩件事。一是舉杯豪飲，一是縱聲狂笑。

所幸沒隔多久，話題的焦點很快地就從他們身上移開。是這樣子的，即便是嘲弄逗笑，其他人對於同僚們將注意力全集中在赤鼻五位身上，也感到心中不是滋味兒。總之，話題一個接著一個，眼見桌上酒菜所剩無幾，某位見習侍衛講笑話，說到有個人呢想要騎馬，沒想到雙腳竟然踩進同一個皮護套裡，這個話題又引來在座眾人的注意力。唯獨赤鼻五位充耳不聞，芋粥二字想必已占據他所有心思，即便烤雉雞近在眼前，他連筷子也沒動一下；盛滿黑酒的杯子近在嘴邊，亦是滴酒未沾。整個人正襟危坐，宛如黃花大閨女似的，臉頰紅通通的，連花白的鬢邊也染上紅暈，像是失了魂似地直盯著空碗，痴痴地傻笑著。

*

於是，就在四、五天後的某日上午，兩名男子騎著馬，沿著加茂川岸邊，朝著往粟田口的街道緩轡行進。一位身穿深藍色狩衣，下著同色裙褲，佩帶一把精心鍛造的太刀，是個「鬚黑鬢美」的彪形大漢，另一位則是在寒酸的灰藍色水干之外，又加了一件薄棉衣，是個年過四十的帶刀侍衛。看看他那副德行，無論是鬆垮沒繫好的腰帶，還是黏不溜丟吸著鼻涕的紅鼻頭，渾身上下衣衫襤褸，無處不顯得寒傖破落。話說此二人的座騎，前者為壯碩之月毛[11]，後者為瘦弱之蘆毛[12]，皆為三歲駿馬，引得路上的商賈及武士無不回頭張望。其後又有二人跟隨，肯定是背著弓矢的隨從和牽馬執鐙的馬伕，走在前頭的二人，即是利仁與五位，毋須贅言。

雖說冬季到了。在這晴朗安靜的日子裡，飄落在潺湲的流水邊及河岸旁鵝卵石之間的枯葉闃風未動。臨川的低柳，葉已凋零的垂枝灑滿柔滑如飴的陽光，連停在枝頭上的鶺鴒，尾巴稍微動一下，影子都會鮮明地投射在街道上。一片暗綠的東山上，裸露出光禿禿的頂峰，宛如霜烤的天鵝絨，那層層峰巒，八成便是比叡山吧。二人將馬鞭置於鞍上的螺鈿[13]間，悠哉地朝著粟田口的方向行去。

「您說要帶我去的地方，究竟在哪兒呢？」五位不甚熟練地持轡問道。

「就在前面。請放心，沒有你想的那麼遠。」

「這麼說，是在粟田口附近嗎？」

「差不多啦，姑且這樣想吧。」

今天早上，利仁來訪時，說是東山附近有處溫泉，遂邀他一塊兒同行。赤鼻五位信以為真，心想好久沒泡湯了，這陣子身體正癢，請他吃芋粥又可以泡湯，真是求之不得的幸福。如此暗忖著便跨上利仁牽來的蘆毛。然而，並轡騎到這裡，看起來利仁似乎並沒有打算在這裡下馬。瞧，現下已過了粟田口。

11 毛色為金黃色的馬。
12 毛色為灰白色的馬。
13 一種在漆器或木器上鑲嵌貝殼的裝飾工藝。

「原來不是到粟田口啊？」

「不是吶，還要再過去一些。」

利仁面帶微笑，故意不正眼瞧五位的臉，逕自安靜地策馬前行。兩旁的人家漸漸稀少，此刻，冬日廣漠的田野上，只見三五成群覓食的烏鴉，山陰的殘雪也籠罩著青煙。雖然天氣晴朗、野漆樹的梢頭，尖稜稜地刺上天空，連眼睛都會痛的地步，不禁令人生寒。

「那麼，是在山科一帶嗎？」

「這裡就是山科啊，還得往前走，再過去一些。」

果然，就在說話之間，已過了山科。非但如此，不消一會兒工夫，關山也拋在身後了，就在午時剛過之際，終於來到三井寺前。寺內有位僧人與利仁相交甚篤。二人前去拜訪，順便叨擾了一頓齋飯。飯後又騎馬趕路。放眼望去前方的路比起來時路人煙更為稀少，那時正逢盜賊四處橫行，時局動盪的亂世。

——五位的背比剛才更駝了，他抬起頭瞧著利仁問道：

「再往前一些對吧？」

利仁不由得微笑了，宛如惡作劇的孩子被大人發現，為了掩飾心虛勉強擠出的笑容。那鼻尖上的皺紋，眼角浮出的笑紋，一副似笑非笑的模樣。於是乎，利仁終於忍不住說：「老實說，是想邀請閣下前往敦賀！」

利仁邊笑著，邊舉鞭指向遙遠的天空。在那長鞭之下，近江的湖水熠熠生輝映照著午後斜陽。

五位一臉狼狽。

「您說的敦賀，是指越前的敦賀吧。那越前的——」

利仁自從到敦賀做了藤原有位的女婿以來，多半時間住在敦賀，這事兒五位平日早有所聞。而利仁竟然要把他帶去敦賀，卻是始料未及。首先、那千山萬水阻隔的越前，又豈是區區兩名隨從一路作伴能平安抵達呢？何況這些時日，往來旅人遭盜賊殺害的傳言時有所聞。

五位苦著一張臉對利仁說：

「怎麼又這樣？原以為是東山，豈知是山科。原以為是山科，又是三井寺，最後，竟然要到越前的敦賀，究竟是怎麼回事？倘若一開始就告知，也好多帶些僕役同行——去敦賀，這下子該如何是好？」

五位幾乎是帶著哭腔，自言自語道。若不是「飽食芋粥」的念頭，一路上鼓舞著他，恐怕早已先行告別，獨自一人返回京都去。

「儘管放一百個心吧，有我利仁在，千夫莫敵！」

見五位的狼狽模樣，利仁皺著眉嘲笑道。

隨後喚來隨從，接過箭筒背在身上，再取來黑漆彎弓橫置於鞍上，旋即一馬當先，向前奔馳而去。事已至此，怯懦的五位除了盲從跟隨利仁之外，別無他法。於是乎，他惶惶不安地四顧荒野，叨叨絮絮唸著依稀還記得的幾句觀音經，那顆赤鼻幾乎觸及馬鞍的前橋，有氣無力地催促著快慢不一的馬步前進。

達達的馬蹄聲，在荒野發出回音，遍地長滿了黃茅草，茫茫一片遮蔽視線，所到之處盡是水窪，冷冽地映照碧空。這冬日午後好像凝凍住似的，原野的盡頭，連綿的山脈，由於背對著陽光，本應在藍天下熠熠生輝的殘雪，竟無一絲星芒，兀自拖曳著一條暗紫色長束，任由幾叢蕭瑟的枯芒遮住兩名隨從的視線。

——這時，利仁突然回過頭，對五位開口道：

「瞧！前方來了個使者，就有勞幫忙帶個口信給敦賀吧！」

五位不明白利仁所指何事，倉惶地順著擎弓指示的方向望去。連個人影也沒有——只見一隻狐狸披著溫暖的毛色，慢吞吞地走在不知是野葡萄，還是什麼藤蔓的灌木叢裡。正思忖著，不料狐狸突然躍起身，慌忙逃竄，倏地消失了蹤影。利仁策馬急起直追。五位忘我地緊隨其後，兩名隨從理當不能落後。一時之間，馬蹄蹴石之聲，劃破曠野的寂靜。看到利仁勒馬止步時，那隻狐狸不知何時已成了囊中物，倒提著兩隻後腿掛在馬鞍旁。想來是狐狸走避不及，被制伏於馬下，於是手到擒來的吧。五位連忙拭去沾在鬍髭上的汗水，好不容易騎馬跟上前來。

「狐狸聽好！」利仁將狐狸高高提起，煞有其事地吩咐道「去敦賀告訴他們，就說『利仁今晚打道回府，將陪同一位稀客，明日巳時，請差派壯丁備妥兩匹鞍馬前來高島迎駕。』不得誤事！」

語畢，利仁揚手一揮，將狐狸拋到遙遠的草叢中。

「哎呀，跑走了，跑走了！」

終於，追上二人的隨從，望著狐狸逃竄的身影，拍手大聲嚷著。眼看著夕陽餘輝的照耀下，宛如落葉般毛色的狐狸，不顧路上的樹根和石塊，一溜煙似的消失無蹤。這一切，看在他們眼底幾乎是瞭若指掌。就在追逐狐狸的過程中，不知不覺來到曠野上的一處緩坡，低處恰好是乾涸的河床。

「真是寬宏大量的主子！」

五位讚歎著，好生佩服地仰望這位能使役狐狸的草莽武士。不禁納悶自己與利仁，為何相差如此懸殊？他無暇去思索這些。只是，在利仁的意志中，支配的範圍是如此地廣闊，自己的意志亦包含其中，他感觸良多，利仁支配的範圍有多大，自己就能擁有多大的自由。阿諛奉承，恐怕就在這樣的情境下自然產生的吧。讀者諸君，若今後在五位的態度中發現什麼逢迎拍馬的行徑，切不可因此懷疑他的人格。

被拋了出去的狐狸，一骨碌地衝下斜坡，敏捷地穿過乾涸的河床石間。又一鼓作氣跑上對岸的斜坡，不時地回頭張望，曾捕獲自己的武士們仍在遠遠的斜坡上並轡而立。瞧他們如同巴掌般的大小，只有月毛與蘆毛沐浴著落日，在冷冽含霜的空氣中浮現出優雅的輪廓。

狐狸轉過頭，在枯芒叢中，又像疾風似地飛奔而去。

*

一行人按照預定的翌日巳時來到高島一帶。這裡是臨近琵琶湖的一個小部落，景色與昨日大異其趣，烏雲密布的天空下，只有疏疏落落的幾間茅屋。岸邊的松林間，漾開了一泓湖水，泛起灰濛濛的漣漪，像是忘了磨光的鏡子。來到此處，利仁回頭望著五位說：

「請看，壯丁們前來迎駕啦！」

果不其然，牽引著兩匹鞍馬的二、三十名壯丁，有的騎著馬，有的徒步而行，眾人水干上寬大的衣袖在寒風中翻飛，自湖濱之岸、松林之間朝他們趕來，轉眼之間，便來到了眼前。騎馬的慌忙滾鞍下馬，徒步的趕緊蹲踞路旁，一個個神情肅穆地恭候利仁的到來。

「看樣子，那狐狸真的報了信呢。」

「天生變化多端的畜生，區區小事，根本不算什麼。」

就在五位與利仁說話的當兒，一行人來到家臣們等候之處。

「勞煩了。」利仁說。

蹲踞的人這才連忙起身，接過二人的馬，頓時，所有人沸沸揚揚。

「昨夜發生了怪事。」

二人翻身下馬，正在皮毯上落座時，一名白髮蒼蒼的家臣，身穿紅褐色水干，來到利仁面前如此稟告。

「什麼事？」利仁一面將家臣帶來的酒饌，給五位斟上，一面沉穩地問道。

「事情是這樣的，昨晚戌時左右，夫人突然失去神智，嘴裡直嚷著：『吾乃阪本之狐是也，今日特來傳達主公吩咐，快上前來，聽好——』眾人聞言趨前聆訊，夫人便說了這番話：『主公陪同一名稀客，目前在路途中，明日巳時左右，派人前往高島迎駕，須備妥兩匹鞍馬一同前去。』不得有誤！」

「這事確實古怪。」五位瞧瞧利仁又瞧了瞧家臣，隨聲附和了一句雙方都滿意的話。

「不只如此，夫人還嚇得渾身發抖，哭著說：『謹記切莫遲延，要是遲了，主公會把我趕出家門的。』說完大哭不止。」

「那現在情況如何？」

「之後便昏沉睡去，直到我們動身來此之前，似乎還沒醒呢。」

「如何？」聽完家臣的一番話，利仁瞧著五位，得意地說道：

「就連畜類，利仁都有辦法驅使牠。」

「實在令人折服！」五位搔搔赤鼻，連連頷首，故意做出驚訝不已的樣了，鬍髭上還沾著方才飲酒的餘滴。

*

當天晚上，五位在利仁館邸一室中，挑燈度過一晚無眠的長夜。在黃昏，抵達此地之前，與利仁及利仁的隨從談笑間橫越松山、小河、枯野，那一草、一木、砂石以及野火的煙味……等等景象逐一浮上五位的心頭。尤其是雀色般的暮靄中，好不容易抵達了這幢館邸，瞧見長櫃火缽中炭火赤焰的當下，如釋重負的心情——如今這樣臥著，感覺過去種種似乎遙遠得很。五位在鋪著四、五寸厚棉花的直垂[14]之下舒坦地把腳伸個痛快，以慵懶的睡姿回想往日一切。

這直垂是利仁借給他的雙層淺黃色厚棉衣，光穿這件就暖出汗了，再加上晚飯時黃湯下肚，酒意更卯足了熱力。雖然枕畔隔著一片遮風蔽雨的門板，面向霜寒的偌大庭院，但此心陶陶然，絲毫不以為苦。相較於在京都居住的曹司[15]，簡直是雲泥之別。雖然如此，我們五位的心中仍舊惴惴不安。第一，等待的時間真是難熬，直教人心煩意亂；然而於此同時，天將破曉——吃芋粥的「佳時」卻又不希望它

14 日本傳統男性服飾，可做為棉被，此處指的是後者，又稱「直垂衾」。
15 平安時代的宿舍。

來得太快。在這互相矛盾的感情背後，也因為身處的境遇急遽變化，忐忑不安的心情恰似這天寒地凍的氣候。因著這些因素作祟，即便如此暖和也難以安然入睡。

這時，忽聞外頭廣大庭院中傳來人聲。這聲音似乎是今日途中迎迓的白髮家臣，正在宣告著什麼訊息。那瘖啞聲音在霜雪中迴響，凜如寒風，一句句砭入五位的骨髓中，教人不寒而慄。

「這裡的下人都聽好，殿下吩咐，明朝卯時前，不論老少均持切口三寸、長五尺的山芋一支，不得有誤！可別忘了，必須在卯時之前辦妥。」

如此重複兩三遍之後，又恢復原本寂靜的冬夜。一片靜謐之中，燈臺上的油兀自嗶嗶剝剝，猶如紅棉的燈焰在暗中搖曳。五位打了個大呵欠，墜入無邊無際的空想——提到山芋，當然是要用來熬芋粥的。如此一想，稍早注意外頭動靜所忘卻的不安再次湧上心頭，甚至更為強烈的是，不願這麼快享用芋粥的想法，開始盤踞著蠢蠢欲動的心，不肯離去。

我覺得「飽食芋粥」這件事不能太早實現，這樣會讓人覺得辛苦地等待這麼多年好像白費了。倘使可能的話，他寧願突然發生變故，使得喝芋粥頓時成為泡影——這想法像陀螺一般在他腦海中不停地打轉兒……終於，五位敵不過旅途的疲憊，不久便沉沉睡去。

翌日清晨，一覺醒來，昨夜聽見山芋的事，馬上浮現腦際。五位不顧一切地推開房間門板一看！不知不覺睡過頭，已過卯時。廣大庭院內鋪設的四、五疊草蓆上，兩三千根類似木樁子的東西，堆到幾乎快碰到檜皮搭建的斜簷。仔細定睛一看，那些竟然是切口三寸、長五尺，大得驚人的山芋！

五位邊揉著惺忪的睡眼，近乎惶然地大吃一驚，茫然地環顧四周。庭院內矗立著好幾個臨時打下的樁子，樁子上放著五、六只五斛納釜[16]。一群穿著白布襖的年輕丫鬟——不下數十人——在那兒忙著幹活兒。焚火、扒灰，或自新的白木桶中舀出甘葛汁注入鍋中，一切皆為煮芋粥作準備，忙得不可開交。鍋下冉冉上升的煙霧和鍋中蒸騰的湯氣，與拂曉尚未消隱的晨靄交融在一起，整座園子迷濛一片看不清任何東西，唯一能識別的是籠罩在灰濛濛之中，鍋下熾烈的赤紅火焰，眼所能見、耳所能聞，沸沸揚揚盡似戰場或火場的騷亂。五位這才想起，這些巨大的山芋是要放入五斛納釜中熬煮芋粥的。而自己，為了飽食芋粥，遠從京都千里跋涉到這越前

16 五斛之量的大鍋。

的敦賀，想著想著，便覺得世事變化，皆有其道理。我們五位值得同情的食欲到了這節骨眼，無端端地減卻了一半。

一小時之後，五位和利仁及其岳父有仁共進早膳。擺在他們面前的是，一斗之量的銀銚子之中，可怕的芋粥像漲潮的海，幾乎快要溢出來了。五位眼見那堆得像座房子一般的山芋，正由數十位年輕男子．以薄刃飛快地削出薄片，氣勢如虹，十分壯觀。而丫鬟則穿梭忙碌著，由右往左地一一舀進五斛納釜中。最後，那長蓆上一根山芋都不剩時，數道含著芋香與甘葛香的湯氣之柱自鍋中蓬蓬然地飄向早晨晴朗的天空，那湯氣飛舞於空中，教人看了心旌蕩漾。眼見如此，面對盛入銚子中的芋粥，尚未沾唇便覺滿腹之感——五位在鍋前，尷尬地揩拭額上的汗。

「聽說您從未飽嚐芋粥。來來來，不用客氣。」

岳父有仁吩咐家僮們再上幾個銀銚子並列於餐桌上，當中的芋粥滿到幾乎要溢出來。五位閉上眼睛，原本赤紅的鼻子，這下子更紅了，自那盛著芋粥的銚子中舀出一半芋粥注入大大的土碗，食不知味地飲著。

「岳父說了，盡情享用，別客氣啊。」

利仁也在一旁勸飲另一銚子中的芋粥，一邊戲謔地笑著。使得五位尷尬不得了，若說：放心，我會喝的，卻連一碗也吞不下。如今，好不容易喝下半銚子，再喝下去，不待入喉便覺欲嘔。可是，要是不喝，又好像辜負了利仁與有仁的厚意，他閉上眼，將剩下的半銚子芋粥逼自己強吞下三分之一，之後一口也吞不下了。

「感謝，感謝，真是盡興！——啊，實在萬分感謝。」

五位如此狼狽地說道。瞧他已經虛弱不堪，鬍髭上、鼻尖上，不像過冬似地涔著汗珠。「您吃得太少啦，一定是客人礙於禮數不敢多食，喂，你們這些傢伙！還杵在那邊做甚麼！」

家僮在有仁的吩咐下，正從新銚子將芋粥舀進土碗中，五位兩手逐蠅似地頻頻謝絕。

「不，哇，太多了……真對不住，已經喝不下了。」

如果不是這時候利仁突然指向對面的屋簷，脫口說出一句「快瞧！」，有仁一定不會放棄繼續勸進五位喝芋粥。幸好，利仁的話將眾人的注意力移向屋簷。檜皮葺的屋簷正沐浴在晨光中。在那燦爛耀眼的陽光下，一匹獸類正披著光澤的毛乖順地蹲在那兒。那不正是前天利仁在枯野路上徒手擒獲的阪本野狐嗎？

「看來狐狸也想喝芋粥，才特意來此。家丁們，也給點兒芋粥，讓牠嚐嚐！」

利仁一聲令下，家丁們連忙張羅餵食。狐狸馬上從屋簷跳進庭院，大飽芋粥。

五位一邊望著喝芋粥的狐狸，心中反覆回想著未到此地的自己。那是飽受侍衛愚弄的他；被京童叱為「什麼玩意兒，你這赤鼻子」的他；是穿著褪色水干與指貫，像跟丟了飼主的尨犬，踽踽獨行於朱雀大路，既可憐又孤獨的他；而同時卻又是認真守護著飽食芋粥欲望幸福的他。——他，從今以後不必再為想要飽食芋粥而安心，滿臉的汗從鼻尖開始不知不覺逐漸晾乾了。雖然是晴天，敦賀的早晨猶然吹著刺骨的寒風。五位忙不迭地摀住鼻子，朝銀銚子打了個大大的噴嚏。

大正五年八月

地獄變

一

像堀川大人那般的大人物，別說是前無古人，恐怕也是後無來者吧。據說大人誕生之前，大威德明王[1]曾在他母親夢中的枕邊顯靈，總之，他一出生就與一般人不同。因此，他的所作所為，無不出人意表。讓我們先來瞧瞧堀川宅邸的規模吧，不知該說是雄偉？還是氣派？那獨特之處，絕非凡夫俗子所能想見的。有人將他比擬作秦始皇或隋煬帝，俗話說得好，「盲人摸象」，大概指的就是這個意思。其實堀川大人深謀遠慮，絕非追求一己榮華富貴之人，他總是為蒼生著想，與百姓同甘共苦，這般以天下為己任的氣度與胸襟，正是被世人所稱道之處。

因此，即使在二條大宮遭遇百鬼夜行[2]，他也絲毫不受影響。此外還有以模仿陸奧[3]塩竈[4]景色而建造，遠近馳名的東三條河原院，聽說融左大臣[5]的幽靈會在半夜裡出現，但是經過大人叱責之後，從此消失了蹤影。大人擁有如此崇高的威望，也難怪京城裡的男女老幼，一提及大人的名號，無不肅然起敬，認定他是神明再世。記得有一回，大人從宮內的梅花宴歸來，拉車的牛突然脫逃，害一名路過的老人受了傷，那名老人竟然雙手合十，直說慶幸自己能被大人的牛撞傷。

所以說在大人這一代，有許許多多被人傳頌的故事流傳到後世。例如，在大饗上賞賜白馬三十匹，在長良橋的橋柱上豎立其恩寵的童子像，還有請傳授華陀之術的中國僧侶，為他切除腿上的瘡……若要一一細數，恐怕沒完沒了。在這為數不少的軼事之中，沒有任何事比被視為府邸傳家之寶，「地獄變」屏風的由來，更令人聞之喪膽了。就連平素相當鎮定的大人，那時也驚恐不已。更不用說在一旁服侍的我們，一個個更是嚇得魂飛魄散。像我服侍大人二十多年來，在那前後也從未見過如此駭人的景象。

不過，在講這個故事之前，必須先了解關於描繪「地獄變」屏風的繪師良秀到底是何等人物。

1 五大明王之一，守護西方，真言宗認為是阿彌陀佛的化身。
2 日本民間傳說中，出現在夏日夜晚的妖怪大遊行。
3 日本古代國名，大約現今東北地區。
4 陸奥國一地名，今為宮城縣塩竈市。
5 源融，日本嵯峨天皇的十二皇子，最高官位為從一位左大臣，又稱河原左大臣。

二

說起良秀，或許至今還有人記得這個人。他是當時首屈一指的繪師，那生花妙筆的畫技，幾乎無人能出其右。那件事發生時，他大概已年過五十。外表看上去，他身材矮小，瘦到皮包骨，是個壞心眼的老人。他去大人府邸拜訪時，身穿丁字染[6]的狩衣，頭戴軟烏紗帽，但他的人品極為卑劣，不知為何，他看起來一點也不像老人，而且唇色紅潤得教人側目，看起來更加可怕，給人一種充滿獸性的感覺。有人說，他是因為舐畫筆，嘴唇才會顯得那麼紅，但不知真實的情形究竟如何？其中更有人惡毒地說，良秀的行為舉止猶如猿猴一般，甚至給他取了一個綽號叫做「猿秀」。

若說到猿秀，還有這麼一段故事。當時，猿秀有個十五歲的獨生女，在大人的宅邸當小侍女，可這女兒長得一點都不像父親，容貌十分嬌美。或許是母親早逝的緣故，既富同情心，有著超齡的成熟世故，又乖巧伶俐，年紀雖輕，卻善解人意，府邸包括夫人及所有女眷，對她皆是疼愛有加。

在一次因緣際會之下，丹波國送來一隻馴養的猿猴，被當時正值調皮年紀的少主，看那猿猴的模樣十分滑稽，便起了一個綽號，叫做良秀。府邸上下每個人見到牠無不哄堂大笑，光是笑還不打緊，每回見到牠，大家還要半開玩笑似地，大聲叫嚷著，哎呀良秀爬到庭院的松樹上啦，哎呀良秀弄髒了房間裡的草蓆啦，可說是極盡所能地捉弄牠。

但有一天，良秀的女兒，拿著一封繫著臘梅枝條的書信，穿過長長的走廊時，看見猿猴良秀從遠遠的拉門方向走來，好像受了傷似的，不像平常那樣身手矯健躍上樑柱，而是頹喪地跛著腳，一拐一拐地逃向這邊來。少主掄起細木棍緊追其後，嘴裡還嚷嚷著：「站住！站住！你這個偷橘賊！」良秀的女兒見此情狀，猶豫了一會兒。正好猿猴跑過來抓住她的裙襬，發出淒切的哀啼，令她無法抑制地興起憐憫之心。於是她一手拿起梅枝遮擋著，一手舒展起紫色的罩衫衣袖，溫柔地抱起小猴子，在少主面前躬著身說道：「牠只是畜生，且饒了牠吧。」

少主怒氣沖沖地跑過來，板著一張臉，氣得直跺腳說道。

「幹嘛護著牠，這猴子偷吃我的橘子哩。」

6 用丁香花蕾染衣的技法，多用於平安時代的貴族。

「可是，牠只是個畜生呀……」

女孩又求情一次，並冷冷地微笑，像是下定決心。

「一聽到你們叫良秀，總覺得好像叫自己的父親，我怎能坐視不管呢。」

聽到這番話，少主也只能折服。

「是嗎，既然是為自己的父親請命，這次就饒了牠吧。」

少主不情願地把話說完，就把細木棍丟在一旁，朝來時的拉門方向逕自離去。

三

從那次事件之後，良秀的女兒就和小猴子關係親密。她將公主贈予的黃金鈴鐺，用美麗的紅色繩子繫在小猴子的脖子上，小猴子則是無時無刻陪在姑娘的身旁。有一回姑娘受了風寒，倒臥在床上休息，小猴子就老老實實地坐在她的枕畔，一副憂心忡忡的樣子，不斷地啃著爪子。

說也奇怪，從此之後就無人敢欺侮小猴了。就連原本厭惡小猴的少主，也反過來疼愛牠，還會不時拿柿子或栗子過來餵食。哪位侍從要是不慎踢到小猴，甚至還會大發雷霆。後來大人還特意下令要良秀的女兒抱著小猴去見他，據說也是聽聞了少主發火的事，當然良秀的女兒寵愛小猴的理由也傳進他的耳裡。

「如此孝行精神可佩，值得褒獎。」

由於大人的好意，姑娘獲贈了一襲紅色的裙衩。小猴圍繞著裙衩，人模人樣畢恭畢敬地接受獲贈之禮，大人見狀龍心大悅。大人之所以偏愛良秀的女兒，完全出於讚賞姑娘對於小猴的憐愛，讚賞姑娘孝親的表現，絕非坊間謠傳出於好色的理由。當然，會有像這樣的傳言，也絕非空穴來風，這方面以後再慢慢說。容我先向各位把話說明白，就算再怎麼美若天仙，大人也絕不會愛上良秀的女兒。

話說良秀的女兒在大人面前雖然很有面子，但既然純粹是出於她的乖巧伶俐，也就不會受到其他女眷的嫉妒。相反地，從那之後，姑娘和小猴倍受寵愛，不但從未離開過公主的身邊，也從未缺席過乘車同遊的機會。

暫且不提女兒的事，來談談她的父親良秀吧。雖然猴子這邊不久就受到大家的關愛，可是關鍵人物良秀，依舊是大家眼中討厭的傢伙，大家沒事就在背後促狹地叫著猿秀、猿秀。不僅在大人宅邸裡，連橫川地方的僧都大師，提到良秀，也不免面露嫌惡的表情，彷彿遇見了魔障似的，開始數落良秀的不是。（當然有人說這是因為良秀在作畫時，把僧都的所作所為畫了下來，這僅僅是下人之間的傳言，不足採信。）總之，不論是誰，對於良秀的評價都是令人不敢恭維的。假使有人說過好話，或許僅有兩三位他的繪師同伴，又或者是只知其人而不知其畫者。

實際上，良秀不只是相貌猥瑣，更有令人厭惡的怪癖，會有日後悲慘的下場，完全是咎由自取，怨不了別人。

四

說到他的怪癖，可說是集吝嗇、貪婪、無恥、懶惰、慾念於一身，其中最令人受不了的就是他蠻橫且傲慢的個性，總是以當今第一畫師自居，擺出一副目中無人的高姿態。這些表現若僅止於作畫方面倒還情有可原，偏偏他是個死不認輸的頑固老頭，世間一切的習俗和慣例，他全然不放在眼裡。據長年在良秀門下當學徒的人說，有一天在某人宅邸裡，著名的檜垣巫女被亡魂上身，嘴裡喃喃地念著可怕的神諭時，良秀也充耳不聞，隨手抄起身邊的筆墨，將巫女猙獰的表情，仔細地臨摹在畫紙上。舉凡亡魂作祟之事，在那個男人眼中看來，充其量不過是欺騙孩童的把戲。

他就是這副德行，因此吉祥天被畫成了卑劣的傀儡；不動明王又被畫成了流氓捕快的模樣，故意做出種種怪異的行徑。人家當面罵他時，他又會大聲咆哮「我良秀畫的神佛，要是會給我帶來報應，那才是聞所未聞的怪事哩！」因此連他的徒弟也受不了，不少人深怕未來受他牽連而匆匆辭去。一言以蔽之，就是驕縱自負，總以為普天之下像他這麼偉大的人物絕無僅有。

由此可見，良秀在畫壇上地位之崇高，可說是不言而喻。尤其是他的畫作，無論是筆法或用色，都令其他的繪師望塵莫及，因此有許多與他交惡的繪師，批評他是邪魔外道。他們所推崇的是像川成[7]或是金岡[8]之流。若論及往昔的名匠之作，都有著各種美妙的傳言，例如畫在門板上的梅花，每到了有月亮的夜晚會散發著淡雅的幽香，或者可以聽見畫在屏風上的公卿吹笛的聲音。若換作是良秀的畫作，不論何時都只有一些恐怖怪異的傳聞，例如良秀那幅在龍蓋寺門上描繪的《五趣生死圖》，據說每到半夜從大門前經過時，會聽見天人伴隨著啜泣聲的嘆息。不止如

7 百濟川成，平安時代著名繪師。
8 巨勢金岡，平安時代宮廷畫家。

此，甚至還有人聞到屍臭味。此外，大人吩咐他畫的那些女眷肖像圖，被畫下的人，不出三年，個個都像是靈魂出竅似的罹患怪病而死掉。依照那些刻薄的人的說法，這就是良秀的畫淪落邪魔外道最有力的證據。

然而，如同前文所提及，良秀是個剛愎自用的人，越是反對他，他越是高傲自大。有一回大人打趣地說道：「你好像對於醜惡的事物特別感興趣。」良秀那張與年齡不符的紅唇就恐怖地一邊咧開微笑，一邊蠻橫地回答道「確實如此。膚淺的畫師哪懂得醜惡之美。」就算是本朝第一繪師，也不該在大人面前如此放肆妄言，也難怪先前所提及的弟子，給師父取了個「智羅永壽」的諢名。如眾所周知，「智羅永壽」是以前從中國渡海而來的天狗名字。

可是像這樣蠻橫無禮、目空一切的良秀，竟也存有一絲人性的情感。

五

據說良秀寵愛他的獨生女，簡直是到了瘋狂的地步。如同前面所說的，他的女兒性情溫順，很為父親著想，可是那個男人對於自己的女兒關愛倍至，可以說是絕不亞於女兒對他的愛。寺廟向他募款，他連一文錢也不願樂捐，但只要是女兒身上穿的衣服或是髮飾之類的物品，他必定會不惜一切金錢，盡其所能為她準備周到，慷慨得令人難以置信。

可是良秀寵愛女兒就僅止於寵愛而已，從來也未曾想過替她覓得一位好夫婿。非但如此，要是有誰對他女兒惡言相向，他便會暗地裡召集一些遊手好閒的年輕人，找機會把對方痛毆一頓。也因此，當大人將他女兒召入宅邸當小侍女時，身為父親的良秀大為不悅，即使是當著大人的面前，也是一味地訴苦，鬧得彼此都不太愉快。要說大人是因為貪戀美色，硬是將她女兒召入府邸，顧不得父親的是否情願的傳言，大抵就是在這樣的情況下流傳開來。

雖說那些傳言未必屬實，但基於良秀護女心切，一心祈求大人能歸還他的女兒這倒是事實。有一回，良秀又在大人的吩咐之下，畫了一幅《稚兒文殊圖》。畫中大人寵愛的孩童，容貌栩栩如生，大人對這幅畫非常滿意。便對良秀說：「你想要什麼獎賞，儘管開口吧，就當作給你的賞賜。」於是乎良秀顯得有些惶恐，思索片刻之後，便厚顏無恥地提出要求：「還請大人開恩，把女兒還給我。」豈有此理，若是發生在其他宅邸那就另當別論，可是在大人身邊服侍的女人，就算再怎麼寵愛，也不能如此莽撞無禮，不管在什麼地方都沒有這樣的規矩。就連向來寬宏大量的大人聽了這樣的要求，也露出不悅的神色，他沉默了一會兒，一語不發地瞪著良秀的臉，然後丟下一句「那可不行！」說完便起身匆匆離去。相同的情形，前前後後不止四、五次吧。事後回想起來，大人看著良秀的表情也一次比一次冷淡。於此同時，做女兒的也開始為父親的處境擔憂，每次從殿堂退下時，總是咬著袖衫啜泣，也因此大人戀慕良秀女兒的傳聞也不脛而走，越來越流傳開來。其中更有人捕風捉影地謠傳，就是因為良秀的女兒不願意依順大人的心意，大人才會命令良秀畫出那幅屏風。

吾輩看來，大人之所以不肯辭退良秀之女，完全是出於憐憫之心，與其將她送回那個冥頑不靈的父親身旁，不如留在宅邸裡過著悠閒自在的日子。大人是希望能多加照顧天性溫柔的她，要說出於好色之心，恐怕是牽強附會，不，應該說是憑空捏造的謊言更為適切。

總之，為了女兒的事，大人對良秀的觀感越來越差，不知基於何種想法，大人突然召見良秀，命令他畫出「地獄變」屏風。

六

一提到「地獄變」的屏風，那令人駭怖的景象，頓時浮現在我眼前。

同樣是地獄變，良秀所描繪的與其他繪師相較之下，首先在構圖上就截然不同。在屏風的角落，十殿閻羅及其從屬畫得小小的，接著是一人片的火舌，足以將劍山刀樹燒爛的猛烈大火如漩渦般吞噬著所有的畫面。冥府官吏們身上穿著點綴著黃色和藍色的衣裳。眼界所及全都是熊熊燃燒的烈焰色彩，其中尚有飛墨薰成了黑煙與金粉煽動的火花，宛如卍字一般漫天狂舞著。

光是這樣，就已夠讓人瞠目結舌，良秀更以凌厲的筆觸，畫出被業火焚身死命掙扎的罪人，確實與一般地獄圖大不相同。那是因為良秀在許多罪人之中，畫出了各種身分的人，上至公卿大夫，下至乞丐賤民。有束著腰帶的華麗貴族、身穿豔麗禮服的貌美女眷、有戴著數珠的念佛僧侶、有腳踏高跟木屐的武士學徒、有身材苗條的女童、也有持著法器的陰陽師，簡直是不勝枚舉。總之形形色色的人物捲入煙火之中，忍受著牛頭馬面的凌虐，像狂風吹散的落葉一般，紛紛往四面八方逃竄。而有位頭髮纏在鋼叉上，手腳縮得像蜘蛛一般的女人，應該是神巫之類的身分吧。

胸口被長矛刺穿，像蝙蝠一樣倒吊著的男人，八成是什麼新上任的官員。此外，有的忍受鐵條鞭笞，有的被千斤磐石壓得喘不過氣，有的被叼在怪鳥的嘴裡，有的被毒龍的巨齒齧食。依照罪人的種類不同，懲罰的方式也有千奇百怪的變化。

然而，其中最教人怵目驚心的是，有一輛牛車從半空中墜落，掠過宛如獸牙般刀樹的頂端（在這刀樹的末梢，通常會有許多亡者，被五體貫穿掛在上頭）。來自地獄的焚風吹上來，掀開牛車的簾子，當中有一名穿著華貴的宮女，分不清是女御[9]還是更衣[10]，長長的黑髮在烈焰之中飄拂，扭著白皙的頸項，可說是苦不堪言。說到這名宮女的模樣，再說到燃燒中的牛車，無一不讓人聯想到灼熱地獄的苦難。蔓延整個畫面的恐怖氣氛，都集中在這個人物的身上。果真是一幅出神入化的曠世傑作，凝神觀賞時，不禁懷疑起是否有淒厲的叫喚聲傳入耳裡。

啊，是的。就是為了如實描繪出地獄的景象，才會發生那樣可怕的事件。不然，良秀如何能生動地畫出墮入地獄受盡百般折磨的苦難呢？那個男人在完成屏風畫之後，連自己的性命也不保，可說是付出了相當慘痛的代價。換句話說，這幅畫中的地獄，就是本朝第一的繪師良秀有朝一日將會墮入的地獄啊。

我因為太急於說出「地獄變」屏風的珍奇之處，或許顛倒了故事的順序。就讓我們言歸正傳，繼續講述良秀接受大人命令描繪地獄圖的故事吧。

七

此後五、六個月期間，良秀從未造訪過府邸，足不出戶的他，專心致志地畫著屏風。原本對女兒呵護備至的良秀，一旦開始作畫，居然連女兒的臉也不想見，不覺得很不可思議嗎？據前面提過的弟子說，那個男人一旦投入工作，就會像被妖魔附身一般渾然忘我。事實上，當時都在謠傳，良秀之所以能在畫壇上功成名就，就是因為他向福德大神[11]發過宏願，還說每次作畫時，只要在暗地裡窺探，必定可以見到陰森森的靈狐，不是一隻，而是一群，前後左右將他圍繞著。因此，只要他一拿起畫筆開始作畫，滿腦子除了完成那幅畫之外，其它事情全忘得一乾二淨。不分晝夜，把自己關在一個小房間裡，暗無天日拼了命地作畫。尤其是在繪製「地獄

9 在天皇寢宮服侍之宮女。
10 後宮宮女職稱之一，地位次於女御。
11 掌管幸福好運的神祇。

變」屏風時，更是狂熱異常，幾乎到了渾然忘我的境地。

話說，那個男人連白天也緊閉著門窗，在燭台下調製特別的顏料，或是叫弟子們，分別穿上水干或狩衣等服飾，再仔細地描繪下來……其實，像他這樣的怪異作風，不單單是在描繪地獄變屏風的關鍵時刻，繪製《五趣生死圖》時也差不多。普通人要是見到了屍骸，大多會移開目光快步離去，他卻會悠然地坐在死屍的面前，聚精會神地描摹那些半腐爛的臉孔及手腳，甚至連一根毫髮也不放過。那樣地瘋狂執著，究竟是怎麼一回事，想必有些人是無法理解的，在此無暇細說，僅就我所聽到的主要情形，大致描述如下。

良秀有個弟子（就是方才所提到的那位），某日正在調著顏料，突然師父入內對他說：「我想要睡個午覺，無奈近日老是做惡夢。」這種事一點也不稀奇，於是弟子手也沒停下，隨意應了一聲「是喔」。良秀卻露出異常寂寞的表情，很客氣地提出請求說：「所以，睡午覺的時候，希望你能陪在我枕邊。」弟子覺得很奇怪，師父平時不大在意做夢的事，怎會突然有此要求，不過是舉手之勞，並非難事。於是回答說「好的。」師父不放心，還特別叮囑：「那你馬上進到裡面來，若有其他弟子過來，可別讓他們闖入我睡覺的地方。」

裡面指的就是良秀作畫的房間，即使是白天也緊閉門窗，暗如黑夜，朦朧之中徒留一盞油燈發出微弱光線，只用炭筆構圖而尚未完成的屏風圍成一圈就立在旁邊。一進到那裡，良秀便用手肘當枕，像個精疲力竭的人，很快地沉沉睡去。還不到半小時，坐在枕邊的弟子，忽然聽見不知該如何形容的可怕聲音，斷斷續續地傳入他耳裡。

八

一開始，只聽見聲音，過了一會兒，逐漸變成支離破碎的話語，猶如溺水者在水中發出嗚咽的呻吟。「什麼，叫我過去……上哪兒去？……你要我去哪裡？到地獄來。到灼熱地獄來。誰，你是誰。你到底是誰。」

弟子不禁放下調和顏料的手，一臉驚恐地窺看師父的面容，只見良秀滿是皺紋的蒼白臉上滲出豆大的汗滴，牙齒稀疏，乾燥的嘴唇正大口地喘著氣。在他嘴裡，有個活動的物體，像是被絲線什麼的纏住，快速地抽動著，該不會是師父的舌頭吧。斷斷續續的話語，原來就是從這個舌頭發出來的。

「還以為是誰，哦，原來是你，我早猜到是你。什麼，是來接我的？所以來吧，來地獄裡，地獄裡有我的女兒在等待。」

正當此時，弟子看見一道朦朧的暗影，彷彿妖怪般幽幽地掠過屏風前，令人毛骨悚然。弟子立刻使出全力試圖把良秀搖醒。師父還在半夢半醒間自言自語，弟子無論怎麼搖都醒不過來。情急之下也顧不得情面了，舀起旁邊的洗筆水，一股腦兒地潑灑在師父的臉上。

「我等你……坐上車來……坐上車到地獄來。」伴隨著這句話的同時，語調轉變成好似喉嚨被掐住所發出來的呻吟聲。良秀總算睜開了眼，猛然躍起，比被針刺還要驚慌，瞪大著雙眼凝視虛空中的一點，彷彿夢裡的妖魔鬼怪還停留在眼前始終揮之不去。過了一會兒，總算恢復了意識。

「我沒事了，你先出去吧。」這下子良秀又態度冷淡地吩咐道。弟子明白此刻如果敢違逆的話，肯定會被痛斥一頓，於是匆匆離開了師父的房間，當弟子看見外頭明亮的陽光，彷彿自己剛從惡夢中甦醒，不由得鬆了一口氣。

這事倒還好，約莫過了一個月後，這次又是另一名弟子，被師父叫進房間裡，良秀依舊在昏暗的油燈下，嘴裡咬著畫筆，突然朝著弟子說：

「要麻煩你，現在給我褪下衣裳。」師父在那之前，就經常如此吩咐道，弟子便很快地脫去衣物，赤裸裸地站在原地，師父接著卻神情怪異地皺著眉頭說：「我想看人被鐵鍊綁縛的樣子，不好意思，有勞你照我的要求行動。」

話雖這麼說，臉上卻絲毫沒有感到抱歉的模樣，語氣十分冷淡。這個弟子本來就身強體壯，拿起長刀勝過拿畫筆，沒想到師父竟然對他如此要求，顯然受到了相當程度的驚嚇，過了很久之後，聊到這件事，他還不斷地重複說著：「當時我以為師父發了狂，要把我殺掉。」可是良秀看他磨磨蹭蹭地，等得很不耐煩。於是不曉得從哪兒弄來的一條細鐵鍊，嘩啦啦地纏在手裡，一個冷不防飛撲到弟子背上，不由分說將他的雙手朝身後反轉，用鐵鍊一圈一圈地捆綁起來，接著狠毒地將鐵鍊的一端往上抽，弟子整個人無法動彈，一個重心不穩順勢倒在地板上，發出巨大的聲響。

九

當時弟子的模樣，簡直像是酒甕被推倒在地上吧。由於手腳都被殘酷地扭曲著，只有脖子還能活動。在鐵鏈的捆綁下，壯碩的軀體血液循環不通暢，以至於他的臉和身體都被勒出駭人的赤紅色。良秀並沒有特別留意，他繞著酒甕般的軀體仔細地觀察，並且畫了好幾幅近似的素描。在這段期間，被捆綁的弟子承受著多大的肉體折磨可想而知，就無須多加描述了。

不過，如果只是維持這姿勢，弟子的痛苦恐怕會延續更久。幸好（該說是幸還是不幸）沒多久，從放在房間一隅的陶壺陰影之中，細長蜿蜒地流淌出宛如黑油的物體。起初，行動很緩慢，有種黏糊糊的感覺。可是逐漸地，物體開始流暢地在地上游走滑行，表面閃閃發光。當它流淌到弟子的鼻尖時，弟子不由得倒吸了一口氣，「蛇……是蛇！」他說那時覺得自己全身的血液彷彿瞬間凍結住，這麼形容也不是沒有道理。其實，蛇只是在弟子被鐵鍊鎖住的脖子上，用冰冷的舌尖輕觸了一下。發生這樣的意外，再怎麼蠻橫無情的良秀，也著實嚇了一跳。急忙丟下畫筆，弓著身一把捉住黑蛇的尾巴，倒懸在半空中。蛇的身體雖然倒吊著，卻依然昂首吐信，死命地朝上翻卷起來，卻始終搆不著那個男人的手。

「畜生，害我畫壞了一筆！」

良秀氣沖沖地提著那條蛇，嘴裡還叨念著，隨即拋入房間一隅的的陶壺之中，然後心不甘情不願地解開弟子身上纏繞的鐵鏈。然而他僅是將鐵鏈解開，對受苦的弟子，連一句安慰的話也沒有。比起弟子被黑蛇咬到，或許他更在意畫錯的那一筆吧。……後來聽說，那條蛇也是良秀為了描繪毒蛇特意飼養的。

光是聽聞這件事，便能約略掌握良秀那種神經兮兮怪裡怪氣的偏執狂熱。但最後還有一件事，就是目前才十三、四歲的弟子，也因為地獄變屏風的繪製，遭逢可怕的不幸，險些丟了小命。這弟子天生皮膚白皙，宛如少女般姿色動人，有天夜裡，他不自覺地被叫進師父的房間裡，良秀立在燭臺下，手掌上端著一塊血腥的肉，正在餵食一隻罕見的怪鳥，體型跟普通的貓差不多大小。說起來，兩邊的羽毛像貓耳一樣往外翹起，大而圓的眼睛呈現琥珀色，外形看上去也像貓。

十

本來良秀這個人，就最討厭別人干涉自己的事。前面提到的蛇也是一樣。不管自己的房間發生什麼事，一概都不會讓弟子知道。因此，有時候桌上會擺著骷髏頭，有時又會陳列銀碗或是泥金繪的高腳漆盤。這些道具完全依照當時作畫的內容而定，都是一些教人匪夷所思的物品。可是，這些物品平時到底收藏在哪裡，根本無人知曉。所以，說他受到福德大神的庇佑這類傳聞，在某方面確實也與此事有關。

話說這名弟子，看到桌上怪異的鳥兒，心想肯定是為了描繪「地獄變」屏風才找來的，於是他來到師父面前，畢恭畢敬地問道：「有什麼能為您效勞的嗎？」良秀似乎充耳不聞，舔著赤紅的唇，用下巴指著鳥的方向說：「感覺如何？很溫馴吧。」

「這是什麼鳥啊？我從來不曾見過。」弟子怯生生地望著這隻有耳朵，長得像貓的鳥，這麼說著，良秀以他慣有的嘲笑語氣說道：

「什麼，沒見過？從小在城裡長大的人就是這麼無知。這是兩三天前鞍馬[12]的獵人帶給我的，叫做貓頭鷹。只是像這樣溫馴的，並不多見。」

那個男人說著，慢慢舉起手，由上而下撫摸著剛吃完肉的貓頭鷹背部羽毛。就在此時，鳥兒突然尖叫一聲，猛然從桌上飛起來，兩腳的爪子張開，冷不防地撲向弟子的臉。如果這時弟子沒有慌張地用衣袖遮住自己的臉，必然會有一兩處地方被抓傷。他啊的一聲，甩著袖子，正要驅趕鳥兒的當下，貓頭鷹又盛氣凌人地發出怪叫聲……弟子忘了師父就在面前，時而起身閃避，時而坐下驅趕，不自覺地在狹小的房間裡來來回回地奔竄。怪鳥隨著弟子的動作，高高低低地飛翔盤旋，一見有機可乘就突然朝對方的眼睛飛撲而來。每一次都會發出叭嗒叭嗒振翅的聲響，並且散發出落葉的氣息、瀑布的飛沫，以及猿酒[13]發酵的味道等難以言喻的怪異氛圍，真是恐怖至極。話說，這名弟子也曾說過，連幽黯的油燈都像是朦朧的月光，而師父的房間好像置身遙遠深山裡被妖氣籠罩的山谷，教人不寒而慄。

可是弟子最害怕的是，並非被貓頭鷹攻擊。不，更令人毛骨悚然的是，師父冷眼旁觀著這場騷動，並且慢慢地展開畫紙舔筆，描繪長得像女人的美少年被怪鳥襲擊的驚險狀態。弟子看見師父認真作畫的模樣，立刻產生無以名狀的恐怖感，事實上，他有一度以為早晚會被師父給活活害死。

---

12 京都市的地名。

13 猿猴將果實埋在樹洞或岩石下釀造出來的酒。

十一

事實上，也不是完全沒有被師父殺害的可能。當晚良秀特意叫弟子進入作畫的房間，就是為了唆使貓頭鷹攻擊弟子，然後畫下他四處逃竄的景象。因此，弟子一瞧見師父的模樣，就不禁用兩袖蒙著頭，發出連自己也不明所以的慘叫聲，直奔隔壁房間角落，獨自蜷縮在拉門下方。此時，良秀也不知為何發出了慌張的叫喊聲，像是要站起身來，突然間貓頭鷹撲翅的聲音比先前更加劇烈，接著傳來物品翻倒以及破裂的嘈雜聲，弟子嚇得魂飛魄散，不禁抬起頭來窺探，房間不知何時變得一片漆黑，伸手不見五指，還傳來師父焦躁地呼喚其他弟子的聲音。

總算有一名弟子在遠處回應，同時用手護著燈急忙趕來，在那散發著煤臭味的燈火照明下仔細一瞧，原來燈臺弄倒了，不論地板上、榻榻米上都布滿油漬，而剛才的貓頭鷹痛苦地撲著半邊的翅膀倒在地上。良秀在桌子的另一邊半撐起身子，也不免露出驚訝的表情，嘴裡喃喃說著教人無法理解的話。……這也難怪。那隻貓頭鷹身上有一隻漆黑的蛇，從頸部一直纏繞至半邊的翅膀。八成是弟子蜷縮在角落時，不小心把那裡的陶壺打翻，讓裡面的蛇爬了出來，貓頭鷹想要去抓牠，才引起好大的騷動。兩名弟子面面相覷，一時之間茫然地望著眼前不可思議的景象，然後默默地向師父行了禮，悄悄地退出房間。至於黑蛇和貓頭鷹的下場如何，也就不得而知了。

除了以上所述，類似的事情還多著呢。前面也說過，良秀受命繪製地獄變屏風是在初秋，從那之後到冬末，良秀的弟子不斷地受到師父怪異舉動所威脅。可是，到了冬末良秀不知為何，繪製屏風的進度停滯不前，而且他的神態比以前更加地陰鬱，說話的態度也變得異常粗暴，此時屏風畫草圖已有八成，卻遲遲未有進展。不，搞不好連已經完成的那些，也有可能塗掉重畫。

然而，誰也不知道，屏風究竟是哪裡出了問題。也沒有人想要知道。弟子為了這事已經吃足了苦頭，感覺就像是與虎狼同籠，各人心中都在盤算，還是盡可能離師父遠一些比較好。

十二

因此關於這段期間發生的事，無須多加述說。勉強來說，就是那剛愎自負的老頭子竟然常常莫名其妙地落淚，又聽說他常在無人的地方嚶嚶哭泣。特別是有一天，一名弟子有事來到庭院時，看見師父一個人站在庭院裡，望著春天將臨的天空，眼眶盈滿了淚水。弟子說看見師父那個樣子，反而覺得很羞愧，於是不發一語地悄悄折回去。為了畫幅五趣生死圖，連路邊的屍骸都畫過，如此傲慢的男人，竟然為了無法繪製出令自己滿意的屏風畫，像個孩子似地啼哭，豈不怪哉？

話說良秀幾乎陷入瘋狂地繪製屏風畫，根本不像個正常人，而他的女兒也不知為何變得越來越憂鬱，連在我們面前也是一副強忍著淚水的模樣，她原本就是個面帶憂愁、皮膚白皙、內斂拘謹的女孩，再加上憂鬱，更讓人覺得她的睫毛變得沉重，也出現黑眼圈，顯得十分淒涼寂寞。起初也有很多臆測，以為她是因為想念父親，或是害了相思病而煩惱，後來開始有謠傳，那是因為她無法違逆大人的意旨而傷神，從那之後，人們突然不再談論良秀的女兒，彷彿將她忘卻了似的。

恰巧就在那時候吧。一個夜闌人靜的晚上，我獨自經過走廊，那隻猴子良秀不知從何處突然跳過來，拚命拉扯著我的裙褲下襬。那確實是聞得到梅花清香撲鼻，有淡淡月光灑落的溫暖夜晚。可是透過月光一看，猴子露出白色的牙齒，皺著鼻頭，發瘋似的怪聲尖叫。我懷著三分恐懼和七分怕新褲子被扯破的怒氣，起先想把猴子給踢走，然後再往前行，可是轉念一想又覺得不妥，先前冇個武士責打這隻猴子，惹得少主不高興，被大人訓斥一番。而且猴子的舉動看來很不尋常。於是決定照著他拉扯的方向又往前走了九至十公尺。

這時候前面長廊拐了個彎，正好走到了泛白的池水邊，透過夜色，可以眺望優美的松樹另一邊遼闊的景色。附近的房裡有人爭吵的聲音，既慌亂又鬼祟地鑽進我的耳裡。四周一切陰森寂靜，分不清是明光還是霧靄的氛圍裡，除了魚兒在水池裡跳躍的聲音，沒有半點人的動靜。因為聽見窸窸窣窣的聲音，我不由得停下腳步。心想如果有暴徒，一定要給他點顏色瞧瞧，我想看個究竟，於是屏住呼吸，悄悄地走到那道拉門外。

十三

可是猴子良秀或許是嫌我走得太慢了吧。迫不及待地在我的腳邊繞了兩三圈，然後發出像是脖子被掐住的沙啞聲，猛然一躍跳上我的肩膀。我不由得轉過頭去，本能性地閃躲，怕被猴子給抓傷了，猴子卻抓緊我的衣袖，死命地巴著我不放。……力道之大，使我不由自主地往前踉蹌了兩三步，一個不小心背部撞上了那道拉門。事到如今，我已無法躊躇，便推開拉門，跳進月光照不到的房裡。這時遮住我視線的是……不，比那更令我訝異的是於此同時，房裡有個女人像被彈出似地跑了出來，差點兒就撞上我，隨即一個跟斗滾到了門外，不知為何雙膝著地跪在那裡，那女人在門外大口大口地喘著氣，彷彿看見了什麼可怕的怪物，渾身顫抖地抬頭望著我。

不用說也知道，那是良秀的女兒。可是那天晚上，良秀的女兒彷彿完全變了一個人，鮮活地映入我的眼簾。大眼睛閃閃發亮，臉頰也燒得通紅，凌亂的裙子和內衣，不似以往那樣幼稚，顯得特別豔麗動人。這簡直教人不敢置信，難不成是往昔那個柔弱矜持，凡事低調的良秀女兒？……我的身子靠著拉門，望著月光下美麗的姑娘身姿，同時我聽見另一個人匆忙離去的腳步聲，靜靜地用眼神探詢，那個男人到底是誰？

女孩緊抿著唇，默默地搖頭。表情顯得十分委屈。我彎下身，將耳朵湊到女孩的耳邊，悄聲問道：「他是誰？」女孩仍舊一語不發地搖頭，她長長的睫毛尖盈滿了淚水，嘴巴比之前抿得更緊了。

生性愚鈍的我，除了已經明白到過於清楚的事以外，其餘一概不知。我也不知道該說些什麼才好，一時之間只能像是傾聽著女孩胸中的悸動般，佇立在原地。還有一個原因，不知為何總覺得再追問下去於心有愧。

這樣僵持下去，不知經過了多久。終於，我關上開著的拉門，回首望見女孩臉上的紅暈已悄然褪去，我竭盡溫柔地對她說：「請回房間去吧。」自己也好像看到了不該看的東西，心中亦感到不安。不知該對誰感到羞愧，便悄悄地沿著來時的方向走回去。可是還不到十步之遙，又有誰從後頭惶恐地拽住我的褲腳。我吃驚地回頭一看。你們猜怎麼著？

原來是猴子良秀在我的腳邊，像人一樣雙膝跪地，響著脖子上的黃金鈴鐺，畢恭畢敬地頻頻向我叩首行禮。

十四

就在那晚之後，大約又過了半個月。有一天良秀突然來到府邸，要求晉見大人。他的身分雖然卑賤，但或許是平日格外獲得賞識。連不太輕易接見任何人的大人，那天也爽快地應允了他的請求，立刻召他速速上殿來，那個男人照例穿著染香的狩衣，頭戴軟烏帽，帶著比以往更加陰沉的表情，恭敬地跪拜在大人面前，接著以沙啞的聲音說道：

「大人先前吩咐的地獄變屏風，我夜以繼日竭盡所能繪製，總算畫出了成果，已接近完工階段。」

「可喜可賀。我很滿意。」

可是大人的聲音十分奇怪，不知為何給人一種無精打采的感覺。

「不，那一點也不值得慶賀。」良秀有點生氣地始終垂著雙眼。「雖然大致上都畫好了，可是只有一個地方，我到現在還畫不出來。」

「什麼，竟然有你畫不出來的東西？」

「是的。小的實在畫不出從未見過的事物。即便可以描繪出來，也不會令人滿意，和畫不出來的意思差不多。」

大人聽見這番話，臉上浮現出嘲弄似的微笑。

「照你這麼說，要畫地獄變屏風，必得親睹地獄之殘酷景象？」

「是這樣沒錯。不過，去年發生大火時，我就親眼看到了與灼熱地獄的烈焰相當的熊熊火勢，所以可以畫出『不動明王尊』背後的火焰，也是因為遇見了那場火災，大人應該看過那幅畫吧。」

「那罪人呢？你應該也沒看過獄卒吧？」

大人似乎根本沒把良秀的話聽進去，連番追問他。

「我見過人被鐵鏈捆綁的樣子。也具體地描繪了怪鳥啄人的情景。這樣不能說不知道罪人受到責罰的痛苦。而獄卒……」良秀露出可怕的苦笑，接著說：「而獄卒在我睡夢中出現過好幾次。有的是牛頭，有的是馬面，有的是三頭六臂的鬼形，他們不出聲音地拍手，不出聲音地張嘴，幾乎可以說每日每夜都來折磨我……但是讓我絞盡腦汁畫不出來的，並不是那個東西。」

聽到這裡，大人才覺詫異。他不耐煩地瞪著良秀的臉好一會兒，終於蹙著眉頭，大聲喝叱道：

「那你到底是什麼畫不出來？」

十五

「在屏風正中央，我想描繪一輛檳榔毛車[14]從空中墜落的景象。」良秀如此說著，目光炯炯地直視大人的臉。聽說他一提到作畫的事，就好像發狂似的，而此刻他的眼神，確實帶著無法言喻的恐怖力量。

「那輛車上載著一個嬌豔的女人，黑髮蓬亂，在烈火中死命地掙扎，被薰得滿臉都是黑煙，蹙著眉頭，半空之中仰望著車蓬，手扯破了垂簾，或許是為了遮擋自天上降落如雨般的火星。檳榔毛車的四周有十幾二十隻怪鳥，嘴裡呱啦呱啦地怪叫，紛紛繞著檳榔毛車來回飛翔盤旋。……啊，那牛車裡的女人，我怎麼也畫不出來。」

「這……該如何是好？」

雖然這麼說著，大人的臉上不知何故，神情顯得欣喜若狂，他催促著良秀往下說。可是良秀抖動著紅潤發燙的嘴唇，像是夢囈一般的口氣，嘴裡喃喃地說著：

「我就是畫不出來。」他又複述一遍，突然咬牙切齒地大聲說道：

「請在小的面前燒一輛檳榔毛車吧！點燃大火，如果能答應小的請求……」

大人臉色一沉，突然又放聲大笑，然後邊笑邊喘氣著說：

「好，一切就照你所要求的進行吧！」

聽到大人這麼說，總覺得他話語之中帶有殺氣。事實上大人的表情亦十分可怕，嘴角還冒著白色的唾沫，眉頭有如閃電般顫動著，簡直像是感染了良秀的瘋狂，神態十分異常。話音未落，又爆出了笑聲，不可抑止地從喉間發出咯咯咯的聲響。「就在檳榔毛車上點火吧。還要安排一個嬌豔的女人坐在裡頭，打扮成貴婦般的模樣。受困於烈火與黑煙之中，車內的女子痛苦掙扎至死……虧你想得出這樣的畫面，真不愧是天下第一繪師。我要重賞你。好好地重賞你！」

聽到大人這番話，良秀突然大驚失色，彷彿喘著氣一般，嘴唇不住地顫抖著，終於全身的肌肉放鬆下來，整個人癱軟似的，雙手伏在榻榻米上，用低得幾乎聽不見的聲音，畢恭畢敬地說：「小的叩謝大人。」

或許是因為良秀心中預想的恐怖畫面，隨著大人的話語栩栩如生地浮現在眼前，才會如此激動莫名。我這一生中唯有這次覺得良秀真是個可悲的人哪。

14 將檳榔葉撕成小條做為頂篷的牛車，通常做為貴族或高僧乘車之用。

十六

那是兩三天之後的一個夜晚。大人依約召見良秀，要讓他親眼目睹檳榔毛車焚燒的場面。當然焚燒的地點並不是堀川宅邸，而是位於京都城外一處已經燬逝了的山莊，是以前大人的妹妹所居住的地方，俗稱「雪解御所」。

這雪解御所無人居住很久了，廣大的庭院也任其荒廢，大概是曾經見過此地杳無人跡的到訪者所做的推測吧。關於在此去世的妹妹，亦有許多傳聞，有人說在沒有月亮的夜晚，至今仍有怪異的紅裙，腳不著地在走廊上行走……這也難怪，御所即使是白天也悄無聲息，只要太陽一下山，引水的聲音聽來特別陰森，在星光下飛翔的夜鷺形同怪物一般，令人毛骨悚然。

剛好這天晚上也沒有月亮，庭院裡漆黑一片，不過從大殿上油燈的燈影望去，大人坐在靠近走廊的位置，身穿淺黃色的便衣和深紫浮紋的寬褲，在一個冂底鑲著錦邊的圓墊上，高高地盤腿而坐。他的前後左右有五、六位侍者恭敬地坐著，其中有一人看起來特別醒目，一副凶神惡煞的模樣，是去年陸奧之戰，餓到生食人肉的武士，據說從此之後力大無窮，可以活生生將鹿角掰開。只見武士下半身纏著腰布，佩戴著長刀像鳥尾一般反翹，威風凜凜蹲踞在廊下。……所有人都在夜風吹拂的燈火中，忽明忽暗，分不清是夢境還是現實，四周瀰漫著一股肅殺之氣，令人畏怖。

再加上庭院之中停放著一輛檳榔毛車，夜色沉甸甸地壓著高懸的車蓋上，毛車的前面沒有栓牛，黑色的車轅斜掛在腳踏架上，上頭的金屬配件如星星般熠熠生輝，雖然是春天，卻感到侵膚之寒。尤其是那輛車內，被凸紋綢緞滾邊的青色簾子，將車廂給封閉得密密實實，誰知道裡頭是何物？車輛周圍是一群雜役，他們手裡拿著熊熊的火炬，留意不讓煙飄向走廊，煞有其事地原地待命著。

良秀本人位於稍遠的地方，在面對走廊的地方跪坐著，穿戴的仍是薰香的狩衣和塌陷的軟烏帽，或許是低垂的星空所帶來的壓迫感，他的身子顯得比平常更加矮小寒酸。在他身後還有一個人，穿戴著同樣的烏帽狩衣蹲在那裡，想必陪同良秀一道來的弟子，他們恰好跪坐在遙遠的陰暗處，從我所在的廊下望去，連狩衣的顏色都無法清楚分辨。

十七

大約接近午夜時分，籠罩著林泉的夜色，悄然吞沒所有的聲音，彷彿在窺探眾人的氣息，唯一聽得見的只有夜風吹掠的聲音，將火炬的煤臭味飄送過來。大人沉默片刻，始終望著這不可思議的景象，終於往前挪動了一下膝蓋，接著厲聲喚道：

「良秀！」

良秀似乎有所回應，不曉得喃喃自語些什麼，我的耳朵聽不太清楚。

「今晚就如你所願，放火燒車給你看！」

大人如此說完，旋即給周圍的人使了個眼色。我看見大人似乎和身旁的侍者交換著頗有意味的詭異微笑，但也許是我多心了。這時良秀忐忑不安地抬頭仰望走廊，但依舊不發一語地等待著。

「看仔細了，這是我平日乘坐的車子，你應該有印象吧。……我要放火燒這輛車，在你眼前呈現灼熱地獄的景象。」

大人欲言又止，向身旁的侍者使眼色。突然之間帶著苦悶的語氣說道：

「車裡面坐著一個雙手被反綁的有罪侍女。一旦放火燒車，那女子勢必會被燒得皮焦肉爛、粉身碎骨，極端痛苦地死去吧。這對於你要完成的屏風畫來說，無疑是最佳範本。好好欣賞白雪般的肌膚燒得面目全非的情形，以及黑髮化作火花飄散於烈焰之中的精采畫面。」

大人第三次停頓下來，不知道想到了什麼，這次只是搖晃著肩膀，不出聲地狂笑著。「此等光景可謂空前絕後，吾亦在此一同觀賞，來人啊，把簾子掀起來，讓良秀看看車裡面的女人吧。」

一聲令下，一名雜役高舉著火炬，邁開大步地走向車子，猛然探手將簾子唰地掀了起來，發出爆烈聲的火炬搖晃著紅光，一時間清楚照亮了狹窄的車廂，座位上被鐵鏈綁住的女人，慘不忍睹……天哪，難不成是眼花了嗎？刺繡光采奪目的櫻花唐衣上，披垂著烏黑艷麗的秀髮，斜插的金簪子也閃著耀眼的光芒，雖然打扮與平日大不相同，可是那玲瓏小巧的身段，白皙的頸子，還有那拘謹得近乎寂寥的側臉，無疑正是良秀的女兒，我嚇得差點叫出聲來。

就在此時，坐在我對面的武士慌忙起身，一手按著刀柄，嚴峻地注視著良秀。我吃驚地放眼望去，那個男人見到這光景，似乎也失去了一半理智。之前一直蹲在下邊的他，突然一躍而起，雙手伸向前方，奮不顧身地想要衝向車子，然而如前所述，良秀遙遠地處於陰影之下，容貌看不分明。可是這麼想也只是瞬間的事，嚇得面無血色的良秀，彷彿被什麼無形的力量，硬生生吊至半空中，那身影突然間擺脫了黑暗，清楚地浮現在眼前。隨著大人一聲命令「點火」的同時，雜役們不約而同將火炬扔向良秀女兒乘坐的檳榔毛車，大火立刻熊熊地燃燒起來。

十八

眼見火勢一發不可收拾，很快地包圍了車蓋，上頭裝飾的紫流蘇像是被煽動起來似的飄搖，下方捲起了煙霧漩渦，即使在夜色中也白濛濛一片。簾子也好、袖子也好，還有那車樑上的金屬配件，一時之間全都碎裂紛飛，火花如細雨般漫天飛舞……那慘烈的景況實在難以形容。不，更可怕的是吐著熊熊火舌爬上了門邊格子，竄升至半空的烈焰顏色，猶如日輪墜地，天火迸發。之前差點叫出聲的我，如今已魂飛魄散，只有茫然地張開嘴巴，除了注視著這可怕的光景，根本束手無策。可是身為父親的良秀……

良秀當時的表情，我至今仍無法忘懷。那個男人原本不自覺地想要衝向車子，當大火一燃起來，他就停下腳步，手依然往前伸，瞪著貪婪的雙眼，彷彿被毛車周邊的烈焰與煙塵給吸過去似的，目不轉睛地看著這一切。他全身沐浴在火光中，滿是皺紋醜陋的臉龐，連鬍子尖也都清晰可辨。可是，那瞪得大人的眼睛，扭歪的嘴唇，還有不斷抽搐的頰肉顫動，良秀內心交織的恐懼、悲傷與驚駭全寫在臉上。即使是面臨斬首的盜賊，乃至十惡不赦的罪人，也不至於那樣痛苦的表情。連那個威武驃悍的武士也不禁變了臉色，戰戰兢兢地仰望大人的臉。

然而，大人緊緊咬著嘴唇，時而露出詭異至極的笑容，目不轉睛地盯著那輛燃燒著大火的車子。而那輛車子裡……啊，我實在沒勇氣詳加說明，當時車中女孩如何被大火吞噬的殘酷畫面。被煙嗆到往上仰的蒼白面容、被火焰掃到的凌亂長髮、還有一轉眼就化為火苗的櫻花唐衣之美……多麼淒慘的景象啊！特別是夜風一陣吹來，煙飄向另一邊時，只見到撒著金粉的赤紅火焰中，浮現出嘴裡咬著髮絲，奮力想要掙脫鐵鍊的身軀，令人懷疑那不正是地獄苦難的寫照。不光是我，連驃悍的武士也被眼前的景象強烈地震懾住，不由得豎起了寒毛。

隨後又吹起一陣夜風，越過庭園的樹梢發出怪異的聲響——誰都無法想像，這樣的聲音在漆黑的夜空中，不知往何處疾馳掠過，突然有一道黑影，像皮球一樣彈跳起來，腳不著地也沒有飛在空中，從御所的屋簷上一直線躍入燃燒的車內。在朱紅色的門邊格子此刻已燒得七零八落，黑影抱住被反綁的女孩肩膀，隨著極端痛苦，撕心裂肺的一陣尖叫聲長長地傳到黑煙之外。接著又聽見兩三聲——我們不禁「啊」地異口同聲叫出來。背對著布簾般的火焰，緊抓住女孩肩膀的，正是那堀河府邸綽號良秀的猴子。牠是從哪兒偷偷跑到御所來，當然無人知曉。不過，應該就是為了平常疼愛牠的女孩，猴子才會不顧一切地躍入火中吧。

十九

可是，猴子的身影的出現只是一瞬間而已。恍若泥金畫的火花啪地升上空中，猴子與女孩的身影都隱沒在黑煙底下，庭園中唯獨一輛著火的車子發出淒厲的鳴響，劇烈地燃燒著。不，那衝向天空翻騰的恐怖火焰，與其說是著火的車子，不如說是擎天的火柱來得適切。

良秀面對那火柱，宛如凝固般僵立在原地……多麼不可思議啊。一開始還在為地獄的折磨所苦惱的良秀，如今皺紋滿面的他，臉上卻浮現難以形容的神聖光輝，一種恍惚的喜悅，似乎忘了身在大人的面前，雙臂牢牢地盤在胸前，一動也不動地佇立在原地。看來女兒掙扎至死的情形，並沒有映在那個男人的眼中，只有美麗的火焰色彩，在裡面受苦的女人模樣，令他產生無限的歡悅。

不可思議的是，那個男人是如此歡喜地看著獨生女慘死。還不只於此，那時良秀的臉上，不知何故，感覺有種不屬於人類的，宛如夢中的獅王發怒一般，奇特的莊嚴感。連那些受到突如其來的大火驚嚇，聒噪盤旋於空中的鳥兒，也不敢靠近良秀的軟烏帽，或許在無心的鳥兒眼中，那個男人的頭上，懸著神聖的光環，顯出不可思議的威嚴感。

連鳥兒都如此，更別提我們和雜役，每個人都屏住呼吸，渾身顫抖，充滿異樣的隨喜之心，宛如見到開眼的佛像，目不轉睛地盯著良秀。響徹天空的熊熊烈火和神魂被奪去呆立不動的良秀……是何等莊嚴，何等歡喜啊。然而，在那之中，只有一人，也就是走廊上的大人，好像變了個人似的，臉色鐵青，口吐白沫，兩手緊抓著紫色褲子的膝蓋，猶如喉嚨乾渴的野獸一般不停地喘著氣……

二十

當晚大人在雪解御所放火燒車的事情，不知從誰的口中洩露出來，結果鬧得滿城風雨，引起眾人議論紛紛。最常聽見的謠傳是，大人求愛不成，由愛生恨因而藉此報復，可是大人即便想要燒車殺人，想必也是針對屏風畫的繪師，對其劣根性所作的一種懲罰。這是大人親口對我說的。而那被視為鐵石心腸的良秀，為了完成屏風畫，竟然眼睜睜地看著自己的女兒被燒死，也是令人痛心疾首。有人罵他為了作畫忘了父女親情，簡直就是人面獸心的大混蛋。橫川的僧都大師，也是抱持這種看法的其中一人，他常說：「無論如何精於一藝一能，生而為人切不可忘記五常[15]，否則唯有墮入地獄，此外無他。」

然而過了一個月後，「地獄變」屏風總算完成了，良秀迫不及待地拿到府邸，恭請大人過目。剛好那時僧都大師也在場，乍見屏風上的畫，旋即被其中鋪天蓋地的狂暴烈焰給震懾住，原本一直板著臉瞪視著良秀，看見屏風畫之後，不禁拍著膝蓋說道「太傳神了！」聽到這句話，大人苦笑的模樣，到現在仍記憶猶新。

從此以後，至少在府邸裡，幾乎再也沒有人說良秀的壞話。無論平常多麼地厭惡良秀，看了屏風畫，任誰都會不可思議地被那莊嚴的心情所打動，或許是因為如實地感受到灼熱地獄的大苦難吧。

可是到了這時候，良秀已經不在這世間上了。他在完成屏風之後的第二天夜裡，在自己作畫的房間裡懸樑自縊。既然失去了心愛的獨生女，那個男人恐怕也無法心安理得地生活下去。他的屍體仍埋在生前作畫房間的遺址上。當然那小小的墓碑，歷經幾十年的風吹雨打，如今必定布滿了青苔，也難以分辨究竟是誰的墳墓了。

大正七年四月

15 人必須遵守的五種道德，即仁義禮智信。

蜘蛛之絲

一

有一天，釋迦牟尼佛閒來無事，在極樂世界蓮池畔獨自漫步。池中朵朵盛開的蓮花雪白皎潔，猶如白玉一般，從那金色花蕊之中，不絕如縷地發散出難以形容的特有香氣，此刻恰好是極樂世界的清晨時分。

釋迦牟尼佛來到蓮池畔佇足片刻，從覆蓋於水面的蓮葉間，不經意地瀏覽水面下的光景。於此極樂蓮池之下，即是地獄底層。透過清澈如水晶般的水彷彿望穿西洋鏡般，三途河[1]及刀山劍樹的森然景象在水面下一覽無遺，盡收眼底。

此時，有一位名喚犍陀多的男子，同其他的罪人一起在那地獄底層死命掙扎的情景，映入佛祖的慧眼之中。這位名喚犍陀多的男子雖是個殺人放火、無惡不作的江洋大盜，說起來他這輩子倒也做過善事，那是絕無僅有的一次。話說，大盜犍陀多有一回走在密林中，剛好有一隻小小的蜘蛛在路邊爬行。犍陀多原本想抬起腿一腳踩下去，卻動了惻隱之心。

——「不、不。這傢伙雖小，也是一條生命，無端害死牠，豈不殘忍？」於是他忽然轉念，決定放蜘蛛一條生路。

佛祖在極樂世界觀看地獄的景象，忽然想起犍陀多曾經救過蜘蛛的事。於是，他想出了一個法子來酬答他做的這件善行，並試圖把這名男子從地獄中拯救出來。幸好，路邊剛好有一隻極樂世界的蜘蛛正攀爬在翡翠色的蓮葉上，專心織著美麗的銀絲線。佛祖默默地信手捻來一縷蜘蛛之絲，從潔白如玉的白蓮間垂向地獄底層。

二

這裡是地獄底層的血沼，犍陀多同其他罪人一起在其中載浮載沉。不論從哪個方向望去，周圍都是漆黑一片，偶爾在那幽暗之中，彷彿隱約看見了什麼，卻淨是可怕的刀山劍樹所發出的冷冷寒光，教人看了膽戰心驚，駭怖不已。尤其是周圍一片死寂，宛如墓穴中的世界，不時還會聽見罪孽深重的亡靈傳來氣若游絲的歎息聲。

凡是淪落至此的人們，早已受盡地獄種種酷刑諸般的折磨，個個疲憊不堪，怕

1 此岸（現世）與彼岸（來世）的分野。

是連哭出聲的力氣也沒了吧。就連大盜犍陀多也像隻瀕死之蛙，僅能一邊啜飲血沼中的血水，一邊痛苦掙扎而已。

就在此時，犍陀多不經意抬起頭眺望血沼上空，在闃黑無聲的幽冥中，從遙遠的天際忽然降下一根銀色的蜘蛛絲，彷彿怕被人看見似的，細細一縷，微光閃爍，恰好垂降在自己的頭頂上。犍陀多見此情狀不禁拍手叫好，暗自歡喜。心忖沿著這根絲線努力不斷向上攀爬，必定能逃脫地獄苦海。不，如果順利的話，說不定還能登上極樂世界哩。如此一來，豈不是再也不用被驅趕至刀山劍樹，也免除了沉淪於血沼之苦。

犍陀多一思及此，趕忙伸出雙手牢牢地抓住蜘蛛絲，拼死命地往上攀爬。犍陀多原是身手矯健的江洋大盜，這動作對他而言不過是故技重施罷了，簡直易如反掌，絲毫不費吹灰之力。

可是地獄與極樂淨土之間，相隔何止幾萬里！不論犍陀多再怎麼心焦如焚，真要爬出地獄抵達上方談何容易。攀爬了一段時間，犍陀多整個人疲累不堪，想要伸手再多爬一段也難以為繼了。如此束手無策，也只好暫且歇會兒喘口氣，便吊掛在蜘蛛絲上，身體虛懸在半空，一邊往下遙瞰。

只見方才身處的血沼如今正消失在幽冥之底，拼死命地往上爬，總算是沒白費力氣。那閃爍著冷冷寒光的刀山劍樹也已在腳底下。若是能夠照這樣攀上去的話，逃出地獄應是意料中事。犍陀多雙手緊抓著蜘蛛絲不放，並大聲笑道：「快得救了！快得救了！」這聲音是他淪落地獄多年以來不曾聽聞的。就在得意之際，他發現蜘蛛絲下方有無以計數的罪人尾隨其後，不就像螞蟻行列般一步步往上攀爬嗎？犍陀多見此情狀，大驚失色，一時之間像傻瓜般張大嘴巴，眼皮眨巴眨巴動個不停。如此細的蜘蛛絲，光是承受自己一人的重量就岌岌可危了，又怎能耐受得住這麼多人的重量。萬一中途被扯斷，連死命攀上來寶貴的自己也不免倒栽蔥似地往下墜落，跌入原來的地獄。這麼一來豈不完蛋了！正苦惱該如何是好，眼見成千上百的罪人接連不斷地從闃黑的血沼之底，個個義無反顧向上攀爬蠢動。再不想想辦法，這條蜘蛛絲就要從中間斷成兩截，自己勢必又要掉落到暗黑無邊的地獄了。

於是，犍陀多扯著喉嚨大喊：「喂！罪人們！這蜘蛛絲是屬於我的，誰讓你們上來的？快滾下去！滾下去！」

就在這千鈞一髮之際，原本好端端的蜘蛛絲，突然從犍陀多身體懸掛的地方，冷不防地應聲扯斷，於是犍陀多便失足墜落，整個人像陀螺般在風中翻滾，一股腦兒栽進黑暗的深淵。

此刻，唯有極樂淨土的蜘蛛之絲，兀自閃爍著微光，猶然細細地虛懸於看不見星月的半空中。

三

釋迦牟尼佛佇立在極樂世界蓮池畔，方才發生的一切經過，自始至終看在眼裡。倏忽之間，犍陀多像石頭般沉入地獄的血沼之底，佛祖臉上微露悲憫之色，隨即又開始散步了。犍陀多光想著自己要脫離地獄苦海，卻罔顧他人的死活，毫無慈悲心腸，才會受到與其心相稱的懲罰，又落入原來的地獄之中，看在佛祖的慧眼裡，想必那行為是過於卑劣了。

然而，極樂世界蓮池中的蓮花，好像啥事也不曾發生過，全然不予理會，晶白如玉的白花兀自搖曳其花萼，在佛祖的足畔款款擺動，從金色的花蕊之中不斷飄散著佳妙無比的香氣。想必極樂世界已接近晌午時分了吧。

大正七年四月十六日

枯野抄

丈草，召去來，昨夜未曾闔眼，忽生一念。遂命呑舟抄錄，各詠俳句一首。

「病臥羈旅中，夢縈枯野上。」——《花屋日記》1

元祿七年十月十二日午後。大阪商人一早醒來，張開惺忪的睡眼，朝著遠方瓦屋頂的對面望去，只見滿天赤焰焰的朝霞，難不成又像昨日一樣下起陣雨麼？所幸風吹柳葉擺動，並無煙雨迷濛的景象，陰天之後，不久就會有個晴朗寧靜冬日的到來。在一整排林立的町家之間，緩緩流過的河水，已失卻昔日的光彩，放眼望去，白茫茫一片，什麼也看不見。而水面上的蔥葉，那青綠的色澤，倒也未顯絲毫寒意。於岸上來往的行人，無論是包著圓頭巾，還是穿著皮襪子的，全忘了這寒風肆虐的人世間，自顧自地趕著路。不管是暖簾的顏色也好，絡繹不絕的車輛也罷，還有遠處傳來為木偶戲伴奏的三弦聲——全都融在這冬日的微明和寂靜之中。橋上的欄杆尖頂，藻飾成寶珠狀，上頭的塵埃紋風不動地，悄悄地守護著……

正當此時，座落在御堂前南久太郎街上，花屋仁左衛門家的後廂房內，當年受人景仰的一代俳諧大師芭蕉庵松尾桃青，從各地趕來的門人雖悉心照顧，仍舊在五十一歲溘然而逝，「埋火雖溫熱，漸次冷如灰」，安詳地嚥下最後一口氣。時辰約莫將近申時中刻吧。——遮蔽的紙門已然卸下，空蕩蕩的廂房內，只有枕頭上方點

1 僧文曉著，以松尾芭蕉晚年與弟子的手記、談話、書信集為形式的俳書。

著一柱香，青煙徐徐升起；雖說天地間的寒氣被擋在庭院外，新障子[2]的顏色，也只有在這屋內才顯得暗淡，可屋裡依舊周身冰冷。

枕頭朝著障子，芭蕉寂然不動地橫臥在那裡。圍繞著他的，首先是人大木節。他把手伸進被子裡，持續把著脈，芭蕉的脈搏跳得極慢，木節鎖著眉頭一臉憂心忡忡。蜷縮在他身後的，想必是這次從伊賀一路跟隨芭蕉的老僕治郎兵衛，從方才就一直低聲喃喃念著佛號。坐在木節身旁的那位，不論是誰一看便知，應當是彪形大漢晉子其角[3]，和儀表堂堂的去來[4]。去來穿著古銅色撚綢衣衫，上面印著方塊狀小花紋，身形大腹便便，凜然不可侵犯的模樣。兩人始終目不轉睛地瞅著師傅的病情。

其角的身後是丈草，看上去像個出家人似的，手腕上掛著一串菩提念珠，八風不動地端坐在那兒。坐在丈草旁邊的是乙州。不停地吸著鼻涕，想必忍不住湧上來的悲哀吧。矮個子和尚裝扮的是惟然僧，他一直盯著乙州瞧。僧袍的袖子補了又補，表情冷漠地撅起下巴，與膚色淺黑，有點剛愎自用的支考，並肩坐在木節的對面。其餘幾個弟子，或左或右，屏息凝神地守著師父的病床，為著生離死別，心中難捨留戀之情。可是，其中只有一個人，趴在廂房的角落裡，緊貼在榻榻米上，痛哭失聲，那人應該是正秀吧？儘管如此，籠罩著冰冷沉默的後廂房裡，就連繚繞在枕邊的線香，飄著淡雅的幽香，也絲毫沒有干擾到房內的寂靜。

剛才，芭蕉伴隨著痰喘，用微弱的沙啞聲，留下讓人難以捉摸的遺言。然後，半張著眼睛，像是昏睡的狀態。臉上有幾粒痘瘢，瘦到只露出顴骨來，嘴唇四周布滿了皺紋，早已失去血色。尤其教人傷心的是，他那雙眼睛已黯淡無光，宛如望著屋頂對面一望無際清冷天空似的，那樣望向遠方。「病臥羈旅中，夢縈枯野上。」——這是他三、四天前寫下的辭世俳句，此時，或許就像他所吟詠的那樣，渙散的視線中，是枯野上蒼茫的暮色，沒有半點月光，猶如夢一般飄忽不定也未可知。

「水！」木節回過頭來，朝著安靜坐在身後的治郎兵衛吩咐道。而這位老僕早已將一碗水和一根羽毛製的牙籤給預備好了。他小心翼翼地把這兩樣東西擺在主人的枕邊，似乎想起什麼似的又開始專心地念起佛號。治郎兵衛自小在山村長大，他以為不論是芭蕉也好，別人也好，若要往生極樂淨土，都得仰仗佛陀的慈悲。這種

2 紙拉門。
3 榎木其角，蕉門十哲之一。
4 向井去來，蕉門十哲之一。

堅韌的信念在他淳樸的內心裡，恐怕早已根深蒂固了。

另一方面，木節說著「水！」的那一瞬間，忽然思及，身為大夫的自己，是否盡了全力去挽救芭蕉的性命？這疑問始終盤旋在腦海，而此時又跳出來，轉化成激勵自己的意志，於是他轉身，默默向著身邊的其角示意。圍繞在芭蕉病榻旁的眾弟子，內心越發地感到緊張不安。就在緊張的前後，卻有種鬆了一口氣的感覺隨之而來，換句話說，該來的時刻終於要來了，如釋重負，任誰的心裡都閃過這樣的念頭，這是不爭的事實。只不過，這心情有著微妙的特質，就是誰都不願承認自己曾有過這念頭。而在場的弟子當中，就屬其角最實際，與木節兩人面面相覷的同時，好像從對方的眼神裡，看出彼此心思似的，連平日沉穩的其角也不由得心頭一驚，他慌張地將視線移開，假裝若無其事拿起了羽毛牙籤。

「不好意思，我先行告退。」其角向旁邊的去來打聲招呼。然後一邊用牙籤在茶碗裡沾水，一邊將肥厚的膝蓋往前蹭了蹭，偷偷地凝視著師傅的容顏。老實講，今生同師傅永別，必定會悲傷不已，他不是沒想過這回事。可是，到了真要給師傅點送終水這節骨眼上，自己實際的心情，卻是冷漠之極，原先在心裡預想的，簡直像在做戲一樣，前後反應截然不同。非但如此，更令他意想不到的是，師傅臨終時，果真瘦成了皮包骨，不堪入目的模樣，強烈的嫌惡之情不禁油然而生，甚至忍不住想別過臉去。不，單單強烈二字，還不足以表達內心的複雜程度。那種嫌惡，如同看不見的毒藥般，引發生理上的反感，這是最教人難以忍受的。就在此刻，他難不成想趁這個機會，把自己對一切醜惡的反感，全部一股腦兒發洩在師傅的病體上？又或者，以他這樣「生」的享樂者來說，眼前作為象徵「死」的現實，是自然力量的威脅，比什麼都值得被詛咒不成？——總而言之，其角看著芭蕉垂死的容顏，有著說不出的違和感，在他臉上幾乎沒有半點悲哀。他用羽毛牙籤往發紫的那張薄唇上塗了一點水，便皺起眉頭，立刻退下來。就在他退下來的那一刻，近似自責的心情也一湧而上，先前感受到的嫌惡之情，在道德上理應有所顧忌，那實在是太強烈了。

接在其角後面，拿起羽毛牙籤的是去來。剛才木節示意的時候，他的心早已慌得六神無主。素以謙恭有禮著稱的他，向眾人微微頷首，便湊近芭蕉枕邊，望著躺臥在床上老俳諧師的病容，或滿足或悔恨，糾結著兩種不可思議的複雜心情，雖不情願也無可奈何。就好像黑暗與光明，互為因果，不可分離。其實，生性謹慎的去來，早在四、五天前就被搞得心神不寧了。因為他一聽到師父病重的消息，就立刻從伏見坐船趕來探視，也不管三更半夜，便敲著花屋的大門，打那時候，就一直在旁照看師父的病情，可說不曾有一天怠慢。此外，他還去懇求之道，請求幫忙找人前往住吉大明神那裡，祈求師父的病體早日康復啦，又跟花屋的仁左衛門商量，添購一些日用品啦，這些千頭萬緒的事兒，全由他一人張羅。當然全都是他自個兒攬來做的，他根本沒想過誰會領情，這倒是真的。等到他意識到自己全心全意地投入照顧師父時，內心不禁湧起大大的滿足感，只不過在還沒意識到之前，他做什麼總覺得心頭一股暖意，不論行住坐臥，皆無拘束之感。要不然，在夜燈下看護病人，和支考閒聊之中，就不會談論什麼孝道大義，或者抒發什麼侍奉師父如侍奉親人般的感懷。但是，就在那時候，志得意滿的他，一瞧見人品很差的支考臉上，閃現一抹苦笑，意識到自己一直以來平和的心境突然變得狂亂起來。之所以會變得狂亂的原因，在於他剛才意識到的自滿以及對其感到的自責。如今師父大病不起，命在旦夕，他一邊看護著，一邊用自滿的眼光打量自家的辛勞，儼然一副擔心憂慮的模樣。正直如他，免不了會內疚，這點無庸置疑。可是從那之後，滿足與悔恨這兩種心情便互相牴觸，去來也察覺到，無論做任何事，心情都會受到影響。雖說是偶然，剛好就是這麼湊巧看見支考眼裡的笑意，反倒是更清楚地意識到內心的自滿，結果越來越覺得自慚形穢，卑劣不堪。就這樣，一連過了好幾天，直到今兒個在師父的枕邊供上臨終水的時候，有著道德潔癖的他，想不到神經如此脆弱，心頭一陣七上八下的，完全失去了冷靜，這是人之常情，倒也無可厚非。所以，等到一拿起羽毛牙籤，去來整個人奇妙地僵住了，以至於含著水分的白毛尖沾著芭蕉的唇沿時，他的身體動作異常激動，手抖個不停。所幸，他的睫毛噙滿了淚珠，同門的師弟看在眼裡，就連刻薄的支考，也以為去來之所以如此激動，是因為悲痛的緣故。

沒多久，去來挺起身穿黑茶色紋染衣裳的身子，畏首畏尾地退到座位上，把羽毛牙籤遞給身後的丈草。平素老實敦厚的丈草，畢恭畢敬地低眉垂首，低聲喃喃念誦著佛號，並且把水輕輕地沾到師傅的嘴唇上。那個模樣，任誰看在眼裡，都是敬虔莊嚴的。可是，就在此時，客廳的角落裡，忽然傳來一陣不舒服的笑聲。或者說，感覺至少是聽見了笑聲。那聲音，簡直就像打從心底發出來的哄堂大笑，經過喉嚨和嘴巴時，硬是想憋住卻忍不住，笑聲卻從鼻孔斷續地迸發出來。當然，在這種莊嚴的場合，誰也不會放肆大笑。聲音其實是正秀發出來的，從剛才他就悲痛欲絕，此時終於撕心裂肺，泣不成聲。他之所以慟哭，肯定是悲愴至極，這點毫無疑問。現場的弟子，或許不少人想起了師傅的名句「荒塚亦慼傷，悲懷難遣飲泣聲，無端惹秋風。」而同樣也在哭泣哽咽的乙州，相對於正秀淒絕的慟哭過於誇張的反應——即使不說他不夠穩重，也欠缺抑制情緒潰堤的意志力，多少感到有些不快。說穿了，他之所以感到不快，不過是出於理智的作用罷了。姑且不論他的腦子是否認同，他的心臟卻陡地被正秀的哀慟所動搖，不知不覺，眼中也盈滿了淚水。剛才他覺得正秀的慟哭讓人不快，現在也不認為自己的眼淚有多純潔，兩者之間似乎沒多大的差別。可眼裡的淚水不斷湧出——乙州終於雙手靠在腿上，忍不住嗚咽地大哭失聲。於此時，不獨乙州一人發出嗟歎之聲。守在芭蕉床腳的幾名弟子，也斷斷續續響起抽抽搭搭的哭泣聲，打破了客廳裡靜肅的氣氛。

在一片淒惻的哭泣聲中，手腕上掛著佛珠的丈草，仍舊安靜地坐在原地。接著，坐在其角和去來對面的支考靠近枕邊。支考別號東花僧，素以愛挖苦人而聞名，他的神經沒那麼纖細，不大容易受到周圍情緒的影響，更不會輕易落淚。他淺黑的臉龐一如往常，浮現出不把其他人看在眼裡的輕蔑模樣，而且儼然一副不可一世的態度，漫不經心往師傅的嘴唇上沾水。不過，在這樣的場合，即便是支考，也難免有些感慨，這自不在話下。「曝屍荒野上，壯志未酬身先死，秋風浸身涼。」四、五天前，師傅曾一再向弟子們道謝：「我原以為，日後會敷草為席，以土當枕，命喪荒野。沒想到能睡在如此華美的被單上，得償往生的宿願，實在無比欣慰。」可是，無論是在荒原上，還是在花屋這間客廳裡，兩者並無分別。如今自己往師傅嘴上這樣點水，其實，早在三、四天前，內心一直惦記著，師傅還沒有留下辭世的俳句。直至昨天終於有了打算，等身後事料理完後，要將師傅的俳句輯錄出版成冊。今天，總算到了最後的時刻，在師傅臨終之際，自己始終用一種旁觀者的目光，饒有興味地在觀察整個過程。要是更進一步往壞處想，自己如此觀察著，難說心裡面不曾動過這樣的念頭，日後該提筆寫篇臨終記，這就是其中的一段。既然如此，自己一面給師傅送終，一面滿腦子盤算著：對外人是沽名釣譽，對同門弟子則是利害相爭，或是只顧一己的私心——然而，這些念頭與垂死的師傅根本八竿子打不著。而師傅毫無忌諱，在所做的俳句裡屢次預言，竟然一語成讖，等於是將自己曝露在無限的人生枯野上。我們這些入門弟子，到最後沒有人認真在哀悼師傅的辭世，反而一個勁兒哀憐失去師傅後的自己；並沒有哀歎窮死於枯野上的先師，而是哀歎薄暮時分失去先師的我們自己本身。若是從道德上來譴責這一切，我們這些人，生來就冷漠無情，又能奈我們如何呢？——支考陷入這種厭世的感慨之中，同時，又對於自己的思索如此透澈，感到自鳴得意。給師傅點完水之後，把羽毛牙籤收進碗裡，隨即向嗚咽哭泣的同門弟子，嘲笑般掃視了一遍，不動聲色地回到自己的座位上。像去來那樣的老好人，一開始就被支考冷漠的態度給懾住，此刻又像剛才那樣感到惶惑不安。唯獨其角，對於東花僧倨傲的行為舉止，始終看不順眼，一副苦笑不得的表情，似乎感到不耐其煩。

支考之後，緊接著是惟然僧。墨染的僧衣下襬在席子上翻了起來，他瘦弱的身子爬過來時，正是眼見芭蕉幾乎要斷了氣，瀕臨生死交關的時候。與先前相比，芭蕉的臉上更加地失去血色，沾著水的唇間，不時像是遺忘似地透著氣息。隔一會兒又像是想起什麼似地喉頭稍微動了一下，無力地吸入一絲空氣。喉嚨深處堵著痰，發出兩三聲輕微的痰喘，呼吸也逐漸趨於平緩。正當惟然僧把羽毛牙籤的白尖毛觸到師傅的嘴唇上，突然一陣恐懼襲來，是與死別的悲哀全然無關。師傅走了之後，下一個該不會輪到自己吧？他沒來由地害怕起來。正因為沒來由的恐懼，一旦襲上心頭，根本是猝不及防。他原本就是貪生怕死之輩，一提到死便會心驚膽跳。從前每當他思及自己的死，哪怕雲遊時正風流快活，也會嚇得冷汗直流。他有好多次類似的經驗。一旦聽說誰死掉了，便不由自主地想著「幸好死的人不是我」心裡才感到踏實。同時又會擔心「要是自己死了，又該如何是好？」他是這麼地怕死，即便在師傅芭蕉臨終的場合也不例外——晴朗的冬日照在窗紙上，園女致贈的水仙，散發出淡雅的清香，眾弟子齊聚師傅枕旁，吟詩作對，聊慰病體。這時候，一明一暗的兩種心情在他心中盤旋。然而，正當師傅彌留之際，教人難忘的那天，秋雨初降，連向來愛吃的梨，師傅都難以進食了。見到這情形，木節擔憂地搖搖頭。從那之後，他鎮日惶惑不安，原本平靜的心情也變得紛亂不已，到最後「下一個搞不好會輪到我」這種想法，猶如險惡恐怖的陰影，冰冷無情在心中蔓延開來。所以，等他坐到枕邊，往師傅嘴唇上小心翼翼地點水時，因為恐懼作祟，幾乎不敢正眼去看師傅臨終的臉，剛好芭蕉喉嚨裡堵著痰，發出輕微的聲響，木節才鼓起勇氣，又被這聲響嚇到，不敢轉頭過去看。「師傅之後，下一個就是自己了。」——這種預感的聲音，不斷在惟然僧的耳畔迴響著。他回到自己的座位上，瘦小的身體縮成一團，更加面無表情了。光翻白眼，任誰也不願瞧上一眼。

接下來，是乙州、正秀、之道、木節，以及圍在病床旁的弟子們，依序在師父的嘴上點水。期間，芭蕉的呼吸越來越細，每次間隔的時間也一次比一次長。他的喉頭已經不動了。宛如白蠟般削瘦的臉龐，浮現出淡淡的痘瘢，失去光彩的瞳仁，凝視著遙遠的空間，而下巴抽長的鬍鬚，潔白如銀。這一切都讓冷漠的人情給凝凍住，看上去就像夢想中即將往生的淨土一般。於是乎，坐在去來身後，默然垂著頭的丈草，那個老實敦厚的丈草啊，隨著芭蕉的氣息越來越微弱，有著無限的悲傷，又無限安祥的感覺，逐漸流入心中。這悲傷無須細說從頭，安然的心情則像是黎明前的寒光，在黑暗中愈發光亮，難以言喻的明朗心情。這種情感一點一滴滌去所有的雜念，連眼淚也毫無錐心刺痛之感，最終化為清澈的悲傷。或許他是為著師父的魂魄能夠超越虛幻的生死，回歸到常住涅槃的極樂淨土而喜悅。不過，這部分他有著連自己也無法肯定的理由。不然的話——唉，誰會一再地猶豫，敢愚蠢地欺瞞自己呢？丈草內心湧上的安穩感，伴隨著一種解放的喜悅，那是因為他的精神長久以來受到芭蕉人格的壓力所桎梏，而原本受到壓抑的自由意志，逐漸靠著自己的力量舒展開來。他沉浸在悲傷的喜悅之中，手捻著念珠，周圍啜泣的弟子們，彷彿從他的眼底一掃而空，此時，丈草的嘴角露出微笑，向臨終的芭蕉恭敬地禮拜。

就這樣，冠絕古今的一代俳諧大宗師松尾芭蕉，在弟子們「無限的悲歎」簇擁之下，溘然長逝。

大正七年九月

妖婆

你也許不相信我講的這個故事。不，你一定會以為我是在胡謅。從前的時代有無此等怪事不得而知，但接下來我要講的是發生在大正時期太平盛世的事。且發生在我們都久住習慣的這個東京大都會裡。只要一出門，滿眼所見往來行駛的電車和汽車。回到屋內，電話鈴聲不絕於耳。打開報紙，映入眼簾的是聯合罷工、婦女運動的報導文字……。像這樣平凡的一天，就在大都會的一隅，發生了一件似曾在愛倫坡以及霍夫曼的小說中讀過的，令人毛骨悚然的離奇事件。就算我陳述的是事實，但空口無憑，你們決計不會相信的。然而，細數東京街區的燈火何止百萬，卻無法燃盡隨著日落隱蔽的夜幕，令城市重返白晝。同樣的，即便無線通信及飛機努力征服了自然，可是它畢竟還是無法揭露出潛藏在自然深處，屬於神祕世界的地圖，那又如何斷定，在這個文明光照下的東京，不會出現平時夢中蹦蹦跳跳的精靈與其神祕力量；不會在時空中出現奧爾巴赫[1]所描述的魔窟般光怪陸離呢？它們從未受到時空的限制。依我個人之見，若是仔細觀察，你們就會發現，令人驚異的超自然現象，簡直就像夜半盛放的花朵，始終在我們的日常生活周遭神出鬼沒。

好比說，冬天的深夜時分，走在銀座大街上，您一定會看到掉落在柏油路面上的紙屑，數量大約是二十張左右，全部聚攏在一處，被風吹得原地打轉。倘若僅止於此就沒什麼故事可說了，但是如果您試試看，在紙屑形成旋風打轉的時候，仔細觀察一下，必定會發現從新橋到京橋之間，左邊打轉的有三處，右邊打轉的有一處，而且無一例外的，都是在十字路口附近。若說單純是因為氣流因素所致，那倒也沒錯，只是請您稍微多留意再察看一下，不管哪個紙屑形成的旋風中，肯定有一片紙屑是紅色的，有些是印有活動照片的廣告傳單，有些是千代紙[2]的邊角，乃至火柴盒上的商標，即便種類再多，其中必定可以看到紅色的紙屑，這點絕對不會改變的。

它們儼然就像其他紙屑的領袖，一旦吹起一陣風，紅色紙屑就會率先在空中翩翩起舞。此刻，掀起的沙塵之中發出像是竊竊私語的聲音，四處散落的白色紙屑，突然間全都消失在柏油路面的上空。不算是消失，而是輕盈地像流螢般飛在空中，畫出優美的弧形。當風勢逐漸止息時，如同先前所述，我總是看見紅色紙片率先降落到地面。若是現場親眼目睹，肯定您也會嘖嘖稱奇。我當然也感到十分訝異。老實說，我曾經兩三次佇立大街上，就著商店櫥窗大量傾瀉的燈光下，凝神觀察過在

1 奧爾巴赫（Erich Auerbach），德國學者，著有《論模擬》（Mimesis）一書。

2 印有日本傳統花紋的正方形紙張，多做為折紙遊戲之用，也可當包裝紙或紙娃娃之衣裳。

風中打轉飄飛的紙屑。做了這樣的觀察之後，便訓練出我非凡的眼力，就算是人眼難辨之物，例如暗夜裡的蝙蝠，也變得隱隱約約，彷彿清晰可見。

不過，東京這座城市令人百思不解的，不光是銀座大街上飄落的紙屑而已。深夜裡搭乘市內電車[3]，也經常會發生怪事，令人匪夷所思。其中最離奇的莫過於那駛往無人街區的紅色電車和藍色電車，即使車站空無一人，它照樣規規矩矩地停下來。和先前我所說的紙屑一樣，您要是懷疑的話，不妨今夜試著觀察看看。據說在市內電車之中，以動坂線和巢鴨線出現類似的情況居多。就在四、五天前的夜晚，我搭乘的紅色電車，照例停靠在無人的車站，那是動坂線的「團子坂下」站，車掌手拉著鈴繩，朝大街探出上半身，一如往常地詢問道：「有人上車嗎？」我就坐在離車掌最近的座位上，隨即從窗外看去，只見薄雲籠罩的月光，朦朧地灑下微光，車站的柱子下自不待言，路的兩旁店家大門深鎖，午夜的大街空空如也，不見任何人影。我正納悶著，這時車掌扯了一下鈴繩，電車隨即啟動。我下意識地眺望窗外，隨著車站漸行漸遠，我的眼中卻莫名其妙出現了人影，在月光下逐漸縮小。不用多說，也許是我自己神經錯亂吧，可是那位趕路的紅色電車車掌，為何要在無人上下車的站台停靠呢？而且遇此怪事尚不止我一人，在我認識的朋友之中也有

三、四位曾遇到過。難不成電車的車掌在車上打盹了嗎？據說，我的一位朋友曾抓住車掌問他：「不是沒有人上下車嗎？」哪知車掌竟一臉狐疑的表情回答：「我怎麼覺得有很多人上下車呢？」

除此之外，我再舉幾個詭異現象為例。好比說砲兵工廠煙囪冒出的黑煙會逆風而飄；尼古拉教堂[4]的鐘聲半夜會突然自動敲響；兩輛相同型號的電車，一前一後相隨通過日暮時分的日本橋；無人的國技館，每晚傳出觀眾們的喝采聲；所謂「自然夜晚的側影」彷若絕美的蛾類穿梭飛行一般，在繁華的東京街頭不時出現其身姿。因此，接下來我要講的故事，並非與你想像的現實世界相去甚遠，也不是徹頭徹尾子虛烏有的事件。不，如今你已知曉東京夜晚的某些祕密，更不該將我所說的故事當作是隨口胡謅的瘋話。倘若你聽完故事之後，仍覺得彷彿有些鶴屋南北[5]般的鬼火味道，與其說是事件本身失真了，不如說是敝人說故事的本領，遠遠不及愛倫坡與霍夫曼的筆法那般出神入化。怎麼說呢，大概是一兩年前，這起事件的當

3 此指東京早期設立的路面電車，而後逐漸廢除，現僅存荒川線行駛。
4 位於東京千代田區的東正教教堂，也是日本正教會的總部、東京大主教區總堂。
5 日本江戶時代歌舞伎劇作者兼名演員。

事者在某個夏夜與我對坐，將他所經歷的奇妙遭遇一五一十地說給我聽。當時感覺有一股妖氣陰森森地籠罩在我們四周，那詭異的氣氛讓我至今難以忘懷。

當事者這名男子，是日本橋附近出版書肆的少東家，他平日常出入我家，一般情況下，談完事之後便打道回府。剛好那天傍晚下起了陣雨，原本打算雨停了就走，也不知怎地就耽擱下來。膚色白皙，眉宇清秀，身材削瘦的少東家，畢恭畢敬地坐在燃點著盆節燈籠光線昏暗的緣廊上，與我天南地北地聊著，不知不覺已過了初更。閒聊之間，他說「有件事一直想說給先生聽」，隨即露出一臉憂慮的神色緩緩道出，不消說，他講的就是接下來要講給諸位聽的妖婆故事。少東家身穿一襲肩頭染了一抹淡墨的夏羽織，把西瓜盅放在面前，生怕被別人聽到似的耳語姿態，至今我仍記憶猶新。說到這裡，還有一幕也深深印在我腦海揮之不去，就是掛在他頭上的盆節燈籠，圓鼓鼓紙糊的表面畫著秋草的圖案。透過微弱的照明遙望遠方，雨後的夜空散亂著一大片烏黑的雲團，有著說不出的壓迫感。

故事的重點如下。少東家新藏（為了避免造成困擾，在此暫且使用化名）二十三歲那年夏天，因為某些解決不了的苦惱，去找當時住在本所一丁目附近，一位會通靈的婆婆算命，故事就是從這裡發端。大概是六月上旬的某一天，新藏拉著在附近經營和服店，從前念商業學校的同學一起去「與兵衛壽司」小酌，無意間透露了他的心事，於是同學阿泰突然扳起臉孔，熱心地建議他「不如去找島婆問問看，或許對你有幫助。」仔細一問方知，這位通靈婆婆，兩三年以前才從淺草一帶搬到現在的地方，不僅會給人算命，還擅長神祕的咒術，甚至能使役飯綱[6]之類的靈狐來幫她執行任務，幾乎到了鬼使神差的地步。「你也知道嘛。前陣子魚政店的女老闆投河了。——一直遍尋不著她的屍體，於是島婆取來神符從橋上往河裡一扔，當天之內屍體不就浮出來了嗎。而且就在她將神符扔入的橋墩處，恰好遇到傍晚的漲潮，馬上被停泊在那裡運石船的船東發現了。『哎呀，是客人，是土左衛門』，人們大聲地叫嚷著，趕緊前往橋頭的派出所報案。當我路過時，巡警已抵達現場，我從人群的後方朝裡頭一看，剛打撈上岸的女老闆屍體用破草蓆覆蓋著擱在一旁，在草蓆下方露出，泡水鼓脹的雙腳，在腳底下緊貼著……你猜那是什麼？就是那道神符！斜斜地吸附在她的腳底板上，嚇得連我都打了個寒顫。」——聽到這裡，新藏也感到背脊發寒，夕潮的顏色，橋墩的造形，以及其下漂流的女老闆身

6 日本民間傳說中能附身於人的狐妖，具有神通，被靈媒做為占卜之用。

影——這些畫面彷彿歷歷如目。不過，無論如何他還是興致勃勃地將身子挪向前說「真有意思，我一定要找她算算。」「不然我幫你引薦一下。最近我去她那裡算過財運，也算是和她有幾分交情了。」「那就拜託你了。」於是兩人叼著牙籤，步出「與兵衛壽司」，用草帽遮擋梅雨初晴西曬的太陽，披著夏季的外褂，肩並肩地信步前往通靈婆婆的住處。

話說新藏究竟在煩惱些什麼呢？原來是家中女佣阿敏與他情投意合，兩人暗中交往了一年多，但不知何故，自從阿敏去年年底探望生病的姨媽竟一去不返。感到意外的不只是新藏，連看管阿敏的新藏母親也為此擔憂不已，找到擔保人之後，又委託多方打聽探尋，阿敏仍然下落不明。有人傳聞說看見她當了護士，也有人傳聞她做了誰家的小妾，各種流言蜚語倒是不少，一旦追根究柢，又說不出個所以然。起先新藏為此憂心忡忡，後來又怒火中燒，近來則是成天渾渾噩噩，整個人悶悶不樂的，一副無精打采的樣子，母親看他失魂落魄的樣子，察覺到兩人的關係非比尋常，更添一層憂慮。於是動不動就叫他去看戲，去泡溫泉。或是叫他代替父親參加商場上的應酬。母親費盡了心思，就是希望新藏能夠好好地振作起來。那天母親找了個藉口，要他去本所一帶的零售店巡視一下，其實是要他出門去散散心，還特地在紙袋裡裝了些零花錢，恰巧東兩國[7]那邊有他的童年玩伴，於是新藏就拉著阿泰兩人一起到附近久違的「與兵衛壽司」喝酒去了。

基於上述的緣故，即便新藏已經喝到微醺，說要去找島婆算命，其實他心裡面也有數，目的相當明確。前方一號橋向左轉，沿著行人稀少的豎川河岸朝二號橋的方向走上一町[8]的距離，在泥水匠與雜貨舖之間，夾著一座竹格子的窗戶，那棟灰撲撲的格子門房舍——好像就是通靈婆婆的家。當新藏意識到阿敏和自己的命運竟取決於這位怪阿婆的一句話，一陣不祥的預感從心底升起，將方才的酒意全掃得一乾二淨，頓時整個人醒過來。況且啊，從外觀上來看阿婆的住處不甚起眼，給人一種陰鬱的感覺。這是一座低簷的平房住宅，門口被梅雨浸潤的滴水石看起來濕漉漉的，綠茸茸的，上頭好像長著青苔、黴菌之類的東西，感覺很奇妙。其與鄰近的雜貨舖之間的交界處，有一棵一人圍抱粗的葉柳，垂懸的枝條密匝匝遮蔽了窗口，使屋瓦整個籠罩在暗影下，陰森森的氛圍，隔著紙門彷彿裡面藏著不可告人的祕密似的，讓人感覺格外神祕。

7 本所與兩國皆在今東京墨田區。
8 一町約為一百一十公尺。

然而，阿泰絲毫不理會這些，他漫不經心地佇立在竹格子窗前，用帶著恐嚇的口氣轉頭對新藏說：「馬上就要拜見鬼婆，待會兒你可別嚇著了。」新藏當然也半嘻鬧地回應他：「我又不是小孩子，還怕什麼鬼婆來著？」聽他扔出這番話，阿泰反倒不滿地瞪了他一眼，「什麼嘛，不是怕你被鬼婆嚇著，而是有位意想不到的小美人，待會要是見到了，可別怪我沒事先提醒你呀。」話音未落，他已經把手搭在格子門上，扯開嗓門大聲喊道「有人嗎？」隨即傳來一聲含混的應答「來了。」輕輕地推開拉門，果不其然，跪坐在門裡的是一位十七、八歲溫順的姑娘。難怪阿泰剛才說「別嚇著」，原來是這個意思。姑娘皮膚白嫩，鼻樑挺立，髮際很美，面容嬌小，尤其那雙水靈靈的眼眸，更是勾人心魄。——可是，她的臉蛋卻透著令人心疼的憔悴，連那藍底白花的單衣上布滿紅瞿麥花的和服腰帶，也像是在擠壓她胸脯似的。阿泰一見到姑娘的臉，就摘下草帽問道：「妳母親在嗎？」姑娘露出一臉無可奈何的表情，「真不湊巧，母親出門了。」好像自己做錯事似地，臉頰泛起了紅暈。突然，她冷眼瞟了一下窗外，臉色丕變，輕輕叫喚了一聲「唉呀！」便起身想站起來。阿泰想到這裡地形特殊，該不會有殺人魔出沒吧。慌忙地回頭一看，剛才還站在夕陽下的新藏，如今已不知去向。沒等阿泰回過神來，通靈婆婆的女兒早已跪在他膝前，並且呼吸急促地，向他懇求：「請你務必告訴剛才那位同伴，請他千萬別再踏進這裡。否則他性命難保！」聽她斷斷續續地說完，阿泰根本一頭霧水，愣在原地好一會兒都沒反應過來。總算，他知道自己受人之託，便應了一句「好的，一切包在我身上。」狼狽地連草帽也來不及戴，就衝出門去追趕新藏的腳步，一口氣追了半町遠。

半町外正好是荒涼的石岸，上方除了被落日染紅的電線桿，此外別無他物——新藏垂頭喪氣地呆立在那裡，交叉著雙臂，直盯著自己的腳。阿泰總算趕到，上氣不接下氣地說「你真是胡鬧，我說別嚇著你，你倒是把我給嚇壞了。你到底把那個小美人兒……」話音未落，新藏又跌跌撞撞地朝下一個橋頭移動腳步，嘴裡還激動地說著：「我當然認識她，我告訴你，那姑娘就是阿敏！」阿泰三度吃了一驚——他也該感到吃驚。說來說去，新藏去找阿島婆算命，目的不就是為了尋找阿敏的下落。阿泰也不能因為姑娘的一兩句囑託，光顧著擔心受怕。於是他戴上草帽，很快地像鸚鵡學舌似的，將阿敏的話原模原樣地講給新藏聽。新藏安靜地把話聽完後，先是皺著眉頭，然後露出狐疑的眼光，氣憤地說道：「叫我別去她家這我還能理解，要是去了就性命難保？根本莫名其妙，哪有這種事！」然而，阿泰也只是受人之託幫忙傳話而已，當時來不及問緣由，就從阿島婆的家衝出來。即便想好好安慰對方，卻只能說些不著邊際的話，也別無他法。而新藏更像是事不關己地靜默著，並且加快了腳步，沒多久來到了與兵衛壽司店的宣傳旗幟下，他突然轉向阿泰，以十分遺憾的口吻說：「我真該見見阿敏。」阿泰則是若無其事地調侃他：「那就再去一趟吧！」如今想來，這句話等於在新藏想見阿敏的念頭火上澆油。沒多久，新藏告別了阿泰，立即重返回向院[9]前的坊主軍雞菜館，一邊叫了兩三壺白酒自個兒乾了，一邊等待天色完全暗下來，就在日頭完全西沉之際，同時衝出了菜館，嘴裡吐著酒臭味兒，一邊把外褂的袖子甩在身後，直奔阿敏的住處——也就是通靈婆婆的家。

那是連一顆星也看不見，漆黑的夜晚，地氣蒸騰溽暑難耐，時而有涼風吹拂，是梅雨季常有的天氣。新藏自然放不下心，希望能親耳聽到阿敏的真心話。他打定主意絕不能無功而返，宛如潑墨似的夜空，聳立著一棵偌大的垂柳，樹下的竹格子窗透著黯淡的燈光，新藏也不管那棟老屋陰森駭怖，猛地拉開了格子門，站在狹小的土間[10]大聲叱道：「有人在嗎？」光聽這聲音，裡邊的人大概也能推測出來者何人。那柔弱含糊的應門聲似有幾分顫抖，頃刻間拉門安靜地打開了，阿敏手撐著著地板，面容憔悴的身姿沐浴在隔壁房間的燈光中，像是剛哭過似地悄悄現身。然而，新藏則是酒足飯飽，他將草帽反扣在後腦勺上，用邪佞的眼神冷冷地看著阿敏「那個，妳母親在嗎？我有些事想找她掐算，能見我嗎？麻煩妳代為通報一聲。」他全然不理會阿敏的反應，自顧自地在那裡發號施令。阿敏心中不曉得有多難過，她的手還撐在地板上，卻已悲傷到幾近崩潰，渾身無力只應了聲「是。」卻把淚往肚裡吞。正當新藏再次吐出如虹般的酒氣，要催促她去通報時，隔壁房間的紙門裡傳來阿島婆無力的，從鼻腔發出如蛤蟆般喃喃自語的聲音「是哪一位啊？外面那個，別客氣，快進來吧！」「什麼外面那個，也未免太過分了吧，把阿敏幽禁起來的就是妳這個罪魁禍首，讓我先修理妳一頓再說。」新藏怒氣沖沖地說道，順手脫去了外褂，又把草帽掛在阿敏慌忙阻擋的手上，昂然闊步地走進隔壁房間。可憐的阿敏被晾在一旁，緊緊地靠在隔壁房間的門邊，她還來不及整理客人的單褂和帽子，淚眼汪汪地仰望著天花板，並將纖纖玉手合抱在胸前，口中止不住地祈禱著，但願別發生什麼事才好。

9 東京兩國的淨土宗寺廟。
10 屋內玄關前的空地。

進了房間，新藏毫不拘束地將坐墊鋪在膝下，旁若無人地四下張望，房間如他所想像的，天花板和柱子都染上煤灰的顏色，看起來破爛的八疊房間，正面有塊六尺見方的木地板，牆面上掛著寫有婆娑羅大神的掛軸，下置神鏡一面，供奉神酒兩壺，還畢恭畢敬地放著紅藍黃三色的小紙幣三、四束作為擺飾，左手邊的緣廊外，緊鄰著豎川的河道。也許是錯覺，隔著紙窗，隱約可聽見流水淙淙聲。說到關鍵人物阿婆，人在哪兒呢？木地板右方有個衣櫃，櫃子上擺放著點心盒、蘇打汽水、砂糖袋、雞蛋盒等禮品。一位穿著黑色無領單衣的阿婆盤踞在衣櫃前，如魍魎一般龐大的身軀幾乎占滿了榻榻米的空間，她頂著切髮[11]髮型、塌鼻子、大嘴巴，閉著睫毛稀疏的眼睛，交握浮腫的雙手。剛才說到阿婆說話的聲音活像一隻大蛤蟆，眼前所見坐在那裡的，儼然是一隻非比尋常的蛤蟆怪，偽裝成人類的模樣看似噴吐著毒氣。這時候新藏也不免感到膽戰心驚，就連他頭頂上的電燈也頓覺黯然無光。

不消說，這些早已有了心理準備，他毅然決然地說：「那就請阿婆替我看看，姻緣方面的運勢如何？」或許是阿島婆沒聽仔細，她終於張開眼縫，用一隻手搭在耳邊，重複問道「什麼？姻緣啊？」隨後，又以同樣夾帶著冷笑的含混嗓音說著「客倌，想要女人啊？」新藏按捺住急欲迸發的怒火，「正因為想要女人，才來找妳算命，否則，這種鬼地方誰願意來？」事到如今，他也顧不得形象了，不甘示弱地冷笑回嗆對方。可是阿婆仍泰然自若，宛如蝙蝠振翅般，搧動著耳邊的手掌，訕笑似地打斷新藏的話「我是個粗人，不太會說話，你別生氣。」隨即改變口氣，認真地問道：「敢問貴庚？」「男方二十三歲，屬雞。」「女方呢？」「十七歲。」「屬兔啊？」「出生月份是……」「知道年齡就行了。」阿婆說完，就在膝上掐著手指，像是數星星似的，她微微抬起鬆垮的眼皮，瞄了新藏一眼，「不成、不成。大凶，肯定是大凶。」她先是危言聳聽，又在那裡喃喃自語，像是宣判似地說道：「要是結了緣，你們兩人之中，必定有一人會命喪黃泉。」新藏聞言不禁怒火中燒，看來就是她在背地裡散播謠言，說什麼我的姻緣會危及性命。他忍無可忍，直起身子，打了個噴著酒氣的嗝，然後破口大罵「大凶就大凶，男人一旦愛上了女人，牡丹花下死，做鬼也風流。就算被火燒死、被劍砍死、被水淹死都值得！又有什麼好怕的。」此時阿婆又微睜雙眼，蠕動著厚唇以嘲笑的口吻說道：「若是男的先死，女的該怎麼辦。更別說死了女人的男人，也同樣痛不欲生。」死老太婆，要是敢動

11 日本傳統髮型，多見於寡婦。

阿敏一根手指，到時候有妳好受的！新藏盯著阿婆激憤地說：「男人與女人同生共死！」面對新藏怒目相視，阿婆仍然叉著雙手，抽動著面無血色的腮幫子，冷笑地嘲諷「所以說男人啊……」新藏事後回想起來，當時他不由自主地打了個寒顫。因為這語氣如同向對方下戰帖，會感覺不寒而慄，也是人之常情。阿婆反唇相譏後，見到新藏畏怯的神情，便猛地扯掉黑色單衣的衣襟，刻意嗲聲嗲氣地說：「不管怎麼說，人算不如天算，你別自不量力了。」突然又翻起了白眼，這次是兩手搭在耳邊，煞有其事地說道：「你瞧，你瞧！證據就在眼前！你難道沒聽見有人在嘆息？」新藏不自覺地身體緊繃側耳傾聽，除了隔著紙門阿敏的動靜外，別無任何聲響。這時候阿婆的珠子轉動地更快了「你聽不見嗎？有位和你差不多年紀的年輕人，此刻正在河邊石頭上哀聲嘆氣呢。」阿婆跪著向前挪動幾步，映在衣櫃上的暗影逐漸擴大，阿婆身上散發的怪味兒衝著新藏撲鼻而來，頓時之間，紙拉門、隔間門、神酒壺、衣櫃、座墊，都在陰森森的妖氣之中完全變了樣，呈現出奇形怪狀。「那位年輕人和你一樣色迷心竅，觸怒了附在阿婆身上的婆娑羅大神，因此大神立即降罪於他，年輕人瞬時殞命。你好好看仔細吧，他就是你的前車之鑑。」阿婆說話的聲音，像是無數蒼蠅盤旋振翅的騷音，從四面八方襲向新藏的耳朵。就在此時，拉門外的豎川邊傳來不知有誰投河的喧囂聲，劃破了夜闇的寂靜。聞聲喪膽的新藏如今再也坐不住了，連最後想要威嚇阿婆的話都說不清楚，也忘了正在哭泣中的阿敏，獨自踉蹌地從阿島婆家飛奔而出。

話說新藏回到日本橋的家，隔天早上起來看見報紙上刊出新聞，果然昨夜在豎川有人投河自盡——那是龜澤町木桶匠的兒子，自殺的原因是失戀，投河的地點在頭道橋和二道橋之間的石岸邊。想來此事對新藏打擊太大，害他突然發起高燒，整整三天臥病不起。躺在床上心中仍牽掛著不用說也知道，還是為了阿敏的事擔憂著。當然現在看來，對方並非移情別戀，突然告假未歸，也不讓新藏再來找阿島婆，其實都是阿島婆從中作梗，如今他不好意思再懷疑阿敏了，但另一方面又覺得與自己無冤無仇的阿島婆，為何要加害於自己呢？實在教人匪夷所思。再說阿敏和這個一再唆使人跳河自殺的鬼婆同住，難保不會有一天赤身裸體，被綁在屋柱上，成了婆娑羅大神的祭品，被點著的松枝活生生烤了。新藏一思及此，在床上再也待不住了，第四天一離開床榻，便打算前往阿泰的住處，欲向他商討如何應付鬼婆的對策。不料這時候，恰好阿泰打電話來，不為別的，正是為了阿敏的事。原來昨兒個深夜，阿敏匆匆來到阿泰的住處，說無論如何想要再見少東家一家，親自將整件事的原委說明詳細，但她不便打電話給從前的東家，只能委託阿泰代為傳話。新藏當然也想見到阿敏，於是他緊貼著話筒，急切地追問阿泰「她有說要約在哪兒見面嗎？」能言善道的阿泰先賣了個關子「這個嘛……」然後才接著說：「不管怎樣，才見過兩三次面，這位腼腆的姑娘就說要來我家，請我想方設法幫她的忙，恐怕也是被逼急了吧。我也深受感動，立刻與她商討你們該如何見面。她對阿婆撒謊說要去洗澡，才出得了家門。距離河岸是遠了些，可是又沒有別的地方可以選，我就跟她說，那好吧，就來我家的二樓，她卻說怕給我添麻煩，說什麼也不肯答應。她這樣客氣倒也情有可原，畢竟女人家要懂得矜持，於是我問她有沒有屬意的地方，她突然紅著臉，小聲地說明天傍晚少東家能否在石岸邊附近見面。真是「野外幽會何罪之有」，阿泰似乎在強忍著笑意。新藏卻一點也笑不出來。他迫不急待地確認道：「說好要在石岸邊見面了嗎？」阿泰回答他：「沒別的辦法，只好先這麼說定了，時間是六點至七點之間，談完之後，你再到我這兒來一趟。」新藏應允並向他道謝，很快地掛上電話。不過，到傍晚以前，時間漫長難熬，新藏只好撥了撥算盤，又幫忙對一下帳。再囑咐伙計中元節送禮等事宜。此刻他已無法掩飾自己內心的焦躁之情，只顧著一直盯著帳房窗格子上掛鐘的時針。

新藏總算度過了痛苦的煎熬，在夕陽西斜的五點走出了店門。此後便怪事連連，新藏穿著小伙計替他擺放好的木屐，從剛散發著油漆味的新刊書籍看板後方向著柏油路邁開一步，就有兩隻蝴蝶從他的帽子旁邊飛掠而過，可能是鳳蝶吧。黑色的羽翅上發出駭人青光，當然，那時候他也沒特別去留意，兩隻蝴蝶也像是嬉鬧似地，向著斜陽的高空中飛去。新藏抬頭瞄了蝴蝶一眼，隨即跳上恰巧經過，開往上野的電車，在須田町站換車到國技館前下車時，又見到兩隻黑羽的蝴蝶在他草帽邊盤旋飛舞，他並不認為那兩隻蝴蝶是從日本橋追蹤至此，所以仍不予以理會。距離約定好的時刻還有些餘裕，於是他拐進車站前的第一條巷了，瞥見有個看板寫著「藪」，是一間光潔亮麗的蕎麥麵店，他進去裡面邊吃東西，邊準備要和阿敏見面。當然，今天要表現得風度翩翩，所以他滴酒未沾。可胸口又感到窒悶難耐，喝了一杯涼麥茶，不適感才稍稍緩解。這時候大街已昏暗下來，他彷彿是掩人耳目的逃亡者，悄悄地掀開暖簾來到店門外。此時，一對黑蝴蝶又像跟蹤似地，忽而飛到乍感納悶的新藏鼻尖，還是同樣的蝴蝶，在黑天鵝絨的羽翅上刷著青色的螢光粉。或許是幻覺，飛向前額的蝴蝶，似乎把夕暮冷冽澄澈的夜氛，裁切成如烏鴉般大小的形狀。新藏見此情狀感到詫異，愣在原地好一會兒。這時候，蝴蝶倏地縮小，互相追逐著消失在蒼茫暮色之間。反覆出現黑蝶的怪現象，讓新藏不由得又膽戰心驚起來。搞不好，待會自己站在石岸邊，也會被逼到要跳河自盡。他變得有點裹足不前。然而，今夜相約見面的阿敏更令他擔憂煩心。新藏立刻振作起精神，走過黃昏下人影恍如蝙蝠般來回逡巡的回向院前，目不斜視地直奔約定的地點。正當此時，從河邊並排的狛犬[12]花崗石像的上空，又翩翩飛來兩隻泛著青光的蝴蝶，先是彼此在空中糾纏飛舞，又忽然被晚風掃過，消失在昏暗的電線桿根部。

如此一來，打壞了新藏原本的好心情，他焦急地在石岸邊徘徊踱步，等待著阿敏的到來。他一會兒把被風吹歪的草帽扶正，一會兒又看了看藏在衣袖裡的懷錶。還不到一小時的時間，比起剛才在店裡帳房那時更焦躁難耐。然而，不管他怎麼等，阿敏卻遲遲沒有出現。他不知不覺離開了石岸邊，朝著阿島婆家的方向走了幾十公尺，發現右側有一間公共澡堂，大大的彩繪仙桃上方掛了一塊刷漆看板，寫著「萬病根治桃葉湯」。他忽然想到阿敏用出門洗澡當作藉口，該不會是到這裡來？——恰巧這時候，有人掀開暖簾走到昏暗的大街，果不其然，那人正是阿敏！她的打扮和上回見到的幾乎沒什麼改變，腰間繫著紅瞿麥花紋的針織腰帶，身穿藏青色碎花單衣。今晚沐浴之後，膚色更顯得明豔動人。銀杏髻下[13]鬢髮烏黑潤澤，髮上還留有梳子梳過的痕跡。濕紙巾和皂盒輕輕地抱在胸前，有所顧忌似地在大街上左顧右盼，她一下子就發現新藏。猶然閃動著憂心忡忡的目光對著他嫣然一笑，於是腳步輕盈地走在男人的身旁「不好意思，讓你久等了。」「快別這麼說，其實沒有等很久，倒是妳，能出來一趟不容易吧。」新藏說著，便和阿敏一同向石岸邊緩緩步行而去。阿敏心中仍忐忑不安，神色慌張地不時回頭張望。新藏故意用調戲的口吻問道：「妳怎麼啦，好像有人在後頭跟蹤似的。」被這樣一問，阿敏羞得面紅耳赤，仍舊不安地答道：「哎呀，你特意來看我，都還沒向你道謝呢。真的很感謝你願意出來見面。」這麼一來，新藏也感到惴惴不安，來到石岸邊之前，他仔細地探詢原委，但阿敏只是露出苦笑。「要是被人看見可就麻煩大了，不光是我，恐怕連你也會遭遇不測。」她也只是應答了幾句，其餘不便多說。沒多久，兩人來到約定的石岸邊，阿敏瞄了蹲踞在暗處的狛犬一眼，總算寬心地嘆了一口氣，從狛犬處走下河邊，那裡有橫放著許多從船上卸下來名為「根府川石」[14]的石材，到了

12 類似石獅子的神獸。
13 日本傳統髮型，將頭髮往上梳成左右兩個半圓。
14 神奈川縣根府川出產的板狀安山岩。

這裡，阿敏終於停下腳步，新藏則是戰戰兢兢跟在後頭來到了石岸邊。幸好這裡有狛犬的陰影遮擋住，不會被街上的路人看見。新藏一屁股坐在被夜露沾濕的根府川石上，催促阿敏回答剛才的問題，「妳說與我性命攸關，又說我可能遭遇不測，這到底是怎麼一回事？」這時候阿敏望了一會兒浸在豎川河水中的暗青色石垣，口中念念有詞似乎在祈禱著什麼，然後她回頭看了看新藏，這才綻露出喜悅的微笑，「到這裡來，應該是沒問題了。」而新藏就像是被狐狸迷惑一般的表情，無言地怔怔看著阿敏的臉。隨後，阿敏坐在新藏的身旁，斷斷續續地將事情的原委娓娓道來，看來兩人真的遭遇了可怕的敵人，倘若時間和地點選擇不對，還可能惹來殺身之禍。

原本大家都以為阿島婆是阿敏的母親，其實是遠房的姨媽，父母生前從來沒有和她往來。據繼承祖業在神社裡擔任宮大工[15]的父親說，「那個阿婆不是一般人。不相信的話，妳看她的側腰，不是長著魚鱗嗎？」假使在街上遇見阿婆，她父親不但趕緊打火驅魔，還會撒鹽辟邪。可是當父親去世不久，阿敏的兒時玩伴，母親的外甥女，一個被病魔纏身的孤女，自從成了阿島婆的養女之後，很自然地阿敏家和阿婆家便如同親戚一樣，開始彼此往來。但只有不到一兩年的光景，阿敏的母親也撒手人寰。沒有人照顧阿敏，於是她只好在不到百日之內，來到日本橋新藏的家中去做幫傭，也跟阿島婆之間斷了往來，至於阿敏後來究竟為何又到了阿婆家，容後再為各位細說分明。

說起阿島婆的來歷，已不在人世的父親或許知道一些，但阿敏卻一無所知，只聽母親以及不曉得誰說過，阿島婆從前是個巫女。阿敏認識阿島婆的時候，她已經能憑藉婆娑羅大神怪物般的力量，從事通靈以及替人算命的工作。所謂的婆娑羅大神也和阿島婆一樣，是個來歷不明的神祇，有人說是天狗變的，也有人說是狐狸變的，眾說紛紜，不一而足。阿敏的守護神隸屬於天滿宮，對她而言，神宮裡的神主肯定就是龍宮裡的人物。或許是出於這個原因，每晚二點時鐘報時之後，阿島婆就會從後院爬下梯子，進入豎川之中將身體和腦袋完全浸泡在河水裡，一泡就是半個小時，若是在陽氣盛的現在那也就罷了，偏偏連雨雪紛飛的寒冬中，她也照樣只披著一件浴衣，宛如人面水獺似地縱身跳入冷冰的河水之中，卻依然面不改色。阿敏有時放心不下，一手提著電燈，一邊打開雨窗，悄悄地窺看河中央，只見對岸並排

15 神社或佛寺裡的建築工人。

的倉庫屋頂還殘留著皚皚白雪，更映出阿婆的切髮像浮巢似地漂在黑黝黝的河面上。雖然得付出如此代價，阿婆通靈和算命卻更加靈驗。說是這麼說，表面上阿婆替人排解各種疑難雜症，其實也有暗中給阿婆錢，要她去咒殺自己的親人或是丈夫、兄弟者也大有人在。像是前不久，在石岸邊投河自盡的青年，聽說也是阿婆不費吹灰之力活活給咒死的。那是受了米店老闆的委託，因為老闆看上了柳橋的一名藝妓，才會千方百計想除掉她的戀人。但是，不知是何隱祕的緣由，一旦阿婆咒殺過人的現場，咒語就不會再次加害於人，不僅如此，現場的一切皆能輕易瞞過阿婆的千里眼，也因此阿敏才會特意選在石岸邊邀約新藏會面。

阿島婆之所以如此處心積慮想要拆散阿敏和新藏這對戀人，其實背後另有原因。今年春天的時候，有一個證券商來找阿島婆求神問卜，希望能預測股市行情，見到阿敏生得如此美貌，便斥巨資打算誘阿婆上鉤，目的是想娶阿敏為妾。如果事情這麼簡單就好辦了，頂多也只是花點銀兩即可辦妥，偏偏這時候出現了怪事，只要離開阿敏，阿島婆便不會通靈也不會算命。原來啊，阿婆一旦開始通靈，會先祈求婆娑羅大神附在阿敏的身上，然後再從神靈附體的阿敏口中逐一請示神旨。照理說，阿婆應該讓神靈附在自己的身上才對，但因為神靈附體的過程如夢似幻，一旦進入那恍惚之境，可以與未知的神祕世界溝通訊息，但清醒之後一切也都忘得一乾二淨，迫於無奈，只好請神靈附在阿敏身上，以便聆聽旨意。基於上述的理由，阿婆決計不能讓阿敏離開她的身邊。而那個證券商更是看中了這點，心裡打著如意算盤，要是娶了阿敏為妾，阿島婆必會跟隨而來，讓她去掐算股市的漲跌，搞不好可以富甲天下，到時候豈不是人財兩得。

然而，從阿敏本身的角度來看，儘管通靈的過程如夢似幻，但阿島婆到處為非作歹，全都是按照自己的命令行事，撇開那些喪盡天良的惡棍不提，阿敏對於自己淪為害人的工具想必也是感到莫名的恐懼。如此說來，先前提及的那位養女在阿島婆家中也同樣被使喚淪為害人的工具，原本已經體弱多病的她，越折磨越是病痛纏身，終因罪惡感令她痛苦不堪，趁著阿島婆熟睡之際上吊自殺。阿敏請假離開新藏家，正是在那位養女自殺不久之後的事。可憐的她，給自己幼年玩伴留下一封親筆遺書，卻剛好被阿島婆拿來利用，她打算把阿敏當成養女的接班人，繼續替她辦事，於是藉此誘使阿敏請假過來，還揚言威嚇說，就算殺了她，也絕不會放她回去。當然和新藏約好要見面的那個晚上，也準備打算伺機逃回去，但是阿婆也不是省油的燈。每當阿敏朝著格子門窺探時，總會看到一條巨蟒盤踞著守在那裡，她終究沒能鼓起勇氣踏出一步。此後好幾次阿敏都想過要乘隙逃脫，卻始終難以如願。令她自己也百思不解，於是迫於無奈只好乖乖認命，就算哭泣也必須言聽計從。

話說自從新藏來訪以後，阿島婆就看穿兩人的關係非比尋常。平時就殘忍無道的阿婆，對阿敏所實行的虐待更是有增無減，不光是惡言相向而已，還會毆打她，甚至掐她捏她，等到了夜裡還會使用怪異的方法，將阿敏的雙臂吊起來，或是讓大蟒蛇纏繞在她的脖子上，用盡各種令人髮指的手段，百般折磨凌虐她。更教阿敏痛心的是，當阿婆在責打她的時候，還用嘲笑的語氣恫嚇她，要是不死了這條心，就讓新藏折壽短命，也決計不把她拱手讓人。如此一來，阿敏也束手無策，事到如今，一切萬念俱灰，她早已有了認命的覺悟，要是真的帶給新藏難以挽回的厄運，對她而言才是最可怕的結局。於是她才下定決心將所有原委全部告訴這個男人。新藏聽完整件事的來龍去脈，才知道阿島婆是何等恐怖，手段是何等卑劣，更令他感到鄙夷、厭惡。阿敏在造訪阿泰家之前，內心是多麼的躊躇不安，進退兩難，如今他全都明白了。

如此這般講完了故事，阿敏又抬起一如往日蒼白的臉，盯著新藏的眼睛說

「如此苦命之身承擔這樣的因果，就算再怎麼痛苦，再怎麼悲傷，也只能斬斷情

絲，以後我們就當作彼此素不相識吧……」阿敏再也無法壓抑內心的哀傷，於是依偎在新藏的膝前，咬著袖子痛哭失聲。舉足無措的新藏只能輕拍阿敏的背，試圖安慰她、鼓勵她。然而若欲與阿島婆對抗，則不得不遺憾地說，兩人的戀情如果希望能順利如願，幾乎毫無勝算可言。不過，新藏為了阿敏，絕不會向阿婆示弱的，他勉強打起精神說：「其實我沒那麼擔心，因為我們交往了這麼長的時間還沒被拆散。」雖是一時應景的安慰話，阿敏好不容易止住淚水，雖然離開了新藏，仍哽咽地說：「時間充裕的話，也不是沒有挽救的機會，明後天的晚上阿婆又要請神了。到時候萬一我說溜了嘴……」她仍舊一臉束手無策的愁容，見此情狀，好不容易強打起精神的新藏，情緒不禁又消沉下去，沮喪到無以復加的地步。說是明後天請神，那麼這一兩天必須想出對策來，否則不光是自己，連阿敏也可能墮入無法挽救的不幸深淵。僅僅兩天的時間，要怎樣才能制伏住了那個怪老太婆呢？假使去報警，法律的力量也無法制裁發生在幽冥世界裡的犯罪。再說社會輿論頂多把阿島婆幹下的壞事當成是可笑的迷信而不聞不問。想到這裡，新藏又盤起胳膊茫然呆坐在原地，事到如今也想不出別的辦法來。一陣痛苦的沉默之後，阿敏噙著淚水仰望閃爍微弱星光的夜空，喃喃地說道：「倒不如死了比較乾脆！」隨即像驚弓之鳥似的提心吊膽地環顧四周，「在外頭耽擱太晚，又會被阿婆責罵，我得先回去了。」至此，阿敏已經精疲力盡，到這兒也有半個小時了。夜色伴隨著漲潮的腥味將兩人籠罩，對面河岸的柴堆、下方繫著的草蓆頂的篷船已隱沒於蒼茫之中，只有豎川的河面波光粼粼，像是大魚露出泛白的魚腹一般。新藏摟著阿敏的肩膀，輕柔地吻了她

「那麼明天傍晚，請妳再到這裡來一趟。在那之前，我會絞盡腦汁想出辦法來的！」

他拼了命給自己壯膽。阿敏悄悄地用手帕拭去臉頰上的淚痕，悲傷地默默點了頭，然後從根府川石上站起身，與同樣頹喪的新藏一道經過花崗岩狛犬來到寂寥的大街上。這時候，阿敏的淚又突然湧上來。在星光下，她的頸項與髮際還是那麼地美麗，她痛苦地垂下頭說：「唉，我倒不如死了的好！」她再次喃喃細語。就在此時，剛才兩隻黑色蝴蝶消失的那根電線桿下方，赫然浮現一隻巨大的人眼，而且沒有睫毛，還蒙著淡青色的瞬膜，瞳孔顏色很混濁，好像在哪裡曾見過。巨眼大逾三尺，起先像水泡一樣從地面浮出，接著飄浮在離地少許的位置，然後滯留片刻。旋即，那混沌灰黑的眼珠子便斜向這邊。更不可思議的是，那雙巨眼融入大街流動的夜色中，儘管模糊難辨，卻包藏著說不出來的惡意。新藏不由得握緊雙拳，作勢保護阿敏的安危，並努力地想看清楚那道幻影。那時他渾身的毛細孔像是灌入一道冷

風，整個背脊發涼，幾乎快要窒息的感覺。他拼了命想要呼喊，舌頭卻不聽使喚。所以，那隻巨眼也拼了命將憎惡之意集中在瞳孔，直瞪著新藏，幸好這樣的對峙並沒有僵持很久，眼看著巨眼逐漸變得稀薄，最後像貝殼一般脫落，然後只剩下電線桿，再也見不到任何怪物的蹤跡。像黑色蝴蝶般的怪物就在此時翩翩飛起，感覺像是蝙蝠般貼著地面飛行。隨後新藏和阿敏像是從惡夢中驚醒似的驚恐失色，他們互看了對方一眼，讀出彼此眼神中抱著恐懼必死的決心，手也不自覺地緊握在一起，身體止不住地顫抖。

又過了三十分鐘，新藏仍驚魂未甫，坐在通風良好的客廳裡，向主人阿泰小聲地描述今晚遇到種種光怪陸離的事，包括兩隻黑色蝴蝶以及阿島婆的祕密、巨眼幻影等，這些對一個現代青年來說，都是荒唐無稽之談。但阿泰因為曾經領教過阿婆怪異的咒力，對此並不表示懷疑，他先端上一客冰淇淋，然後專注地聆聽。「當那個巨眼消失後，阿敏神色倉惶地說，怎麼辦？阿婆已經知道我在這裡與你見面，但我逞強地說，事到如今，我們和那個阿婆之間的戰爭就此開始，不管她知不知道都無所謂。傷腦筋的是，我已經和阿敏約好明日在石岸邊碰面，結果今晚就被阿婆發現了，恐怕明天阿婆不會再放阿敏出來了。就算能將阿敏從阿婆的魔爪下救出，也必須在今明兩天想出個辦法對付她。否則到了明天晚上要是見不到阿敏，所有的計畫都會泡湯。我看，現在連神佛也見死不救了。自從與阿敏分別以來，總覺得身體浮浮的，有種腳不著地的感覺。」新藏說完整個過程後，像是想起什麼似地一邊搧著團扇，一邊擔憂地窺探阿泰的反應。然而，意外的是，阿泰依然神態自若，先是不慌不忙地望了一會兒被風吹得團團轉的狼尾蕨，好不容易才把目光移向新藏，又皺皺眉頭，似乎胸有成竹地說道：「也就是說，想達到目的，你必須通過三道難關。第一道，你必須毫髮無傷地從阿婆那兒奪回阿敏；第二道，這件事務必在後天以前完成；為了配合行動，你必須在明天想辦法與阿敏見上一面，這是第三道難關。」新藏還是一副愁眉苦臉的樣子，疑惑地問道：「為什麼？」「沒什麼理由，假使你見不到阿敏的話……」阿泰說完，突然環顧了一下四周，「這個嘛，暫且先賣個關子，保留到最後再說。聽你方才所言，那個妖婆在你的身旁似乎已布下天羅地網，千萬別走漏了風聲，切記！其實第一、第二關也並非牢不可破。——總而言之，一切包在我身上。今晚就好好暢飲啤酒，給自己壯壯膽量。」最後阿泰看似輕鬆地敷衍一笑。新藏對此當然又焦急又生氣，看了看啤酒之後，又覺得阿泰確實說得有道理。於是兩人開始無意義地閒聊，阿泰突然發現放在燻鮭魚小碟旁酒杯中，泡沫已然消失的黑麥啤，新藏竟然一口也沒喝，於是阿泰握著滴水的啤酒瓶催促新藏說：「來，咱們痛快地乾一杯！」新藏也沒多想，正準備端起酒杯一飲而盡，卻發現泛著光的黑麥啤，杯口直徑約二寸左右的表面，映著天花板上的電燈以及後面的葦簾門，剎那間，映出一張不熟悉的人臉。不，更精確地說，究竟是不是人臉尚未可知。依我看來，既像鳥，又像獸，或說它像蛇、青蛙也無妨，愈想愈摸不著頭緒。與其說是臉孔，不如說是臉孔的一部分，特別是從眼睛到鼻子的部位，就像是正越過新藏的肩膀往酒杯裡窺看似的，那臉孔遮住了燈光，以至於將暗影清楚地投射進酒杯中。說時遲那時快，突然一隻模糊難辨的怪眼，從黑麥啤直徑二寸杯口浮出來，與新藏對看了一眼，旋即消失得無影無蹤。新藏將拿到嘴邊的酒杯放下來，眼珠子骨碌地東看西找，但電燈依然明亮，走廊上屋前的狼尾蕨依然隨風轉動，這涼爽的起居室，壓根兒找不到任何帶有妖氣之物。阿泰隨口問道：「你怎麼了，莫非蟲子飛進杯子裡？」被阿泰這麼一問，新藏無奈地擦拭額頭的冷汗，難為情地答道：「沒有，剛才我見到杯口映出一張怪臉直盯著我瞧。」阿泰像回聲似地重複問道：「映出一張怪臉？」隨後也瞧了瞧杯中。不用說，杯子裡除了阿泰的臉以外別無他物。「你八成神經過敏了吧。難不成那個老妖婆能將她的魔爪伸進我家。」

「可是你不也說過，那個阿婆已經在我身旁布下天羅地網。」「可能性很高，但總不會是那個阿婆伸出舌頭喝了一口啤酒吧。沒關係啦，咱們先乾了這杯再說。」阿泰極力想要讓心情消沉的新藏振作起來。新藏則是更加垂頭喪氣，最後連那杯啤酒都沒喝完，就準備打道回府。阿泰迫不得已，只能再三叮嚀，為他加油打氣。還說電車讓人不安心，甚至還為新藏叫了車。

那天晚上，新藏睡不安穩，淨做些奇怪的夢，好幾次從夢魘中醒來，儘管如此，好不容易天一亮，新藏趕緊打電話給阿泰，對於昨晚的事向他致謝。結果接聽電話的是阿泰的管家，對方說：「老闆一大早就出門，不知上哪兒去了。」新藏心想該不會去阿島婆那兒了吧，但是又不能挑明了問，再說即使問了，又有誰會知道呢？於是拜託管家，要是阿泰一回來，就立刻通知自己。說完便掛掉電話。接近中午的時候，打電話來的卻是阿泰，他果真去了阿島婆家，說是請她去看風水。「幸好見到了阿敏，我把行動計畫寫在信裡面，悄悄塞給了她，明天才能等到回覆，此事非比尋常，阿敏也表示願意配合。」聽到阿泰這番話，新藏覺得好像一切都在掌握之中，很好奇阿泰的計畫，便問道「你到底打算怎麼做？」阿泰又露出昨晚在電話裡嬉笑的樣子說：「好啦，再等兩三天看看吧，對手可是那個老妖婆，即便是電話也不能輕忽大意。總之，我會打電話給你。再見。」掛上電話之後，新藏仍舊如往常坐在帳房木格牆後，一想到自己和阿敏的命運就要在這兩天之內決定，也不知是擔心害怕呢還是焦躁興奮，心中似乎又有幾分期待。他連帳本和算盤都不想碰，於是藉口自己發燒未退，中午就到二樓的起居室休息。就在此時，他感覺到有人一直盯著自己的一舉一動，不管他是睡著還是醒來，執念很深地監視著他。差不多三點左右的時候，他感覺有人蹲在通往二樓的階梯上透過葦簾朝他的方向張望，他隨即起身去察看，可是擦得光亮的走廊地板上，模糊地映著窗外的天空，此外連個人影也沒有。

如此這般到了第二天，新藏益發沉不住氣，一心只盼著阿泰快點打電話來，終於在和昨日同一時刻，他終於被叫到電話前。阿泰的聲音明顯比昨天更有精神，「阿敏終於回覆消息了，一切按照我的計畫實行。什麼？你問我是怎麼回覆的？今兒個本人親自出門到老妖婆家，阿敏趁著出來迎客的時候，順手把字條偷偷塞給了我。好可愛的回信，上頭用平假名寫著『明白了，我會遵照指示行事。』」阿泰得意洋洋地回答。但今天奇怪的是，電話說到一半，不光是阿泰的聲音，其中還混入另一人的聲音。雖說是聲音，但到底說些什麼內容，聽不甚明白，而且與阿泰中氣十足的聲音正好相反，帶著鼻音的悶哼聲、有氣無力的、慵懶的嗓音夾雜在阿泰話語的縫隙間，像從陰陽界透過話筒一起傳來的聲音。新藏起初以為是電話被佔線了不以為意。只催促著阿泰「繼續往下說」。因為他太急於想知道阿敏目前的處境如何。這時候阿泰也聽見了話筒裡出現的怪聲音。問道：「你那邊怎麼回事？感覺聲音好吵雜。」「不是我這邊，有可能是電話佔線了。」阿泰咂了咂嘴說：「那就掛掉重撥就是了。」儘管他埋怨著接線生，一再執拗地重新撥打電話，可話筒裡像蛤蟆般哼哼唧唧的聲響仍然不絕於耳。阿泰最後終於放棄了。「真是拿它沒轍，會不會是哪裡故障了吧。不過，言歸正傳，我覺得阿敏既然答應了，計畫就一定能如願實行，你儘管靜候佳音吧。」新藏仍不死心，又重複了一遍昨天的問題：「你打算怎麼做？」對方還是繼續賣關子，半開玩笑地說：「再忍耐一天，明天到了這個時辰，你一定能得到消息的，好啦，別那麼著急，當作搭上一艘大船，就等著靠岸唄！」話音未落，話筒裡另一個含混的聲音又傳入耳裡「惡作劇也要適可而止啊。」這回是很明顯的嘲笑口吻，阿泰和新藏幾乎不約而同地問道：「怎麼回事，哪來的怪聲音？」這時候話筒中悄靜無聲，剛才那個哼哼唧唧的鼻音也完全聽不到了。「這可不妙，剛才那聲音，肯定是老妖婆在作怪。要是一個不留神，可能全盤計畫都會泡湯，就這樣，一切就看明天的發展吧，那我先掛電話了。」阿泰邊說邊掛電話，聲音中明顯感覺有些狼狽。事實上既然阿島婆已經注意到他們倆的通話，想必阿泰與阿敏祕密交換手信的事也瞭若指掌。阿泰會慌張也是很正常的。在新藏看來，他連計畫是什麼都還不知道，更何況要是被那老妖婆乘虛而入，那豈不是萬事休矣。於是新藏離開電話前，像是失了魂似地渾渾噩噩走上二樓的起居室，遙望窗外的藍天直到夜幕降臨。也許是錯覺，天空中不時有幾十隻可怕的黑色蝴蝶成群飛舞著，交織成一團不祥如毛氈毯的圖案，此時新藏身心俱疲，雖然感到很不可思議，一時也反應不過來。

那天晚上，新藏又惡夢連連，根本睡不安穩，不過到了黎明時分，似乎又提起了幾分勁兒，吃完味如嚼蠟的早飯後，他趕緊打電話給阿泰。「你太過分了，這麼早打電話給我，簡直是擾人清夢嘛！」阿泰以還沒睡醒的慵懶聲音如此抱怨道。新藏不予以回應，依舊死纏不休地問他「昨天打完電話以後，我在家一直待不住，不能這樣傻等下去，我就到你那兒去。光聽你在電話裡講，還是放心不下。等著吧，我馬上就過去。」聽到他像孩子似激動的語氣說著，阿泰也沒別的法子。「那快點來吧！我等你。」聽到阿泰乾脆爽快地答應，新藏馬上掛掉電話，只看了一眼母親面帶憂慮的面容，也沒說要去哪兒便一溜煙地離開了店鋪，直奔阿泰的住處。

才一出門，只見天空烏雲密布，東方的雲層縫隙之間透著赤銅色的光輝，雖然格外悶熱的天氣，但新藏也沒有餘裕多想，隨即跳上電車，幸好車上的乘客並不多，他選了中間的位置坐下來。這時候疲倦感又湧上來，新藏又開始萎靡不振，好像被草帽漸漸箍住了腦袋瓜子似地，感到頭疼欲裂。他想要讓自己分神，轉移一下注意力，於是便將一直盯著木屐尖的視線轉向周圍。他發現這節電車也有不可思議的地方，原本車頂兩側排列整齊的吊環會隨著電車搖晃來回擺盪，可偏偏只有新藏面前的吊環始終一動也不動地靜止在半空。起先他只覺得奇怪，也沒放在心上。但沒過多久，一種被人盯稍的感覺愈發強烈，只覺得坐在這吊環底下令人不安，於是特意移往對面角落的空位，換好了位置之後，他抬起頭猛一看，原本還在搖晃的吊環突然全都靜止不動，而剛才那只不動的吊環卻像是喜獲自由一般，劇烈地晃動起來。對於怪事連連，新藏感到莫名的恐怖，竟忘卻了頭疼的事，不由得像是求救一般環視周遭的乘客。斜對面坐著一位來歷不明的老太婆，罩著一件黑紗披風，透過金邊眼鏡掃了新藏一眼，當然她跟那個通靈的老妖婆沒啥關係，可是新藏沐浴在對方的視線之中，同時也想起阿島婆青腫的臉龐，他已經快崩潰了。於是乎很快地把車票遞給車掌，火速跳下疾馳的電車，動作比那扒手還來得敏捷神速。畢竟電車猶在行進間，新藏腳一著地，草帽便吹飛了，連木屐的繫帶也斷了，而且還摔了個狗吃屎，膝蓋也磨破了皮，這一跤跌得不輕。不，要不是閃得快，恐怕就被捲起塵土的大貨車輾過，當場成了車下亡魂。新藏滿身泥土，迎面而來又是排氣管所噴出的廢氣，他望著從旁邊疾馳而過的汽車黃色塗裝的後門，上面印有像是商標的蝶形圖案，又為自己被老天爺撿回了一條命而深感僥倖。

事發現場在鞍掛橋站前四、五百公尺處，碰巧來了一輛人力車，他趕緊坐上去，驚魂未甫地催促車伕趕往東兩國。途中餘悸猶存，膝頭的傷陣陣抽痛，經過了方才那番折騰，他又有一種不祥的預感，好像人力車也不曉得何時會翻覆，簡直要斷了他的活路。特別是經過兩國橋的時候，只見國技館上空烏雲密布，寬闊的河面，狀似小灰蝶的帆影匯聚成群，新藏頓覺自己與阿敏生死交關的時刻已然迫在眉睫，不禁悲從中來，熱淚盈眶。所以當車行過大橋，在阿泰家門口落下車把時，不知是喜是悲，連自己也無法判別，心中百感交集。他將超額的車資塞入一臉錯愕的車伕手中，隨即倉皇地挑起暖簾鑽進店裡。

阿泰一見到新藏，便招呼著讓他進到裡面客廳，轉眼看見他手腳上的創傷，撕破的夏羽織外褂，「怎麼搞的，弄成這副德行？」「我剛從電車掉下來，在鞍掛橋跳車結果不慎摔跤了。」「又不是鄉下人沒坐過車，再笨拙也不能這樣呀，你幹嘛要在那裡跳車？」於是新藏就把在電車上遭遇的怪事一五一十說給阿泰聽。認真地聽完前因後果之後，阿泰皺著眉頭自言自語：「看來情勢不妙啊！怕是阿敏任務失敗了。」新藏一聽到阿敏的名字，突然變得十分激動，逼問似地說：「什麼事失敗了？你到底要叫阿敏做什麼事？」可阿泰笑而不答，困惑地嘆口氣道：「當然事情發展到這步田地，我自己難逃其咎，我要是不在電話中說出給阿敏送信的事，那個老妖婆肯定不會察覺到我的計畫。」新藏益發顯得焦急，聲音顫抖地埋怨道：「事情都到了這個節骨眼上，你還不告訴我究竟是什麼計畫，你也未必太殘酷了吧。你知道因為這件事，我已經身受煎熬，吃了不少苦頭。」阿泰作出手勢勸阻他說：「好啦，那也在所難免，你說的情形我很清楚，但既然敵人是那老妖婆，也得體諒我必須小心行事，會這樣做是迫不得已。其實就像我剛才所說的，我要是不告訴你與阿敏通信的事，或許神不知鬼不覺，一切都會很順利。不管怎麼說，你的一言一行都在阿島婆的監控之下。不，搞不好從那次電話之後，我也被阿島婆盯上了。不過至少到目前為止，我還沒遇過像你那樣的怪事，我的計畫是否敗露仍未可知，事情未到水落石出，就算你再怎麼怨恨我，我也會吞忍下來。」阿泰耐著性子，循循善誘開導安慰他。可新藏聽了這番話，即使同意阿泰的看法，卻無法打消掛念阿敏安危的心情，他的眉間仍顯露出惱怒的表情，「就算你說得沒錯，不過阿敏沒受傷吧？」他單刀直入地追問，阿泰仍露出憂心忡忡的眼神說：「我也不清楚！」然後陷入長考，不一會兒他瞄了一下房間裡的掛鐘說，忽而把心一橫，說道：「我其實也擔心得死命，不然先別去阿婆家，暫時在附近先察看一下吧！」老實說新藏一刻也待不住，自然不會拒絕。兩人商量之下，就這麼決定了，不到五分鐘，兩人穿著夏羽織外褂並肩走出阿泰的家。

可是離開阿泰家還走不到五十公尺遠，從後面追來了一個人。他們倆同時回頭一看，不是什麼別的怪物，而是阿泰店裡的小伙計，肩上扛著一把蛇目傘[16]急急忙忙追上主人，「送傘來啦？」「是的，管家說好像會下雨，叫我給您送上傘來。」「既然如此，怎麼沒給客人也帶一把？」阿泰邊苦笑著，邊收下那把蛇目傘，小伙計則是傻愣愣地搔了搔頭，又渾身不自在地鞠了躬，隨即快步地往店的方向奔去。

16 以同心圓為圖案的傘，因似蛇眼而得名。

才說要下雨，想不到還真的料中了，滿天的彤雲已經黑壓壓地瀰漫開來，雲隙之間透出的光亮彷彿打磨的鋼鐵一般，帶著令人毛骨悚然的森冷。新藏與阿泰邊走邊眺望天空的模樣，又有一種不祥的預感襲上心頭，自然也不多話，只顧著加快腳步往目的地前進。阿泰總是落在後頭，必須小跑步才能跟上新藏，忙不迭地拭去汗水。之後，他便放棄窮追不捨，就讓新藏領先幾步，自個兒從後面提著蛇目傘，同情似地望著伙伴的背影，獨自悠然地隔著一小段距離跟隨在他身後。當兩人在頭道橋頭往左拐，來到阿敏和新藏在傍晚看見巨眼幻影的石岸邊，這時後面有一輛人力車快速地通過兩人身旁，阿泰抬眼一看車上的乘客，旋即皺起眉頭，「喂！喂！」尖聲叫住新藏停下腳步，新藏只好站在原地，不情願地回頭望向對方。很不耐煩地說：「幹嘛啦！」阿泰趕緊追上前來，沒頭沒腦地問道：「你剛才有沒有看見車裡坐的那個人？」「看到啦！是一個瘦瘦的，戴著黑色眼鏡的男人。」新藏狐疑地說完，又邁開腳步向前行，阿泰更肆無忌憚地，比剛才更為嚴肅的口氣說：「你聽好，那人哪，是我們家的大主顧，名叫鍵惣，是個證券商。我想搞不好就是他想要納阿敏作妾，你說呢？其實倒也沒啥根據，就是出於直覺罷了。」新藏還是怏怏不樂回嗆一句「什麼嘛？只能憑直覺而已？」他連那塊桃葉湯的看板看都不看，一個勁兒地往前走。阿泰用蛇目傘指著兩人前行的方向說「未必只靠直覺而已，你瞧！那輛人力車不是停在阿島婆家門口嗎？」說完，阿泰得意地回頭看了新藏一眼。抬眼望去，果真是剛才那輛車，等待著天降甘霖的葉柳樹蔭下，穿著背印金色家徽工作服的車伕坐在人力車踏板前，正悠哉地歇腳休息。見此情景，新藏陰沉的表情，才容光煥發起來，縱使如此，卻不改最初慵懶的調子，他心煩意亂地說：「可是啊，你想想，來找那妖婆算命的證券商，不光只是鍵惣一人吧！」說著說著，兩人已來到阿島婆家相鄰的泥水匠舖前。阿泰不再堅持自己的主張，小心翼翼地觀察四周的環境，一邊保護著新藏似地並肩緩緩走過阿島婆家的門口。兩人邊走邊用眼角餘光注視著房裡的動靜，與往常不同的，只有鍵惣乘坐的那輛人力車而已，與剛才相比，如今那輛車已近在眼前。恰好在泥水匠舖的下水道前，輾出兩道粗線條的轍痕，車伕耳後夾著金蝠牌香菸的菸蒂，有模有樣地讀著報紙，除此之外，那竹格窗、灰黑的木格門，乃至於葦簾未換的木格門內老舊隔門的顏色，所有的一切皆未改變。不僅如此，家中也一如既往，被一種陰森的寂靜感所籠罩。別說僥倖能看到阿敏的身影，就連那可愛的藍底白花上衣的袖口也不曾閃現，所以兩人經過阿島婆家門口走到隔壁的雜貨店時，雖然內心的緊張感稍稍緩解，熱切的期盼落空卻讓他們感到倍加沮喪。

兩人來到雜貨店前，只見上方掛著一盞寫著「蚊香」二字的大紅燈籠。店前擺放著淺草紙[17]、橢圓棕刷、洗髮粉等等的生活雜貨，店前站著一個人，正在同老板娘說話，仔細一看不就是阿敏嗎？沒錯！他們倆面面相覷，刻不容緩，兩人掩起夏羽織的下襬，大模大樣地魚貫而入，進到雜貨店裡。有所覺察的阿敏，回頭望著他們倆，眼看著蒼白的臉頰逐漸浮現血色的紅暈。可是當著雜貨店老板娘面前，她又不得不有所掩飾，假裝不動聲色地繼續聊天。彎垂在簷前的垂柳依然披在她的肩頭上，勉強地按捺激動的心情。阿敏只是輕輕地驚呼一聲「哎呀！」此時，阿泰從容鎮定地抬手略微輕觸帽沿，假裝不經意地攀談道：「妳母親在家嗎？」「是的，她在家。」「那妳在這邊做什麼？」「我來買客人要用的白紙……」阿敏話還沒說完，垂柳遮蔽的店前忽地昏暗下來，霎時之間，出現一道雨絲冷冷地閃著白光，斜斜掠過寫著蚊香的大紅燈籠，傾刻間外頭響起轟隆隆的雷聲，也震得柳葉瑟縮顫抖。阿泰趁著雷聲邁出店外一步，回頭說道：「那麼就請妳跟母親捎個口信，說我有事想請她掐算掐算。剛才我在妳家門口喊了好幾聲都無人應門，原來重要的人物在這裡偷懶不想幹活兒！」說完便左顧右盼，看阿敏和老板娘的反應，便瀟灑快活地笑了起來。當然什麼都不知情的雜貨店老板娘，並沒有看破阿泰的高超演技，還急忙地催促說：「那阿敏，妳快去吧！」接著趕忙將店門口的大紅燈籠收進來，免得待會雨勢變大淋濕了麻煩。於是阿敏打了個招呼「那麼大嬸，再見啦！」阿泰和新藏便一左一右簇擁著阿敏，離開了雜貨店。三人當然沒有在阿島婆家門口停下腳步，而是用蛇目傘遮擋叭嗒叭嗒落下的豆大雨滴，朝頭道橋的方向奔去，其實在這短短幾分鐘的時間，不用說兩位當事人，就連平常生龍活虎的阿泰，都覺得命運的賭局已到了決一勝負的關鍵時刻。三人不約而同低著頭走到石岸邊，彷彿連即將傾盆狂瀉的大雨也渾然未覺，默默無言地持續前行。

不久之後，他們來到花崗岩狛犬對面，阿泰總算抬起頭，轉身看著兩人說：「這裡是最安全的地方，我們不妨到裡面躲雨，順便先歇會兒吧。」於是三人湊在同一把傘下躲雨，穿過堆積如山的石料，來到岸邊的石材切割作業場，進入石岸邊一隅的草蓆棚暫避一會兒，這時雨越下越大，遠望豎川對岸已是白茫茫一片，什麼也看不見，草蓆棚也無法遮擋滂沱的雨勢，如霧的雨沫和潮濕的土腥味從外頭撲鼻

17 黑色的再生粗紙，多做廁紙之用。

而來。三人即使待在草蓆棚下，也還得靠著蛇目傘才能勉強擋風遮雨。他們在雕琢門柱的花崗岩石材上緊挨著彼此坐下來，新藏隨即開口道：「阿敏，我原以為再也見不到妳！」就在說話之間，雨中斜斜地閃過一道蒼白的閃電，接著一陣撕裂雲層般的落雷發出轟然巨響，阿敏不禁挽起銀杏髻伏在膝上，一時片刻不敢動彈，然後抬起血色盡失的臉，用恍如夢境般的眼神呆滯地凝視外面的雨簾，以異常平靜的語氣說道：「我已做了最壞的打算。」聽到這句話的瞬間，「殉情」這個不祥的字眼，猶如白燐塗寫一般燒烙在新藏的腦海中，而坐在兩人中間使勁撐著蛇目傘的阿泰，則是面向左右投以困惑的目光，卻依然打起精神說：「喂！你一定要堅持到底啊，阿敏也要鼓起勇氣。在此緊要關頭，死神正要來敲門啊……這個暫且不提，剛才來的客人，就是那個叫做鍵惣的證券商吧。嗯，對他我也略知一二。想納妳為妾的，就是那個男人吧。」他直截了當切入現實面的話題。此時阿敏也如夢初醒般，明澈的雙眸懊惱地盯著阿泰的臉龐說：「沒錯，就是那個人。」「你瞧！被我猜中了可不是嗎？」說完，阿泰得意地回頭看看新藏，隨即恢復了認真的語調，對阿敏安慰地說：「雨下得這麼大，鍵惣怎麼也得在妳家待上二、三十分鐘，趁著這時候，說說我的計畫妳那邊進行得如何？萬一計畫泡湯，男子漢理當粉身碎骨、赴湯蹈火。我現在就去妳家，直接和鍵惣攤牌。」阿泰如此斬釘截鐵說完，聽在新藏耳裡也覺得十分可靠。其間雷聲也變得愈來愈劇烈，天還沒黑，就一直出現大量的閃電伴隨著如瀑布般的暴雨傾瀉而下。阿敏想必已經忘卻了悲傷，做好必死的心理準備。她的臉與其說是淒美，更帶著幾分冷峻。她顫抖著鮮豔的紅唇說：「我們的計畫徹底敗露了，一切全完蛋了！」她的聲音如此纖細又透亮。然後，阿敏在這雷雨交加的草蓆棚下，似乎很遺憾地喘息著，時斷時續地講起這一兩天所發生的事。聽完阿敏的描述，才得知連新藏也不知道的祕密計畫，就在昨晚發生了一百八十度的轉變，最終徹底地失敗了。

阿泰最初從新藏那兒，聽說阿島婆請神附在阿敏的身上藉此問事，當時心中頓生一計：讓阿敏在請神的時候，裝出神明附身的模樣，要收拾那個老妖婆，豈不是更乾脆。於是如先前所述，在請阿島婆看風水的時候去她家，然後將計畫偷偷塞給了阿敏。雖然阿敏深知這計畫要實行起來如渡危橋一般，必須冒著極大的風險，事到如今，也沒別的良策妙方能解決眼下的災難，於是翌晨毅然決然地把心一橫，遞給阿泰「明白了，我會遵照指示行事」的字條。然而，在當天晚上十二點，那個老妖婆照例去豎川浸泡河水，準備又要去祈求婆娑羅大神顯靈時，要知道那是人類所無法抵抗的魔障。欲知箇中詳情，還得先解釋一下老妖婆不可思議的神通所在，此乃當今世人難以想像的邪術。阿島婆請神時，會粗暴地命令阿敏脫去衣物，全身只裹著一條浴巾，並將其雙手反綁用繩子吊起來，扯亂其頭髮，熄掉電燈，在房間的正中央面朝北跪坐。然後老妖婆自個兒也是赤身裸體，左手點燃蠟燭，右手拿起鏡子，站在阿敏的面前，口中喃喃念著祕密的咒語，用鏡子一直戳向阿敏，一心不亂地專注祈念。光是如此折騰，換作普通女子，恐怕早已昏厥過去。在此期間，咒語聲像是海潮般一浪高過一浪，形成看不見的音牆，將整個房間籠罩住，阿婆舉起鏡子一寸一寸逼近，最後那面鏡子好像被強大的氣場壓迫，令雙手被綑綁的阿敏身體應聲往後仆倒，老妖婆仍舊不肯罷手。將阿敏逼倒之後，老妖婆宛如啃噬屍肉的爬蟲類慢慢靠近，伏在阿敏的胸脯上，命令她長時間仰視落在教人毛骨悚然的鏡子裡的燭光，接著，那個婆娑羅大神宛如從古沼底部升上來的瘴氣，無聲無息地潛入黑暗中，偷偷地附在女體上。阿敏逐漸變得目光呆滯，手腳不停地抽搐，在老妖婆連珠炮似的追問之下，上氣不接下氣地，將祕密娓娓道出。那晚，老妖婆仍用這套手法請神，但阿敏遵守與阿泰的約定，表面上佯裝失神貌，但內心不敢鬆懈，她打算看準時機煞有介事地假傳神諭，叫老妖婆不要插手妨礙兩人的戀情。當然，那時她已下定決心，無論阿婆如何刨根掘葉地問話，都要假裝無力抵抗，絕不回答半個字。然而，承受著微弱的燭火，長時間凝視著炯炯發亮的鏡面仍舊難以自持，很自然地心神恍惚，感覺虛幻縹渺，不知不覺開始陷入忘我的危險境地。而阿婆念咒聲未曾稍歇片刻，而且目不轉睛監視著阿敏神情的變化，使她無法乘隙試圖將眼神從鏡面上移開。這時候鏡子已吸聚阿敏的視線，放射出更加怪異的光芒，一寸一分咄咄逼近，令人感受到與其說是宿命，更像是厄運的降臨。再加上青腫臉的老妖婆毫無間斷的咒語聲，宛如肉眼看不見的蜘蛛巢城從四面八方束縛了阿敏的心智，將她拖入如夢似幻的未知境界。不知道經過了多久的時間，阿敏醒來後連一絲朦朧的殘存記憶也沒留下。結果過了一整晚，阿敏的苦心終無成果，最後還是落入了老妖婆的圈套。在幽暗的燭光閃爍中，大大小小各式各樣的黑蝶，勾勒出無數圓圈，忽而飛上了天井，而眼前的鏡子則是消失不見，阿敏如同往常一般，像死人似地沉沉睡去，對於方才所發生的事，絲毫沒留存任何印象。

在雷鳴暴雨聲中，阿敏的雙眼和雙唇都竭盡所能地控訴著阿婆的惡行。一直聚精會神傾聽的阿泰和新藏，這時不約而同長嘆了一口氣，彼此面面相覷。儘管事先早已有計畫失敗的心理準備，但仔細聽完之後，才真切地意識到，所有的努力盡付流水，如今痛切地感到絕望的威力襲來。兩人像啞巴似地噤口無語，一臉茫然地聽著翻天覆地的豪雨聲。不過阿泰很快地又振作起精神，面向起先是極度興奮，漸漸轉為陰鬱的阿敏，便鼓勵地問道：「當時的情景真的都不記得了嗎？」阿敏低著頭答道：「是啊，什麼也記不得了。」隨即抬起那哀怨的眼神望向忐忑不安的阿泰，又以怨恨的口吻補充道：「當我醒來時，已是天光大作。」阿敏倏地以袖掩面、泣不成聲。在說話的當兒，外頭的天氣仍不見放晴的跡象，轟鳴的雷聲響徹天際，落雷似乎隨時都會炸開地面，刺眼的電光頻頻閃耀，將草蓆棚內照得雪亮。此刻，至今一直八風不動坐著的新藏，好像想起什麼似地猛然起身。他一副凶神惡煞的駭人模樣，獨自衝向狂風暴雨閃電之中。手中還抄了一根石匠遺留下來的鋼筋。阿泰見此情狀，立刻甩掉蛇目傘，追上前去從背後摟住他的肩膀將其壓制，「喂！你瘋了嗎？」阿泰忍不住發出怒吼，硬是把新藏給拽回來。新藏此刻判若兩人，歇斯底里尖聲大叫，「放開我！事已至此，不是我死，就是我殺了那個老妖婆！」阿泰連忙說：「別幹傻事，今天鍵惣不是來了嗎？讓我去跟他談判。」「鍵惣算什麼東西？說要納阿敏為妾的那個傢伙，會願意聽你的話才有鬼咧！少囉嗦，快放開我！看在朋友的份上放開我！」「你不管阿敏了嗎？你這樣有勇無謀地，不是去尋死嗎？留下她怎麼辦？」就在兩人爭執不休的時候，新藏感到阿泰摟在他肩膀上的雙手半懸在脖子附近，止不住地顫抖，可是又十分有力。他又看見阿敏飽含淚水的眼睛無限悲涼地注視著自己。最後，在滂沱的大雨聲中，一句幾乎微弱到聽不見的聲音傳入耳中「讓我們一起死吧！」同時附近好像有落雷，伴隨著天崩地裂似的霹靂巨響，在眼前炸開散亂的紫色火花，被戀人及友人緊抱住的新藏一時之間渾然失神。

數日之後。新藏終於從漫長如惡夢般的昏睡狀態中醒來，發現自己安靜地躺在日本橋家中二樓房裡，額頭上還敷著冰袋。枕邊擺著藥罐子和量溫計，還有一小盆牽牛花。開著溫馨的深藍色花朵，想必現在還是一大清早。雨、雷鳴、阿島婆、阿敏……他在腦海裡搜尋朦朧的記憶。新藏突然一轉眼，意外瞧見了坐在葦簾門前的阿敏。挽著銀杏髻的頭髮依舊蓬亂，臉頰也依舊那麼蒼白，一副憂心忡忡的模樣。不，她並非只是坐在那裡而已，一看見新藏醒來，臉頰微微泛起紅霞，略帶靦腆地問道：「少東家，你醒過來啦？」新藏以為自己還在做夢似地，輕喚了戀人的名字「阿敏」。這時枕邊又響起另一個聲音「看來，這下子可以放心了。——喂，別動、別動，一定要好好靜養才行。」新藏又意外聽見阿泰的聲音。「你也在這兒呀。」「我在啊，你母親也來了，醫生剛離開。」一問一答之間，新藏的目光從阿敏身上移開，宛如眺望遠方之物似的，怔怔地望向另一側。沒錯，阿泰與母親就坐在枕邊，彼此安心地對望。好不容易才醒過來的新藏，還搞不清楚那場大雷雨之後，自己究竟是怎樣回到日本橋的家？他茫然地看著三人的臉好一會兒。母親溫柔地望著新藏的臉說道：「一切已經平安無事，你就安心先歇著吧，早點兒把身子養好。」安慰似地把話說完。這時候阿泰顯得很快活地又補上一句：「放心吧，你們倆的愛情感動了神明，就在阿島婆和鍵惣說話之間，活生生被落雷給劈死了。」新藏聽了這個意外的好消息，同時悲喜交加，無以名狀，內心激動之情溢於言表，不禁淚流滿面，緊閉雙眼。在一旁照看的三人以為他昏厥過去，又是一陣慌亂。新藏再度睜開眼睛，剛起身的阿泰，回頭看看兩個女人，刻意拉大嗓門說：「搞什麼，要嚇唬誰呀。——大家放心吧，剛才哭泣的烏鴉現在又笑了。」其實新藏一想到那怪婆子已不在人世，嘴角自然地浮現微笑。過了一會兒，當他充分享受這幸福的微笑之後，新藏將視線投向阿泰問道：「鍵惣人呢？」阿泰笑著說：「鍵惣嗎？他只有乾瞪眼的份。」不知何故又猶豫了一下，才緩緩說道：「昨天我去探望他，他親口告訴我，阿敏被神靈附身時，曾一再告誡過，要是妨礙你們倆戀愛，那妖婆肯定性命難保，那妖婆卻當作耳邊風，所以第二天鍵惣去找她的時候，妖婆便口出狂言，即便大開殺戒，也要拆散你和阿敏。我的計畫是失敗了沒錯，但是事情發展的結果，意外地達成計畫中的既定目標。正是阿島婆以為是阿敏在說謊，結果卻自取滅亡，這事怎麼想都令人意外，如此看來婆娑羅神也是善惡難辨呀。」聽到阿泰感歎世事難料，新藏愈發覺得驚詫，自己竟然被來自幽冥的那股力量翻弄於掌中而不自知。他忽然想到雷雨之後，自己身上到底發生了什麼事？便問道：「那我後來怎麼了……」這次換作阿敏代替阿泰回答：「我們趕緊在那石河岸叫了車，把你送去附近的醫生那兒救治，可能是你淋了暴雨的緣故，渾身發著高燒，傍晚回到這裡以後，仍昏睡到不省人事。」聽到這裡，阿泰也滿足地向前挪身，深感欣慰地勸說道：「多虧有你母親和阿敏照看著，高燒總算退了。這三天來，你不停地說著夢話，為了照顧你，別說是阿敏，就連你母親也未曾闔上眼。當然阿島婆那邊，我也替她料理了後事。若不是有你母親勞心費神，這事肯定沒那麼順利。」「多謝了，母親。」「哪兒的話，還不快謝謝阿泰。」就在說話之間，這對母子，不，還有阿敏以及阿泰也熱淚盈眶。阿泰畢竟是個漢子，很快地發出精神抖擻的聲音：「快三點了吧，我也該走了。」說罷便要起身，新藏皺著眉以疑惑的口吻說：「三點？現在不是早晨嗎？」阿泰對新藏奇怪的發問感到訝異，「開什麼玩笑？」一邊說著，一邊從腰際取出懷錶，掀開蓋子要拿給新藏看，但目光又掃向枕邊的牽牛花，於是笑顏逐開地說：「這盆牽牛花呀，是阿敏在老太婆家中的時候，就細心栽植的。在那個雷雨天開的花之中，唯有這朵深藍色的花至今不凋，真是奇事。阿敏多次對我們說，皇天不負苦心人，只有這朵花不凋，表示你的身體一定會康復的。結果你真的醒過來了，同樣也教人匪夷所思。光憑這點，不覺得整件事洋溢著人情味嗎？」

大正八年九月

魔術

某個大雨滂沱的夜晚，一輛人力車載著我，在大森附近一帶的險坡上上下下，越過好幾個坡道，總算在一棟竹籬笆圍住的小洋樓前方停住。正門玄關很狹窄，青灰色的油漆業已剝落，車伕拿出提燈照看，看見一塊陶瓷作成的名牌，上頭用日文寫著：「印度人馬提拉姆，米斯拉」。

說到馬提拉姆，米斯拉這號人物，或許很多人都知道他。他出生於加爾各答，長年致力於推動印度獨立運動，是個不折不扣的愛國者。此外，他還在一個名叫哈森·康的婆羅門僧侶那裡，習得一手高超的祕法，很快地便成為一位年輕的魔術大師。

約莫一個月前吧，我透過友人的引介而結識了米斯拉，我們就政治經濟等方面的議題，彼此交換了許多意見。很不湊巧，每當他要表演魔術的時候，我總是不在現場，所以至今還不曾親眼目睹。因此我特地捎了封信，懇請他為我表演魔術，於是今夜才催促人力車伕，載我趕往米斯拉當時的寓所，地處寂靜的大森郊區盡頭。

我淋著雨，就著車伕那昏暗的提燈光線，按了人名牌下的門鈴。沒多久門打開了，有人從玄關探出頭來，原來是負責照料米斯拉起居，一位個頭嬌小的老女僕。

「請問米斯拉先生在家嗎？」

「請進，老爺已恭候多時。」

老女僕和藹可親地說著，隨即領我進入米斯拉位於玄關盡頭的房間。

「今晚大雨，還勞您親臨寒舍。」

膚色黝黑，大眼睛，留著一口柔軟鬍鬚的米斯拉，一邊撚著桌上煤油燈的燈芯，一邊精神抖擻地向我致意。

「哪兒的話，能夠領教閣下的魔術，這點雨不算什麼。」

我在椅子上坐了下來，環顧四周，煤油燈昏暗的照明下，房間的氣氛顯得格外陰鬱。

米斯拉的房間十分樸素，沒什麼多餘的裝潢，正中間放著一張桌子，牆邊有個正好合適的書架，窗前還擺著一張茶几，此外，就只有我們正坐著的椅子並列在一起。而且，椅子和茶几都相當陳舊，連四周織著紅花圖案的桌布也綻線了，感覺似乎快要裂開來似的。

彼此寒暄之後，便有意無意地聆聽窗外竹林間的落雨聲，不一會兒，依舊是剛才那位老女僕，端著紅茶的茶具走進來，米斯拉打開菸盒，向我敬菸：「來一根，如何？」

「謝謝。」

我毫不客氣拿起一根雪茄，一邊劃著火柴一邊說：

「你驅使的那個精靈，名字好像叫做金。所以說，待會我將要見到的魔術，也是借助金的力量？」

米斯拉自己也點根菸，意味深長地笑著，從口中吐出煙來，味道滿好聞的。

「認為有金這類的精靈存在，已經是好幾百年前的舊觀念。說起來，應該是天方夜譚時期的事了吧。而我從哈森．康那兒學到的魔術，若是願意的話，你也能辦得到啊。這只不過是更高明的催眠術罷了。——你瞧，只消將這隻手這麼一比劃，東西就變出來了。」

米斯拉舉起手，在我面前比劃了兩三次，畫出類似三角形的圖案，然後他將手放到桌上，竟然就摘起一朵織在桌布上的紅花圖案。我看得目瞪口呆，不由得把椅子往前挪湊上前去，想更仔細地端詳那朵花，果不其然，就是方才桌布上的其中一朵，米斯拉還將手上的花拿到我的鼻子前，我甚至還能聞到彷彿麝香之類的濃郁氣味。實在太不可思議了，我不禁嘖嘖稱奇！米斯拉依舊微笑著，接著又漫不經心地將那朵花放回那塊桌布上。不消說，當那朵花落在桌布上，又恢復成原本的模樣，成了桌布上織出的圖案，別說是摘起來，我就連一片花瓣也無法自由地挪動它。

「怎麼樣，很輕而易舉吧。接下來，請你專注看著這盞煤油燈。」

米斯拉邊說邊稍微移動桌上煤油燈的位置，這麼一移動，不知怎麼回事，煤油燈宛如陀螺般咕嚕咕嚕轉了起來。明白地說，煤油燈依然好端端地佇立在原地，而是以燈罩為軸心，開始猛烈地旋轉。起初，我看得心驚膽戰，要是萬一引發火災，豈不是自找麻煩。儘管內心是如此忐忑不安，米斯拉卻依然好整以暇地啜飲著紅茶，絲毫不為所動。於是我也壯起了膽子，眼睛直盯著越轉越快的煤油燈，逐漸跟上它的速度。

煤油燈的燈罩在旋轉的過程中產生一道風，而黃色的火焰竟然兀自燃燒著，絲毫沒有受到影響，多麼無法言喻的美麗畫面，多麼不可思議的奇景呀。而且，隨著煤油燈的轉速越來越快，終於到達一種簡直看不出旋轉，幾乎完全透明的狀態。這時候，我忽然發現煤油燈已恢復原樣，四平八穩地立於桌面上，燈罩依然如故，不見任何歪斜。

「感到驚奇嗎？我這雕蟲小技只能哄騙小孩啦。你若是有興趣的話，再表演別的給你瞧瞧。」

米斯拉轉過身去，望著牆邊的書架，然後伸過手去，像是招引似地動了動指頭，這回並排在書架上的書冊一本本動了起來，很自然地飛到桌子上頭，它們飛行的方式是書皮向兩邊打開，就像夏日黃昏時的蝙蝠一樣，在空中翩翩飛舞。我嘴裡含著雪茄，不由得看得出神。實在是太神奇了！那些書冊在昏暗的煤油燈映照下，無拘無束地自由飛翔，並且井然有序地飛向桌子，疊成金字塔般的形狀，當這些書從書架上一冊不留地移往桌面之後，旋即由最初飛來的一冊開始，又依序飛回書架上，回歸原狀。

然而，其中最有趣的是，有一本薄薄的平裝書，它也像是展開了翅膀似地打開書皮悠然地飛在半空中，不一會兒，又在桌子上方繞圈，接著急速地翻動書頁，發出沙沙的聲響，最後一個倒栽蔥，突然間掉落在我的膝上。這是怎麼一回事，趕緊抓起來一看，才想起來約莫一個星期前我把這本書借給了米斯拉，是一本法國的新小說。

「不好意思，承蒙你把這本書借我這麼久。」

米斯拉依然含著微笑向我道謝。

不消說，此時大部分的書早已飛返回書架上原來的位置。我彷彿如夢初醒般，暫時無法作任何回應，卻想起剛才米斯拉說過的話：「我這點雕蟲小技，你若是想學，倒也不難掌握。」

「此話當真？您神乎其技的本事，雖早有耳聞，卻沒料到竟是如此不可思議。您說像我這樣的人，想要學也不難，該不會是在誆我吧。」

「若真要學，任何人都學得會。不過——」米斯拉君以一種不同於以往的認真態度盯著我說。

「唯獨一點，有貪念的人是學不來的。想要學習哈森・康的魔術，必先捨棄貪念。您做得到嗎？」

「我應該做得到。」

我嘴上雖然答應了，內心卻有種不安感，很快地又補上了一句。

「請教我如何變魔術。」

米斯拉的眼中流露出狐疑的眼神，怕是顧慮到若再多叮嚀有失禮數吧，於是落落大方地點頭說道：

「那好吧，我來教您。雖然說這魔術能輕易上手，但學習起來也得花些時間，若不介意，今晚請在舍下留宿吧。」

「不好意思，給您添麻煩了。」

因為米斯拉終於肯教我魔術，內心喜不自勝，不由得向米斯拉君連連道謝。但他對此卻並不以為意，平靜地從原本的座位上站了起來。

「阿婆、阿婆，今晚客人要留宿，麻煩妳替客人準備一下床鋪。」

我心中雀躍不已，竟忘了把雪茄的煙灰彈掉，不禁抬頭望著米斯拉沐浴在油燈暖黃的燈光下，那張和藹可親的臉龐。

*

倏忽之間，打從米斯拉君教我魔術以來，已經一個月過去了。同樣也是下著大雨的夜晚，我在銀座的某個俱樂部包廂裡，與五、六位友人，圍坐在暖爐桌前，興致勃勃地隨興聊些話題。

或許因為這裡地處東京的市中心，窗外降下的雨水，雖然將街道上川流不息的汽車和馬車車頂淋得濕透了，卻不同於大森，聽不見竹林裡傳來那種淒涼的雨聲。

不消說，窗內的氣氛熱絡，彼此開懷暢談，亮晃晃的電燈，摩洛哥製的大皮椅，還有光可鑑人的原木拼貼地板，這一切，絕非米斯拉那個彷彿精靈會出沒的房間所能比擬。

我們籠罩在雪茄的煙霧中，談論起打獵和賽馬的話題，其中一名友人把尚未吸完的雪茄拋入暖爐中，轉頭對我說：

「聽說你最近學會了魔術，今晚來表演一個給咱們大夥兒瞧瞧，如何？」

「樂意之至。」我把頭靠在椅背上，彷彿自己是個魔術大師，自命不凡地回答道。

「那麼，全看您的本事了，請表演一個坊間魔術師絕對變不出來的那種神奇魔術，給咱們大夥兒開開眼界吧。」

看來朋友們一致贊同，一個個把椅子挪近，催促地往我這邊瞧。於是我不急不徐地站起身。

「請你們仔細看好，我所使的魔術既不需要材料也不需要機關。」

我一邊這麼說著，隨即捲起雙手的袖口，從暖爐中拾起一枚熾熱的煤炭，面不改色地置於掌心，光是這點小把戲，或許已經把在座的友人都給嚇壞了吧。他們面面相覷，急忙湊到跟前圍觀，深怕我的手萬一被燙傷，那可麻煩大了，要是那樣的話，他們寧可要我打退堂鼓。

於是我表現地更加氣定神閒，把掌上的煤炭逐一展示在圍觀友人的面前，接著將它撒在原木拼貼的地板上。剎那間，地板上響起一陣截然不同嘩啦啦的雨聲，蓋過了窗外淅瀝瀝的雨聲。

那是燒得通紅的煤炭，就在離開我掌心的同時，化成無數閃耀奪目的金幣，宛如豆大的雨滴般灑落在地板上。

幾位朋友恍如夢中看得傻眼，竟忘了要喝采。

「就先獻上這點雕蟲小技。」

我一邊浮現出得意的微笑，安靜地坐回原本的椅子上。

「這些都是真的金幣嗎？」

他們一個個都目瞪口呆，一時之間不知該如何反應。好不容易才有個朋友回過神來問我，那已經是五分鐘後的事了。

「那是貨真價實的金幣，不信的話，可以撿起來自個兒瞧瞧。」

「不會被燙傷吧。」

一位友人小心翼翼地把地板上的金幣撿起來，一邊說道：

「當真不假，是真的金幣哩。喂，服務生，快拿掃帚和畚箕，把所有金幣掃成一堆集中起來。」

服務生連忙照著吩咐，把地板上的金幣掃在一起，在旁邊的桌子上堆成一座小山，友人全都湊過去圍在那張桌子旁。

「看起來，總值有二十多萬圓吧。」

「不，應該超過這個數字。要是堆在一張精巧華麗的桌子上，我估計桌子肯定會被壓垮。」

「不管這麼說，你學習的這項魔術真是了不起啊，頃刻之間，竟能把煤炭變成金幣。」

「這樣下去，用不著一星期，你的財富就和岩崎家[1]和三井家[2]不相上下，變成億萬富翁了。」友人紛紛讚不絕口地肯定我的魔術。但我仍舊靠在椅子上，一派悠閒地吐著雪茄的煙說道：

「那不成，我這魔術，一旦起了貪念，利欲薰心，就再也變不出來了。所以，即便這些金幣，諸位既然看過了，我應該立即拋回原來的暖爐裡去。算是物歸原處

1 三菱財閥的創社家族。

2 三井財閥（三越、三井銀行等）的創社家族。岩崎家、三井家及住友家為日本三大財閥家族。

罷。」

幾位朋友一聽大驚失色，便合力勸阻我把金幣還回去。他們說，這麼一大筆錢還原為煤炭，豈不可惜。可是，我跟米斯拉君有約在前，便固執地與友人爭論起來，無論如何非要把金幣拋回暖爐不可。這時候，向來以狡猾的個性著稱的友人開始不屑地對著我訕笑說道：

「你說要把這堆金幣還原為煤炭，我們則是不願意，這樣吵下去，肯定是沒完沒了。倒不如你把這堆金幣當作賭本，跟我們玩一局紙牌。要是你贏了的話，金幣要如何還回去，聽悉尊便。不過，若是我們贏了的話，這些金幣就得乖乖地歸我們處置，這樣一來乾脆俐落，豈不是皆大歡喜。」

對於這個建議，我仍舊搖搖頭，不輕易表達贊同與否。而這位朋友，仍不肯罷休，對我更加冷嘲熱諷，並狡黠地盯著桌上那堆黃澄澄的金幣說道：

「你不跟我們玩紙牌，恐怕是不願讓我們獲得那些金幣吧。說什麼學習魔術，要捨棄貪念什麼的，根本是一派胡言，你下的這份決心，看來可信度並不高。」

「不不不，我並非不願意把金幣給你們，才要把這些金幣變成煤炭的。」

「那好，有種就跟我們玩紙牌，好證明你的決心。」

如此三番兩次爭論不休，我被詰問得左右為難，最後只好按照友人的建議，把桌上的金幣當作賭本，跟他們在牌桌上一決勝負。他們當然是皆大歡喜，馬上取來一副牌，圍在房間角落的一張牌桌上，大叫著「快點快點」，催促著仍在一旁猶豫不決的我。

百般無奈之下，我只得耐著性子勉強和他們玩起紙牌。說也奇怪，就在這一晚，平時賭運欠佳的我，意外地連贏了幾番。更奇妙的是，原本我對此興趣缺缺，但越來越覺得有意思，感到興致濃厚，不到十分鐘的時間，已渾然忘我，開始著了迷似地玩起紙牌。

他們幾個原本打算把那堆金幣一個不留地瓜分個精光，才故意設局要跟我玩紙牌，這下子可好，看到我勝券在握，他們一個個臉色全變了，不顧一切，也要爭個輸贏。然而，不管友人再怎麼拼命想贏，我非但一次也沒輸，還贏了一大筆等同於那堆金幣的數目。於是乎，剛才那位詭計多端的友人，幾乎是氣急敗壞地，像瘋子一樣，把牌遞到我面前說：

「來，抽一張吧。我拿我的全部財產作賭注，土地、房產、馬匹、汽車，通通加起來，就跟你賭一把。而你，把那些金幣，連同你剛才贏的這些，統統押上來。

來，抽一張吧。」

剎那間，我起了貪念。這次要是運氣不佳，不光是桌上那些堆積如山的金幣，甚至連同我手上好不容易贏來的錢，都要被友人悉數劫掠而去。可要是贏了的話，對方的身家財產盡歸我所有，在這千鈞一髮的關鍵時刻，若不使上一點魔術借來用用，那苦心學習還有什麼意思！我迫不及待地，悄悄使用了魔術，以決一死戰的態勢說：

「好吧，你先抽一張牌。」

「九點。」

「老K。」

我大聲一叫，以驕傲的勝利之聲，把抽出的牌，送到臉色發青的對手面前。就在此時，不可思議的事發生了，那張紙牌上的老K，宛如魂魄附身，戴著王冠抬起頭來，把身子探出紙牌外，行禮般地拿起寶劍，臉上浮現不懷好意的笑容，用一種熟悉的語氣說著：

「阿婆、阿婆。客人要回去了，不用準備床鋪了。」

不知怎地，就連窗外的雨，也驟然變成了大森的竹林裡，那種淒涼而寂寞的雨聲。環視四周，我依然與米斯拉相對而坐，他沐浴在昏暗的油燈下，臉上漾著宛如紙牌上阿K的微笑。搞了半天，我還在原來的房間裡，未曾移動過半步。

再察看我指間挾著的雪茄，長長的煙灰尚未掉落，我以為已經過了一個月的時間，只不過是兩三分鐘之間所做的一場幻夢而已。可是就在這兩三分鐘極短的時間裡，我已喪失了學習米斯拉魔術的資格了。無論是我，還是米斯拉君，彼此都心知肚明。我慚愧地低著頭，一時片刻說不出半個字。

「想要學習我的魔法，首先要捨棄一切欲望，你連這點都做不到。想學魔法，我看還差得遠呢。」

米斯拉君露出遺憾的眼神，手臂靠在綴著紅花圖案的桌巾上，心平氣和地對著我說。

大正八年十一月

秋山圖

「……說到黃大痴，可曾見過他畫的《秋山圖》？」

一個秋夜，王石谷[1]來到甌香閣作客，與主人惲南田一同品飲茗茶，問起此話。

「不，沒見過。您見過嗎？」

大痴老人黃公望，與梅花道人[2]、黃鶴山樵[3]同為元代繪畫聖手。惲南田一邊說著，一邊回想曾見過的《沙磧圖》、《富春山居圖》，依稀還浮現在眼前。

「唉，可以說見過，也可以說沒見過，真是妙不可言啊……」

「那究竟是見過？還是沒見過呢？……」

惲南田訝異地端詳著王石谷的臉孔。

「難不成您見到的是臨摹本？」

「不，不是臨摹本。算是見到了真跡。——而且見過的不只我一人。說起這《秋山圖》，煙客先生（王時敏）、廉州先生（王鑑）[4]與這幅畫都有過一段因緣。」

王石谷又喝了一口茶，意味深長地微笑著。

「您要是有興趣，我可以說說？」

「願聞其詳！」

惲南田撥了撥銅燈上的火，殷勤地催促客人說下去。

＊

那時元宰先生（董其昌）尚在人世。某年秋天，先生與煙客翁論畫，忽然問到是否見過黃一峰的《秋山圖》。您知道，煙客翁在畫事上，向來以大痴為師，舉凡大痴的畫，只要留存於世上的，他幾乎全見過了，惟獨那幅《秋山圖》始終無緣得見。

「沒有，不僅從未見過，連聽都沒聽說過。」

煙客翁如此回答，覺得怪不好意思的。

1 王翬，字石谷，清初畫家。
2 吳鎮，號梅花道人，元代畫家。
3 王蒙，號黃鶴山樵，元末明初畫家，與黃公望、吳鎮、倪瓚並稱「元四家」。
4 王時敏與王鑑皆為明末清初畫家。

「倘若有機會，務必一睹為快。與《夏山圖》、《浮嵐圖》相較更為出色，依我之見，這幅畫算得上大痴老人生平諸多畫作中的極品。」

「竟有如此傑作？敢情是非看不可，現在這幅畫在誰手裡？」

「在潤州[5]張氏家中。您去金山寺的時候，可以登門求見。我給您寫封介紹信。」

煙客翁拿到元宰先生的手信，馬上動身啟程去潤州。張氏家既然藏了如此絕妙好畫，想必到了那兒，除了黃一峰的畫以外，應當還有許多歷代墨寶珍品……一思及此，煙客翁在他西園的書房內，懷著焦躁不安的心情，一刻也待不住了。

可是到了潤州，興高采烈地直奔張氏家一瞧，房子雖然挺大的，卻是一片荒涼破敗。牆上爬著藤蔓，庭院雜草茂盛，雞鴨跑來跑去，稀奇地看著來客。也難怪煙客翁，一時之間懷疑起元宰先生的話，像這樣的人家，真的會收藏大痴的名畫嗎？但既然都來了，豈能過門而不入。於是向從門口出來接待的小廝，說明了來意，是為了一睹黃一峰[6]的秋山圖，特地遠道而來，並且將思白先生的介紹信交給對方。

不一會兒，煙客翁被引入廳堂。裡頭擺著幾張紫檀木桌椅，透著一股淡淡的塵土味兒，顯得冷冷清清……青磚地上飄散著荒廢的氣息。所幸出來迎接的主人，雖然一臉病容，倒不像是壞人，蒼白的臉色，纖巧的手勢，有著貴族般的氣質。翁和主人初見面，彼此寒暄過後，隨即提出想拜見黃一峰的名畫。據說，當時煙客翁也不知怎地迷信了起來，覺得要是不馬上觀看，好像那幅畫就會煙消霧散，從此再也見不著。

主人很爽快答應了。原來廳堂光禿的牆壁上就懸掛著一幅畫。

「這就是您想看的《秋山圖》。」

煙客翁抬頭一看，不覺發出一聲驚歎。

畫面青山綠水，設色佳妙。溪水蜿蜒曲折，村落與小橋點綴其間……在那之上，主峰突起，半山腰間，秋雲悠悠，蛤粉[7]濃淡有致，渲染層次分明。以點墨描繪出層巒疊嶂，高低錯落的景致，顯出如新雨過後的翠黛；又著上一點點朱筆，映襯出叢林處處的紅葉，美得教人無法用言語形容。這畫作看似絢麗，卻布局宏偉，筆墨極其渾厚——於斑斕色彩之中，自是蘊含空靈澹蕩的古趣。

---

5 約在今江蘇省鎮江市一帶。
6 黃公望，號大痴道人，又號一峰道人。
7 白色顏料，貝殼烤過後磨粉製成，為古法。

煙客翁完全被眼前的畫迷住了，戀戀不捨地看得十分入神。這畫越看越覺得妙不可言，想不到世間竟有如此傑作。

主人含笑地斜瞄著翁的臉問道。

「如何？還中意否？」

「神作！果真百聞不如一見，元宰先生如此盛讚，說來一點也不過分。從前見過的諸多名畫，若與這幅畫相比，可都要甘拜下風了。」

煙客翁即使說著話，視線也從沒離開過《秋山圖》。

「是嗎？真是這樣的傑作嗎？」

聽了這話，煙客翁不由得吃了一驚，把目光轉向主人。

「怎麼，您不相信我說的話？」

「不，不是不信，事實上……」

主人疑惑的臉，幾乎像少女一般羞紅。卻略顯寂寞地微微一笑，怯生生望著牆上的畫，又接著說下去：

「事實上，每次看著這幅畫時，總覺得好像醒著做夢一樣。沒錯，《秋山圖》很美，是不是只有我才能感受這種美呢？在別人的眼裡，或許是不甚起眼的平凡作品。——但不知為何，我始終有這樣的疑惑而煩惱不休。或許是我太過執迷了吧，又或者世間上所有的畫，都遠不及這幅畫來得美，我不知道是哪個原因。總之，覺得很奇妙，今日聽到您如此讚賞，我才安心了。」

此刻，煙客翁對於主人的辯解，倒也沒特別放在心上，不僅因為看畫看得入迷，他也認定主人徹頭徹尾不懂得欣賞，才會胡亂說出這番話，根本不足以採信。

過了一會兒之後，煙客翁辭別了猶如荒宅的張氏家。

可是無論如何難以忘懷的，是那幅令眼睛為之一亮的《秋山圖》。對於師承大痴法燈的煙客翁而言，任何東西都可以捨棄，他一心只想得到這幅《秋山圖》。何況翁是一位收藏家，據說私人蒐藏的書畫墨寶之中，那幅李營丘[8]的《山陰泛雪圖》甚至花費二十鎰黃金才求得，與這幅《秋山圖》之神趣相比，不免遜色許多。因此，以收藏家聞名的煙客翁，看到這幅稀世的黃一峰名作，無論如何非得到它不可。

為此，他在潤州逗留期間，好幾次派人與張氏商量，希望《秋山圖》能割愛給

8 本名李成，字咸熙，北宋三大家之一。

他。可是張氏無論如何都不肯答應。聽差信之人所言，那位臉色蒼白的主人說：「既然先生那麼中意這幅畫，很樂意借予，若要出讓，恕難從命。」這使得心高氣傲的翁多少有些怏怏不樂。翁心裡如此盤算著，就算現在不借，總有一天會到手，最終還是沒去借《秋山圖》，便悻悻然地離開了潤州。

一年之後，煙客翁又來到潤州，再次訪問張氏家。牆上藤蔓與庭院雜草依舊，一如往昔，可是出來迎客的小廝，卻說主人不在家。翁告知對方不見主人也行，只求再看一眼《秋山圖》就心滿意足。拜託了好幾次，小廝總推說主人不在，不方便讓他進去，最後甚至把大門關上，連理都不理。既然如此，翁也無可奈何，只能惦記著藏於此荒宅中的名畫，獨自惆悵而歸。

可是後來又見到元宰先生，先生對翁說，張氏家不僅有大痴的《秋山圖》，還收藏有沈石田的《雨夜止宿圖》、《自壽圖》等曠世傑作。

「上次忘記跟您說，這兩幅名畫和《秋山圖》一樣，可謂畫苑之奇觀，我再給您寫封介紹信，務必前往賞圖。」

煙客翁馬上差派使者前往張氏家，除了元宰先生的介紹信，使者身上還帶著求購名畫的款項。但是張氏家仍然秉持原則，唯獨黃一峰絕不肯脫手。至此，翁也只好對《秋山圖》斷念，也沒別的辦法。

＊

說到這裡，王石谷停頓一下，又接著說道。

「以上這些都是我從煙客先生那兒聽來的。」

「那麼，只有煙客先生真的親眼見過秋山圖？」

惲南田一邊撫鬚，一邊確認似地看著王石谷。

「先生說他見過。到底是不是真的見過，就不得而知了。」

「不過，您不是剛才還說……」

「請先聽我往下說。聽到最後，或許另有高見也說不定。」

王石谷連茶也沒喝上一口，又娓娓道來。

＊

煙客翁告訴我這個故事，距離他初次見到《秋山圖》之時，已相隔五十年星霜了。那時，元宰先生早已物故，張氏家也不知不覺傳到了第三代。所以，那幅《秋山圖》至今藏在誰家，是否完好如初，未經破壞？亦無人知曉。煙客翁如數家珍似地講起《秋山圖》靈妙之處，然後很遺憾地如此說道。

「黃一峰的《秋山圖》就好比公孫大娘的劍。有筆墨，卻不見筆墨。散發著一種無法形容的神韻，直逼你心頭而來……正所謂神龍駕霧，既不見人，也不見劍。」

一個月後，正值春風乍起之時，我告訴翁打算獨自南下一遊。於是翁說：「這是個好機會，不妨順道打聽《秋山圖》的下落。倘若這幅畫再度面世，實乃畫苑之幸啊。」

我當然也是如此期盼著，當下就勞煩翁為我修書一封。等到一踏上旅途，打算遊歷的地方有好幾處，一時之間還無暇去潤州張家拜訪。直至子規夜啼，我仍帶著翁的介紹信，沒去打聽《秋山圖》的下落。

在此期間，有所耳聞，那幅《秋山圖》已落入貴戚王氏之手。想來，在我遊歷途中，曾將翁的介紹信示人，其中也有認識王氏的人。大概王氏從那人口中得知《秋山圖》藏於張氏家中。據坊間的傳言，張氏之孫一見王氏派來的使者，立刻將大痴的《秋山圖》連同傳家的彝鼎與法書全部獻給了王氏。據說王氏大喜，將張氏孫輩視為上賓，並請出家中歌姬舞孃，奏樂助興，設宴款待，並贈以千金厚待之。我聽到這個消息之後，十分雀躍。歷時滄桑五十載，《秋山圖》依然安然無恙，而且落入朋友相識的王氏手中。想當年，煙客翁煞費苦心，仍無緣再次重閱此圖，或許是鬼神所難容，最後以失敗告終。而今，王氏得來全不費工夫，這幅畫宛如海市蜃樓，自然而然地展現在我們面前。只能說一切都是天意，我連行李也沒帶，火速趕往王氏宅第，打算一睹《秋山圖》為快。

至今我仍清楚記得，那是初夏的午后，紋風不動，王府庭院裡的牡丹，正在玉欄外邊盛放。一見到王氏，還沒來得及作揖，不覺就笑了出來。

「如今《秋山圖》已是府上珍藏。煙客先生也曾為此圖煞費苦心。這回他應該可以安心了吧。如此想來，感到不勝快慰。」

王氏也得意洋洋地說道：

「今日煙客先生與廉州先生也預定來訪。不過，先到者為尊，請您先觀賞畫作吧。」

王氏立刻派人將《秋山圖》掛於壁上。臨近溪畔的紅葉村落，籠罩山谷的朵朵白雲，遠處屏立的幾座青山峻嶺——立即浮現在我眼前的是大痴老人創造的這方小天地，可謂巧奪天工，美不勝收。我的內心激動不已，屏氣凝神地欣賞壁上的畫。

這雲煙丘壑，毫無疑問是出自黃一峰的手筆，用了這麼多的皴點[9]，而墨色依然鮮活——設色如此濃重，而筆觸卻清晰可見，如此功力，除卻大痴以外，無人能及。可是這幅《秋山圖》與昔日煙客翁在張氏家中所見的那幅，確實不是同一人的手筆。比起那幅《秋山圖》的意境，這恐怕是等而下之的黃一峰了。

在我的周圍，有王氏和滿座的食客，他們都在窺探我的表情。我必須小心翼翼，臉上絕不能流露出失望的神色。儘管我已非常努力，還是不知不覺流露了不屑的表情。過了一會兒，王氏不免有些擔心地問道：

「您看了覺得如何？」

我連忙回答道：

「神作，果真是神作，難怪煙客先生大為驚歎。」

聽見這番話，王氏緊繃的臉才緩和下來。但眉宇之間流露的神情，似乎對我的讚賞還有點不大滿意。

這時候，對我描述過《秋山圖》神趣的煙客先生也恰巧到來。翁與王氏稍作寒暄，臉上露出喜悅的笑容。

「想起五十年前在頹圮的張家看到《秋山圖》，如今，又在富貴的府上與這幅畫重逢，真是意外的緣分。」

煙客翁如此說著，抬頭觀賞壁上的大痴。這《秋山圖》究竟是不是翁見過的那幅，翁的心裡當然比誰都清楚。因此，我也同王氏一樣，仔細地端詳翁看畫時的表情。果不其然，翁的臉上漸漸籠罩著一道陰霾。

沉默了一會兒之後，王氏愈發感到不安，怯生生地問道：

「您覺得如何？剛才石谷先生大為讚賞……」

我擔心為人耿直的煙客翁會老實地回答王氏，不由得替他捏了把冷汗。畢竟翁也不忍心讓王氏感到失望吧。

翁看完《秋山圖》後鄭重答覆王氏。

「能得到此畫，真是好大的福分啊。想必更為府上珍藏增添光彩。」

可王氏聽了此話，原本憂鬱的神情更加凝重了。

要不是廉州先生遲遲趕來，氣氛肯定比現在更尷尬。就在煙客翁猶豫不知該如

9 山水畫技法之一，指用筆擦出山石、樹木的紋理，各家畫法不同，也成為其獨特風格。

何讚賞時，幸好廉州先生像及時雨一般到來，為在座增添了生氣。

「這就是傳聞中的《秋山圖》嗎？」

廉州隨意打聲招呼，就去看黃一峰的畫，一時片刻默不作聲，只管咬著嘴邊的鬍子。

「煙客先生，聽說您五十年前一度見過此畫？」

王氏更加感到忐忑不安，又添上了這句話。廉州先生則是從未聽翁說過《秋山圖》的神韻妙趣。

「依您的鑑賞，覺得如何呢？」

先生歎了一口氣，仍舊專注地看著畫。

「請別客氣，有話就直說吧。」

王氏勉強笑著，再次催促先生答覆。

「這個嘛，我覺得這幅畫……」

廉州先生又閉口不言。

「這個嘛，我覺得這幅畫……」

「這幅畫怎樣呢？」

「肯定是痴翁首屈一指的名作——且看這雲煙的濃淡，如此氣勢磅礴。林木的設色，稱得上是渾然天成。看見了嗎，遠處還有山峰隱約浮現，就整體布局來說，畫面顯得更加氣韻生動。」

沉默至今的廉州先生，回頭看著王氏，一一指出畫中的妙處，同時發出嘖嘖稱奇的驚歎聲。不用說也知道，王氏聽了總算是笑顏逐開。

就在這當下，我悄悄與煙客翁交換了眼色。

「先生，這果真是您說的《秋山圖》？」我小聲問道。

翁搖著頭，奇妙地眨了眨眼睛。

「一切恍如夢中，或許那張家的主人是狐仙之流吧。」

＊

「《秋山圖》的故事大致上就是如此。」

王石谷講完了話，慢慢地飲了一杯茶。

「原來如此，果真是一則怪談。」

惲南田凝視著銅燈臺上的火焰。

「後來王氏又熱心地提了不少問題。歸根究底，所謂痴翁的《秋山圖》，除此之外，聽說連張氏家的子孫也不清楚。昔日煙客先生見過的那幅《秋山圖》，若不是藏在別處，那就是先生記糊塗了，究竟是怎麼一回事，我也不甚明白，總不至於在張家看到的《秋山圖》，從頭到尾就是一場幻夢……」

「可是那幅奇妙的《秋山圖》，不是明明在煙客先生心中留下了深刻的印象，而且，在你心裡也……」

「青綠的山石，朱紅的紅葉，即使現在，也彷彿歷歷在目。」

「那麼，就算沒有《秋山圖》，也大可不必感到遺憾了？」

於是，惲王兩大家閒談至此，不禁撫掌一笑。

大正九年十二月

往生繪卷

孩童　啊，有個奇妙的法師從那兒走來了。大家快看啊，大家快看啊！

賣壽司的女人　果真是個奇妙的法師啊，居然一邊敲打著銅鑼，一邊扯著喉嚨不知在大喊些什麼……

賣柴老翁　老朽耳朵不太好，到底在喊些什麼，壓根兒聽不清楚啊。誰能夠告訴我嗎？

錘箔男子　他喊的是，「阿彌陀佛～喝！喝！」

賣柴老翁　哈哈——這麼說來，他確實是個瘋子呀。

錘箔男子　哎，或許是吧。

賣菜老婦　不不，搞不好是個尊貴的上人，我應該趁現在先來拜一下。

賣壽司的女人　話雖如此，不覺得那人一臉面目可憎的模樣嗎？長成那副德行的上人，不知是從哪個地方來的？

賣菜老婦　瞧妳說的什麼缺德話。若是遭到報應，看妳怎麼承受得起喲？

孩童　瘋子！瘋子！

五位入道[1]　阿彌陀佛～喝！喝！

狗兒　汪汪——汪汪。

拜神的婦人　快看哪，前面來了個滑稽的法師。

同伴　那種混帳東西，一見到女人，難保不會上前調戲對方。趁他還沒靠近，妳趕快改走這邊的路吧。

鑄鐵匠　咦，這位不是多度的五位殿下嗎？

販售水銀的旅人　我是不知道五位殿下是何方神聖啦，不過我聽那個人哪，突然放下弓箭出家入道，在多度地方上可是引起了軒然大波呢。

青年武士　果真是五位殿下。他的夫人和孩子，一定會哀聲歎氣的。

販售水銀的旅人　據說他的妻子和孩子們，每天以淚洗面，好可憐啊。

鑄鐵匠　不過，既然都已經拋妻棄子，也決意遁入空門，想必此人近來胸懷壯志。

賣魚乾的女人　這算得上什麼壯志啊？若站在被拋棄的妻子的立場想，無論是佛陀或是其他的女人，只要是奪走了自己心愛的男人，肯定會成為被憎恨的對象啊。

---

1 原文為「五位の入道」，五位是日本古代官階排列順序，入道指僧人、出家人。

青年武士　什麼？這竟然也可以成為理由之一。哈哈哈哈哈。

狗　汪汪——汪汪。

五位入道　阿彌陀佛～喝！喝！

騎馬的武士　哎，怎麼連馬都受驚嚇了，駕！駕！

背著木箧的隨從　對付瘋子我可是束手無策啊。

老尼姑　如你們所知，那個法師從前是個好殺成性的惡人，如今卻發心成佛，真是不簡單啊。

年輕女尼　他曾經是個可怕的惡徒。不光是上山打獵，在河裡捕魚，殺生，甚至還對著乞丐發射弓箭。

手穿木屐爬行的乞丐　幸好是在這時候遇見他。要是提早個兩三天，恐怕我的身上已成了他的箭靶也未可知。

賣板栗與核桃的商人　像他那樣殺氣深重的惡徒，怎麼會削髮為僧決定遁入空門？真是想不透啊。

老尼姑　這個嘛，確實是有些不可思議，或許這正是佛陀的旨意。

賣油商人　我倒認為他肯定是被天狗或別的妖怪附身了吧。

賣板栗與核桃的商人　不，我猜想是狐狸在作怪。

賣油商人　可是不是聽人家說，天狗要修煉成佛比其他妖怪要容易得多？

賣板栗與核桃的商人　說這什麼話？能修煉成佛的，又不光只有天狗才行。據說狐狸也能立地成佛的喲。

手穿木屐爬行的乞丐　好樣的，趁眾人不注意的時候，快把那板栗偷來放進脖子上的口袋吧。

年輕女尼　哎呀呀呀，都是銅鑼聲給嚇的，瞧瞧那些鳥兒，這一眨眼工夫全飛上了屋頂。

五位入道　阿彌陀佛～喝！喝！

釣魚的賤民　哇咧，那個吵死人的法師過來了。

同伴　怎麼回事？瞧那名在地上爬行的乞丐也衝上前去。

披著麻紗的女行者　我的腳走得又痠又痛，好想借那名乞丐的腳來用用。

背著皮箱的僕人　只要跨過了這座橋，很快就可以抵達鎮上。

釣魚的賤民　真想瞧上一眼，那斗笠面紗裡的人不知生得什麼模樣？

同伴　就在你東張西望的時候，不知何時魚餌已被叼走了。

五位入道　阿彌陀佛～喝！喝！

烏鴉　嘎嘎。

插秧　「子規呀。你這個壞東西。就是因為你在啼叫著，我們才下到田裡來。」

同伴　看哪！那不是滑稽的法師嗎？

烏鴉　嘎嘎——嘎嘎。

五位入道　阿彌陀佛～喝！喝！

（暫時人聲俱寂。四周傳來潺潺的松濤聲。）

五位入道　阿彌陀佛～喝！喝！

（再度傳來潺潺的松濤聲。）

五位入道　阿彌陀佛～喝！喝！

老法師　小僧、小僧。

五位入道　請問您是在呼喚在下嗎？

老法師　沒錯。請問小僧欲往何處去？

五位入道　欲前往西方。

老法師　向西行乃是大海。

五位入道　縱然大海我也毫無所懼。不管有多遠在下願直向西行，不見到佛陀絕不罷休。

老法師　這事非同小可。難不成小僧以為，想要親眼見到佛陀，就可以馬上參見本尊？

五位入道　若非這樣想，在下又何必大聲叫喚佛陀的名號，在下削髮出家就是為了這個目的。

老法師　這中間是否另有隱情？

五位入道　不，並沒有什麼特別的隱情。只是前天打獵歸來途中，聽聞某位講師正在宣講佛法。根據他的說話，無論是何種犯了戒的罪人，只要有幸知遇阿彌陀佛的恩澤，即可往生極樂淨土。在下當時體內宛如燃燒般的熱血沸騰，巴不得能立刻親眼參見佛陀……

老法師　後來你做了些什麼？

五位入道　在下立刻將講師拖過來制伏在地。

老法師　什麼？你把講師制伏在地？

五位入道　我隨即拔出腰際的大刀，一邊抵住講師的胸口，一邊質問他阿彌陀佛身在何處。

老法師　這問話方式還真是少見。想必講師嚇得冷汗直流了吧。

五位入道　他看似很痛苦眼珠子向上吊，連聲說道：往西、往西走。——啊，就在他說話之間，太陽已經下山了。路途上耽擱的時間越久，在阿彌陀佛面前就越是畏怯。不能再多說了，暫且打住，我得先趕路要緊。

阿彌陀佛～喝！喝！

老法師　哎，還真遇上了個瘋子。也罷，老朽也該打道回府了。

（三度傳來松濤聲，鏦鏦錚錚——。接著又是澎湃的海潮音，嘩啦啦啦。）

五位入道　阿彌陀佛～喝！喝！

（海浪的聲音，時而伴隨各種鳥類的聲音。）

五位入道　阿彌陀佛～喝！喝！

——怎麼這海邊連一艘船也不見蹤影。唯見濤濤的海浪兀自漂流。阿彌陀佛所居住的聖所，或許就在這海浪的彼岸。若能化身成飛鳥，便可以立刻飛渡彼岸，參見佛陀……可是，既然那名講師說，阿彌陀佛的慈悲是如此廣大無邊。只要我持續大聲呼喊佛陀的名號，祂不可能不回應我的呼求吧。否則我只能一直呼喚祂的名號，直至聲嘶力竭魂歸西天為止。所幸此處有一棵枯朽的松樹，上面分叉出兩根巨大的樹枝。不如先爬上這樹梢再說吧。

——阿彌陀佛～喝！喝！

（再度傳來澎湃的海潮音。）

老法師　自從遇見那狂人，至今已是第七天了。他說什麼要親眼去拜見阿彌陀佛的肉身啊，不曉得後來他又去了哪兒？——天哪，這枯木的樹梢，竟有人爬在上面哩。不用說，這人肯定就是那位法師。小僧、小僧……怎麼連一聲也不應，這也沒什麼好訝異的。因為不知何時他已然氣絕身亡。連裝食物的袋子也沒見著、看上去好像是餓死的，真是可憐吶。

（三度傳來澎湃的海潮音。）

年邁的法師　就這樣把他扔在樹梢上不管，說不定成了烏鴉的餌食吧。或許一切都是前世的因緣。老朽是不是該將他給安葬了呢？——哇，這是怎麼一回事？瞧這法的屍骸，從他的嘴巴裡，竟然開著一朵純白的蓮花，怪不得剛才走到這裡來的時候，空氣中飄散著一股特異的濃郁香氣。如此說來，那個原以為是瘋子的傢伙，其實乃是一位尊貴的上人吧？我對此一無所知，竟然說了那麼多粗魯無禮的話，實在是罪過、罪過。啊！南無阿彌陀佛、南無阿彌陀佛、南無阿彌陀佛、南無阿彌陀佛。

大正十年四月

好色

世間有好色之徒名喚平中，供職於宮廷之中，終其一生無時不覬覦他人妻女。
——宇治拾遺物語

平中不見伊人，望穿秋水，乃至相思成疾，臥病在床，終因煩惱熾盛而死。——今昔物語

登徒子之行徑，莫過於此。——十訓抄[1]

一、畫姿

那頂與太平盛世十分相稱且優美閃亮的烏帽底下，有著豐腴臉頰的那個人，正把視線移向這邊。他那豐腴的臉頰，氣色非常紅潤，但絕對沒有搽上任何胭脂。這乃是天底下少見的柔嫩肌膚，自然透出血色的結果。他的鬍髭長在高挺的鼻子下方——應該說是分列在薄唇左右，恰似刷上一道薄墨，僅殘留疏疏落落的漬跡。那光滑油亮的鬢邊之上，又彷彿映照著碧空如洗的天青色。耳朵藏在鬢角下，依稀可見略為朝上突出的耳垂。耳垂猶如蛤貝般呈現柔和的暖色，或許是照到微弱的光線所致吧。比一般人細小的眼睛，始終漾著微笑。幾乎讓人以為，他的瞳眸深處，總會浮現綻放著櫻花的樹枝，露出晴朗的笑意。如果再稍微留意一下，也許會發現，他的眼中並非只住著幸福。這是對於遙遠事物懷有憧憬，卻對身邊事物抱著輕蔑的微笑。比起那張臉蛋，他的頸子過於細緻。在頸子之上，白色汗衫的衣領散發著淡淡的薰香味兒，在油菜花色的水干衣領之間，畫出一道細長的分隔線。而在他的臉

---

1 宇治拾遺物語、今昔物語及十訓抄皆為日本民間故事集，作者不詳。

孔後方隱約露出的，究竟是織著白鶴的几帳[2]呢？還是畫著悠然山麓下赤松的紙門呢？總之，在他的身後瀰漫著霧銀一般，淡白色的光亮於黑暗中擴散。

這就是古老物語中，「天下第一情聖」平貞文浮現在我眼前的模樣。聽說他的父親平好風膝下育有三子，平貞文恰好是次男，於是綽號叫做平中，私以為他與那個風流倜儻劍俠唐璜倒有幾分神似。

二、櫻花

平中倚著廊柱，漫不經心地賞著櫻花。緊貼著屋簷生長的櫻花，似乎已過了盛放時節。其稍褪殘紅的花瓣，因漫長的午後陽光傾洩，篩下縱橫交錯的枝影於花瓣上。縱使櫻花映入平中的眼底，但他心中卻沒有櫻花的存在，他從方才就一直漫不經心地想著女官的事。

「想起初次遇見她——」平中邊想著邊喃喃自語。

「初次遇見她——那是什麼時候的事呢？我想起來了，當時她說要去參拜稻荷神社。那一定是農曆二月初午[3]的早晨。那女子正要乘車時，我恰巧路過那裡，說起來，這就是所有事情的開端。我僅從扇子的縫隙間瞥見她的容顏而已；除了重疊著紅梅與萌黃花色的衣裳外，又披了件紫色的外衣。她的美真是無法形容，加上提著裙子微微彎下腰來，那搖曳生姿的美妙模樣，更是教人心癢難耐。本院大臣的宅第裡，雖然宮女甚多，像她生得如此天香國色連一個都沒有。所以，即使我平中愛上她，也不見得能擄獲芳心啊——」平中的表情忽然認真了起來。

「我是否當真愛上她了？說是愛上她嘛，好像確有此事，若說是沒愛上她，似乎也沒錯……這事兒愈想愈迷糊，漸漸連我自己也搞不清楚，我想應該已經愛上她了，所以說不管我是如何愛上這名女官，倒還不至於老眼昏花吧。當我跟範實偶然間聊起關於女官的傳聞時，他竟然挑起毛病來，指出女官美中不足之處，就是聽說她的頭髮過於稀疏，其實我第一眼就注意到了。像範實這種男人，要說是吹奏篳篥[4]還真有兩下子，若說到追求女人嘛——哎，算了，還是別管那傢伙，現在我心思意念全在女官一人身上。——不過，嚴格說來，女官的容貌似乎是冷

2 平安時代以後，達官貴族家中常見的帷幕。
3 農曆二月第一個午日，稻荷神社於此日舉辦「初午祭」。
4 日本傳統管樂器。

漠了些，若只是冷漠倒也還好，因為冷漠之中通常帶著幾分古代畫卷中仕女的高雅氣質。相反地，她的冷漠隱含著薄情。就這點來說，無論如何，總讓人放心不下。即便是女人，臉上帶著如此神情，必定是孤傲難以親近之人。更何況她的膚色並不白皙，淺黑的肌膚，不，應該說是近於琥珀色。但是，無論何時見到她，總是那麼地搶眼，吸引人們的目光，就好像站在水邊，一道凍骨的寒風迎面而來，那令人為之一震的凜冽之美，確實是任何女人難以仿效的特殊才藝。」

平中伸直膝蓋，出神地張望著屋簷外的天空，只見天空在花叢的簇擁之下，透出淡藍的柔和色彩。

「不過，她也未免太不通情達理了，差人送去不曉得多少封情書，始終了無音訊，就算再怎麼頑固也要有個限度吧？哎，曾經有多少女人在收到我的情書後，不出三封信就屈服了。當然，偶爾也會遇到意志較為堅定的女人，較能把持住的女人，但也絕不會超過五封。比方說那個名叫惠眼的法師之女，只收到我寄去的一首和歌，便墜入了情網。而且，那還不是我親手寫的，是那個誰，叫做……啊，是義輔寫的和歌。據說，義輔曾把這首和歌送給小宮女們，對方都不理不睬。即便是同一首和歌，若出於我的手筆，情形可能完全不一樣……不過，這回和歌也抄了，信也寫了，女官卻依然未回覆隻字片語。會不會是我太過於自滿了……不管那麼多了，只要把信寄出去，早晚總會有回音的，等到對方回信之後，我相信一定能見上一面。要是能見上一面，必然會引起一陣騷動。引起騷動之後——又會感到厭煩。這就是整件事必然的過程。可是一個月以來，都已經寄去二十多封了，她卻連一封也沒回。我香豔情書的題材也是有限的啊，眼看著就要腸枯思竭了。今天在寫給她的信裡面直截了當寫道：『至少請妳回覆——見面二字』心想這次總該有回音吧。不會石沉大海吧？倘若今天仍無回音的話，不知該如何是好——唉、唉，至今為止，我都不是那種沒出息的傢伙，會為了這種事情垂頭喪氣的男人啊！聽說豐樂院的狐狸精會變成女人，要是被狐狸精給迷住——肯定就像我現在的感覺。同樣都是狐狸精，奈良坂的狐狸精會變成三人合抱的大樹。嵯峨野的狐狸精會變幻成牛車。高陽川的的狐狸精會化成小女孩。桃園的狐狸精會變成大池塘——好啦，好啦，狐狸精隨便怎樣都行，哎呀，我剛才到底在想些什麼？竟研究起狐狸精來了。」

平中抬頭眺望著天空，強忍住呵欠。從櫻花延伸的枝椏遮蔽的屋簷上方，可以看見西斜的日光中，不時有櫻花雪白的殘瓣紛飛。且不知何處傳來鴿子的啼叫聲。

「總而言之，我的耐性敵不過那個女人。別說是會面了，只要她願意和我說上幾句話，我便有十足把握得到她。更何況，只消和她共度一晚，那更是不在話下——攝津和小中將這兩個女人，還未認識我之前，始終對男人沒啥好感。自從遇上了我，不就變得喜歡男人嗎？女官又不是金佛，怎麼可能會無動於衷？不過，那個女人到了關鍵時刻，不知道會不會像小中將那樣害羞，或是像攝津那樣根本不當一回事？我想，到時候她一定會用衣袖遮住她的小嘴，只露出含笑的眼眸……」

「大人！」

「反正見面一定是晚上，到時候肯定會點著小燈臺什麼的。那燈火的光芒照在那個女人的秀髮上……」

「大人！」

平中慌慌張張地把戴著烏帽的頭轉向後方。不知何時來了一個女童，出現在他身後，一邊低著頭，雙手高舉著一封書信。看她那個樣子，似乎在強忍著笑意。

「是信嗎？」

「是的，大人，是女官派我給您送信來。」

女童說完，隨即從主人面前退下。

「女官捎信給我？是真的嗎？」

平中幾乎是忐忑不安地，慢慢打開寫在青色薄紙上的信。

「該不會是範實或義輔的惡作劇吧？他們倆淨幹這種事，實在是窮極無聊——天哪！這是女官寄給我的信，果真是女官寄來的。——這封信，說真格的，這能算是信嗎？」

平中忿忿地把信一扔。信中只有「見面」兩個字，而且這兩個字，還是從平中捎來的信箋中，剪下來直接貼在薄紙上。

「哎呀，號稱天下第一調情聖手的我，沒想到竟然如此遭人愚弄。說來這女官也未免太可惡了吧？妳最好給我記住……」

平中抱膝坐著，茫然地抬頭望著櫻花的枝頭。那張在地上翻了面的青色薄紙上，已經覆滿了被風吹落的櫻花……點綴著幾片殘瓣。

三、雨夜

兩個月後，一個大雨滂沱的夜晚，平中獨自悄悄地來到女官居住的寢宮。雨勢之大，彷彿將夜空溶化似地發出猛烈巨響。道路上與其說泥濘不堪，簡直就是洪流滾滾。選在這樣的夜晚特地拜訪她，就算再怎麼樣鐵石心腸，也會心生憐憫吧。平中心裡如此盤算著，不知不覺已來到寢宮前，於是平中刷刷作響打開手中的銀扇，並且乾咳了一聲，這麼做無非是想引起對方注意，以便請他入內。

此時，一名十五、六歲的丫鬟很快地出現在門內。她那早熟的臉蛋抹著白粉，由於時候已晚，看上去滿臉倦容。平中湊過臉去，小聲地請她捎個口信給女官。

丫鬟聽了，進去了一會兒，又回到門口，同樣悄聲地回答。

「請隨我入內在此稍作等候。待大家都睡了以後，她自會與你碰面。」

平中不禁微笑了。於是在丫鬟的帶領下，來到一間可能是女官臥室隔壁的房間，在門邊坐了下來。

「還是我聰明！」

丫鬟不知何處去了，平中獨自得意地笑著。

「看來女官這次總算回心轉意了。總之，女人嘛，很容易感受物哀之情。這時候只要對她獻殷勤，她很快就會動心的。有些人就是不懂箇中道理，就像義輔和範實……等一等，今晚我能和她見面，未免也太順利了吧。」

平中開始感到焦躁不安。

「她若是不想和我見面，就不會交代丫鬟說要與我見面。如此說來，是不是我的自卑感在作祟？或許是因為曾寫過六十多封情書給她，卻連一次回信也沒有，會產生自卑感也是在所難免。若不是自卑感的話，再仔細想想，又覺得明明就是自卑感吧，就算她被我的真誠所感動，但至今為止從來不曾理會我的女官……話雖如此，但畢竟對象是我，她的心或許是被我平中如此這般朝思暮想，而突然軟化了也說不定。」

平中整了整衣領，在黑暗中膽怯地張目四顧。周圍是一片漆黑，伸手不見五指，只聽見雨聲落在檜木屋頂上叮咚作響。

「如果是自卑感作祟，好像的確是如此，假如不是自卑感的話……可是，如果認為是自卑感，反倒覺得沒什麼自卑感。本來命運這種東西就是愛戲弄人。既然這樣，只要一心一意把它想成不是自卑感不就得了。這樣一來，那女人也……咦，好像所有人都睡了。」

平中側耳傾聽，果然沒錯，滂沱的雨聲中傳來宮女們紛紛回房休息的聒噪聲。

「此刻正是考驗耐心的時候。只要再過半小時左右，我就能得償宿願……但不知為何，心老是靜不下來。也好，這樣才好。原以為見不到面，相見時更加喜出望外。可是愛戲弄人的命運，也許早已把我的心思看透了。那就想著一定會見面吧？可是，萬般天註定，半點不由人，我也不能光打著如意算盤……哎呀，我的心好痛，就當作我和女官無緣吧。這會兒工夫，每個房間都悄無聲息。只聽得見雨聲。我不如就閉目養神，來想想有關雨的事吧。有春雨、梅雨、驟雨、秋雨……有秋雨這個詞兒嗎？秋之雨、冬之雨、雨滴、漏雨、雨傘、乞雨、雨龍、雨蛙、雨篷、躲雨……」

就在想著一堆雨的名詞當兒，突然平中聽到意想不到的聲音，讓他感到震驚了，光是用震驚來形容還不夠，此刻平中臉上的表情，簡直比信仰堅定的法師見到佛陀顯靈還來得震撼，並且歡喜滿溢。只因為他清清楚楚地聽見有人在動門閂的聲音。

平中試著推開那扇門一看，這道門比他想像更滑順地從門檻上滑開。門內籠罩著一片難以捉摸的薰香味兒，黑暗不斷地擴散。平中輕輕地把門關上，然後伸手摸索著，用膝蓋緩緩地匍匐前進。然而，在這洋溢著香豔氣息的閨房內，除了天花板傳來淅瀝瀝的雨聲之外，黑暗中似乎空無一物。他的手偶爾會碰到什麼，結果都是衣架啦鏡臺之類的東西。平中感覺到自己的心跳愈來愈快。

「她不在房裡嗎？如果在的話，應該會出聲才是。」

平中這麼想的當兒，他的手偶然間觸摸到一隻女人柔軟的手，他順勢摸索，摸到絹絲上衣的袖子，又摸到衣服下方的乳房、豐腴的臉頰和下巴，也摸到那比冰更冷的髮絲。平中終於親手觸摸到獨臥暗中，他朝思暮想的女官了。

這既非夢境，亦非幻覺。女官真的出現在平中的面前，她僅穿著一襲上衣，以極其撩人的姿態橫臥著。平中整個人杵在那兒，身體不由自主地震顫。但女官依然不動聲色地躺在那裡。他忽然想起，這畫面好像在哪本書上曾經記載過；又或許是幾年前在正殿的油燈下曾經看過某個畫卷上的畫面。

平中難掩內心的激動，一把將女官抱入懷中，在她耳畔輕聲細語道：「謝謝妳。謝謝妳。過去我一直以為妳對我鐵石心腸，今後我要以比篤信佛陀更敬虔的心意，將我的生命奉獻給妳。」

可是，他愈是焦急，舌頭愈不聽使喚，它抵著下顎，發不出半點聲音。女官的髮香，肌膚散發著奇妙溫暖的體香，恣意地包圍著他……就在他全然陶醉在溫柔鄉的時候，女官的氣息輕柔地吹拂在他的臉上。

一瞬間——只要跨越這一瞬間，他倆肯定會經歷一場巫山雲雨，什麼雨聲啊、薰香啊、本院的大臣啊、丫鬟啊，全忘得一乾二淨了。就在這緊要關頭，女官坐起身，臉幾乎是貼在平中的臉上，用無比嬌羞的語氣說：

「請稍候片刻，紙門還沒閂上呢，我去察看一下馬上回來。」

平中頻頻點頭，於黑暗之中目送她悄然地離開。兩人共處的床榻上還留有女官的體香和餘溫。

「春雨、女官、彌陀如來、躲雨、雨滴、女官、女官……」

平中努力地睜大眼睛，想著各式各樣連他自己也不是很清楚的事。此時，從黑暗的彼端傳來門閂放下的聲音。

「雨龍、香爐、雨夜的品評[5]，黑暗中的現實與清晰的夢境之間相去不遠，就算在夢裡……究竟是怎麼回事？門早該閂好了，她怎麼去了這麼久。」

平中抬頭看看四周，空氣中仍飄散著薰香味兒，無邊無際的黑暗包圍著心焦如焚的他。女官到底是去哪兒，連走動時衣襬摩擦地板的聲音也消失了。

「該不會……不，這不可能……」

平中鑽出被窩，再次匍匐前進，朝黑暗中伸手探索，好不容易來到門邊，這才發現紙門從門外牢牢地栓住。隔著紙門，他凝神諦聽門外的動靜，除了滂沱大雨之外，聽不見任何聲響，更別提什麼腳步聲了。

「平中！平中！你還配稱什麼天下第一情聖……」

他頹然靠著紙門，失神般地喃喃自道。

「看看你這副德行，從前追求女人不是如魚得水嗎？如今你的本事比那範實和義輔都還不如，真是沒出息啊……」

四、好色問答

這是平中的兩位朋友，義輔與範實之間交談的一段話。

義輔：「平中雖有兩下子，這次可栽在女官那女人的手裡了。」

範實：「嗯，我也聽說了。」

義輔：「那傢伙是該受點教訓。他啊，除了女御更衣之外，天底下任何女人都想染指。不給他點顏色瞧瞧怎麼行。」

5 這裡指的是《源氏物語》書中，光源氏與眾人在雨夜之時品評宮中女子的畫面。

範實：「哦，看不出來你也是孔夫子的好徒弟？」

義輔：「孔子那套禮教什麼的我不懂。但我起碼知道不少女人被平中欺負，在暗中獨自啜泣。再進一步說，這些女人的丈夫不曉得有多痛苦；她的父母不曉得有多生氣；不曉得有多少主人，因為自己的女僕被調戲而忿忿不平！諸如此類的事我再清楚也不過了。像這種淨是給人添麻煩的男人，實在是應該鳴鼓而攻之，你難道不這麼想嗎？」

範實：「話也不能這麼說。或許世間因為平中一人所為，確實添了許多麻煩。但這罪過，似乎也不應該由平中一人來承擔吧？」

義輔：「不然除了他之外，又該由誰來承擔呢？」

範實：「女人也要負點責任吧。」

義輔：「女人受害還要負責任也未免太可憐了。」

範實：「全怪罪在平中一人身上，這也太不公平了吧？」

義輔：「是平中主動去勾搭人家的總沒錯吧。」

範實：「男人於戰場上兵戎相見，女人不上戰場，只在床上輕而易舉取人首級。同樣犯下殺人罪，兩者有何不同？」

義輔：「你怎麼老替平中說話。不過，你至少承認這一點吧？我們不會讓世間的人痛苦，而平中卻到處惹得一身腥。」

範實：「我不確定是否真如你所說那樣。不知是什麼業障因果，人本來就是互相傷害的動物，而我們無時無刻不在傷害別人而不自知。平中只不過是比我們更容易使人受苦罷了。這一點，對於像他那樣的天才而言，也是身不由己的命運啊。」

義輔：「別開玩笑了。平中若稱得上是天才，這池子裡的泥鰍也會化成龍了！」

範實：「平中無庸置疑是個天才。你仔細看看他那張俊俏的臉，充滿磁性的嗓音，還有才華橫溢的文采。你若是個女的，不妨與他共度一晚，你就會發現那男人與空海上人[6]或是小野道風[7]一樣，打從離開娘胎，就擁有異於常人的非凡能力。如果他不是天才的話，天下就沒有半個天才了。就這點而言，我們兩人根本就不是他的對手呀。」

---

6 日本佛教僧侶，俗名佐伯真魚，謚號弘法大師，真言宗開山祖師。書法功力高強，與嵯峨天皇、橘逸勢合稱平安時代三筆。

7 平安時代貴族及書法家。

義輔：「不過話又說回來。縱使如你所言他是個天才，也不能像這樣作惡多端吧？好比說小野道風的書法，以巧妙的筆力取勝；誰要是聽聞空海上人誦經，無不感動涕零……」

範實：「我可沒說天才專門造孽為惡。換作是我，也同樣會造孽呀。」

義輔：「這不就跟平中有所不同了嗎？那傢伙身上背的罪，可謂罄竹難書啊！」

範實：「平凡如我們是無法真正瞭解他的。對一個連假名也寫不好的人來說，小野道風的書法不也是乏味無聊嗎？而對一個毫無信仰的人來說，也許空海上人誦經的聲音，或許都比不上傀儡戲曲的唱腔來得生動有趣。想要瞭解天才及其成就的原因，那非得具備相當程度的條件才行哪！」

義輔：「你說的很有道理，不過，平中尊者所謂的成就指的是什麼？」

範實：「不就是平中的情況嗎？那種調情聖手的成就啊，只有女人最清楚。你剛才說不知有多少女人為了平中傷心飲泣。我倒要反過來說說，不知有多少女人因為得到平中的垂青，體會到無上的歡喜，又因為得到平中的愛憐，深深地感到自己活得有價值；不知有多少女人因為平中的緣故，才瞭解犧牲的可貴，又不知有多少女人因為平中……」

義輔：「夠了！你說的夠多了！瞧你將平中的所作所為硬是加上冠冕堂皇的理由，連稻草人被你這麼一說也成了鎧甲武士呢。」

範實：「只有像你這樣嫉妒心強的人，才會把鎧甲武士當作是稻草人哩。」

義輔：「說我嫉妒心強？沒想到你會這麼想。」

範實：「你為什麼不像責備平中那樣，去責備那些不守婦道的女人呢？我知道，即便你嘴裡責備他，但心裡面可不怎麼想。畢竟我們同樣都是男人，不知不覺總會嫉妒他。我們心裡或多或少都有不為人知的野心，想成為像平中這樣春風得意的男人，或是想試試箇中的滋味。正因此，平中比起叛國賊更要令我們所憎惡，仔細想想也真可憐哪。」

義輔：「照這麼說來，你也想成為平中第二？」

範實：「我嗎？我不大想。所以說呢，我看平中的態度，肯定比你來得公正。每次當平中追求到一個女人，便很快就喜新厭舊，拋棄對方，然後又火熱地對另一個女人窮追不捨，實在是很可笑。說穿了，在平中的內心裡，時時刻刻浮現著一個像巫山神女那樣美麗絕倫的女子形象。而平中始終在人間追尋那樣的美，每當他愛上一個女人，就自以為找到了完美無瑕的夢中情人。但同樣的情形，連續兩三次之後，這樣的海市蜃樓終於幻滅了。所以那傢伙才會一個女人接著一個女人，耽溺於美色之中無法自拔。然而在這末法之世，怎麼可能會有他心目中那樣完美的女人呢？我看哪平中的一生，註定要以悲劇收場。就這點來說，你和我遠比他幸福多了。平中的不幸，真要說的話，那就是他的天才所造就的。不光是平中如此，空海上人與小野道風也是一樣，總而言之啊，像我們這樣的凡夫俗子，才是最幸福的。」

五、完美的戀人與不幸的男子

平中不甘寂寞地獨自佇足於本院女官寢宮不遠的一處走廊上，四周杳無人蹤。陽光照在廊外的欄杆上，只要看到那滾燙如油的光束，就知道今日的天氣肯定更加炎熱。但簷廊外的晴空下，一簇簇新芽抽綠的松樹，正靜靜地守著一方清涼。

「既然女官對我不理不睬。我又何必強求呢，還是死了這條心吧……」

平中臉色蒼白，失魂落魄地想著。

「但不管我怎麼想辦法要忘掉她，女官的身姿必定恍如幻影般浮現在我眼前。

自從那個雨夜以來，我為了忘掉她的身影，不知向多少四方神佛誠心祈願過。當我到加茂神社時，卻在神社的鏡中，清楚映照出女官皎好的容顏。而當我在清水寺的正殿上，竟然看見觀世音菩薩的神像原封不動地化成女官的模樣。倘若我不能把她的身影從心中除去，那麼我一定會心焦而死，一定會死得很慘。」

平中長長地嘆了一口氣。

「要忘掉她的身影，如今唯有一計可用。那就是得盡可能找出那個女人最污穢不堪的部分。女官又不是天上仙女，多少也隱藏著不潔的地方。只要找出其中一樣，就會像化身成宮女的狐狸一樣，露出狐狸尾巴來。到時候她的幻影就會消失。那一瞬間，我的生命才會真正屬於我自己。不過，究竟哪裡是她的缺陷，哪裡藏著不潔之物，誰也無法告訴我。啊！大慈大悲的觀世音菩薩，求您行行好，給我指點一條明路吧。證明那個女官與河邊的女乞丐並沒有什麼兩樣……」

平中在心底如此這般地盤算著，突然間抬起懶洋洋的視線。

「哦！從那邊走過來的，不正是整理女官房間的丫鬟嗎？」

那位看似伶俐聰慧的丫鬟，穿著一件梅紅色的薄衣，下方穿的是一件深色的裙褲，正朝著這邊走來。只見她將一個匣子似的東西藏在一把紅色畫扇的背後，想必是要去倒女官的糞便。平中一見到她，腦海中忽然閃過一個念頭，於是他下了一個大膽的決心。

這時候，平中的眼神丕變，立馬衝到丫鬟的面前，接著就伸手搶走匣子，以飛快的速度奔往走廊另一頭的空房間裡。丫鬟突如其來遭遇這種事，當然是一面哭著一面緊隨其後叭噠叭噠地追上來。但是，平中一進屋內就隨手把門一關，很快地從裡面上了門。

「就是這樣。我只要看看這裡頭的東西就對了。就算是百年之戀，也會在一瞬之間消失得比煙更虛無縹緲……」

平中以顫抖的手，掀開覆蓋於匣上的香染織物。意外地發現這匣子設計得相當精巧，還有嶄新的蒔繪[8]作裝飾。

「這裡面有女官的糞便。同時也有我的生命……」

平中一直站在那裡，凝視著美麗的匣子。房外斷斷續續傳來丫鬟低聲抽噎的聲音。但不知何時那哭聲被凝重的沉默吞噬殆盡。平中想到出神，連他眼前的紙門也如霧般逐漸消融。不，他連現在外面是白天還是夜晚都分不清楚了。在他的眼前，只有一個畫著杜鵑鳥紋樣的匣子，異常清晰地浮游在空中……

「我生命的救贖也好，以及跟女官做永生的告別也好，全仰仗這個匣子了。我真的要這麼做嗎？不！我得好好地考慮考慮，到底是殘酷地扼殺女官在我心目中的完美形象好呢？還是活得毫無價值，活得沒有尊嚴好呢？這兩者之間我實在無從選擇。即便我可能會想念她心焦而死，也不願打開這個匣子嗎？……」

平中憔悴的臉頰上閃著淚光，此刻更是備感困惑。但在他稍作沉吟之後，眼神突然迸發出光芒，從心底深處聲嘶力竭地發出一聲吶喊。

「平中！平中！你真是那麼沒用的傢伙嗎？你難道忘記那個雨夜發生的事嗎？搞不好女官至今還在嘲笑你對她一往情深的痴情。活下去吧！要像個男子漢好好地活給她看！只要看看女官的糞便，必定能保有生命的尊嚴，贏得最後的勝利……」

平中幾近瘋狂地，終於掀開了匣子的封蓋，匣中盛著略帶黃色的淡紅色汁液，大概有一半左右吧，匣底還沉澱著兩三條比汁液顏色更深的東西。同時宛如做夢似的，有一股丁香花的香氣撲鼻而來，這真的是女官的糞便嗎？不，即便是吉祥天女，也絕不可能排泄出這樣的糞便。他皺著眉頭，用手拈起浮在最上面的那條約兩

8 一種以漆描繪文樣，再於其上撒以金銀粉，然後加工研磨的技法，緻密巧妙，是日本特有的漆器工藝，起源於奈良時代。

寸長的東西，幾乎要碰到鬍子的距離，反覆地聞了好幾次，這味道不會錯的，肯定是上等沉香才有的香氣。

「究竟是怎麼回事！好像連裡面的汁液都是香的。」

平中將匣子傾斜一邊，輕輕地吸一口裡面的汁液。那汁液也散發著丁香花煮過之後沉澱的芳香。

「難不成，這個也是香木嘍？」

平中試著用牙齒咬一口剛才取出來，約兩寸長的東西。他立刻感到一股沁入齒髓，夾雜著苦澀的甘味。頓時之間，他的口中瀰漫著比柑橘花更清涼的美妙香氛。原來女官不知是根據哪一點，推測出平中的意圖，於是特地用香料製造出人工糞便來誘騙他上當。

「女官！妳殺死了平中！」

平中如此呻吟著，手裡裝飾著蒔繪的匣子不意掉落下來。同時他整個身子也仰倒在地板上。在他那半死的瞳仁裡，浮現出被紫磨金的光環環繞著，對他嫣然一笑女官的倩影……

大正十年九月

幻燈（少年之五）

「請你像這樣把燈點上。」

玩具屋的老闆用黃色火柴點亮金屬製的燈。接著他打開幻燈後方的小門，將那盞燈移入幻燈裝置裡。七歲的保吉屏息凝神，目不轉睛地看著在桌前彎著腰的老闆專注進行手邊的操作。他盯著把頭髮梳向左邊油油亮亮的老闆他那蒼白毫無血色的手。時間約莫下午三點左右吧。從玩具屋外的玻璃窗射進來的陽光中，映著街上來來往往川流不息的人群。但是，在玩具屋裡——特別是雜亂地堆著玩具空箱子的角落裡，光線異常昏暗，和黃昏時分差不多。剛到這裡的時候，保吉感覺有點兒恐怖。但今天為了要看幻燈——玩具屋老闆要展示幻燈，這會兒保吉把所有的情緒全拋在腦後了。不止如此，甚至忘記了站在他身後父親的存在。

「把燈放進去之後，那邊就會出現朦朧的月亮……」

好不容易站起身來的老闆指著白牆，看似對著保吉，其實是在對著他父親說話。幻燈往白牆上一照，恰好射出一道大約三尺的圓光。發散著柔和黃光的圓確實有點像月亮。但白牆上的蜘蛛絲和塵埃也清楚可見。

「然後像這樣把圖片插入幻燈裡。」

隨即聽見咔的一聲，接著圓光中模糊地照出不曉得什麼東西來。保吉聞到金屬加熱的氣味更刺激了他的好奇心。眼睛一動也不動地注視著前方。是什麼東西呢？無法分辨映在牆上的物體究竟是風景還是人物。僅能分辨出類似肥皂泡泡似的顏色。不，不僅是色彩相似，映在牆上的根本就是個與自己同等大小的肥皂泡泡。宛如夢幻般不知從哪兒漂來在昏暗中發光的肥皂泡泡。

「看起來畫面模糊，那是因為鏡頭焦距還沒調好……前面的這個就是鏡頭，對準焦距的話，馬上就可以看得很清楚。」

老闆再次彎下腰。與此同時，肥皂泡泡變成了一張風景畫。當然不是日本的風景畫。在水渠的兩旁聳立著住家，不知是哪裡的西洋風景畫。畫中的時刻已近黃昏時分。月牙兒在右邊的房舍上方發出微弱的光。月牙兒、房子以及家家戶戶窗前種的玫瑰都靜靜地映照在漲潮的水面上，鮮明的倒影清晰可見。風景裡別說是人影，就連一隻海鷗也不見蹤影。只有水流不斷地朝著對面的橋下流去。

「這就是義大利威尼斯的風景。」

三十年後讓保吉真正領教到威尼斯魅力的其實是鄧南遮[1]的小說。不過看在當

1 鄧南遮（Gabriele d'Annunzio），義大利詩人、小說家和戲劇家，著有《玫瑰三部曲》等書。

時保吉的眼裡，不管是房子也好，水渠也好，只會令他感到莫名的孤獨。他所喜愛的風景是塗成大片紅色的觀音堂前有無數鴿子飛舞的淺草。還有高聳的報時台下有軌馬車穿行的銀座。比起那些風景，幻燈裡的房舍、水渠，讓人充滿了荒涼孤寂之感。

看不到有軌馬車或鴿子倒也罷了，他希望至少在對面的橋上有一列火車經過也好。正當他這麼想的時候，一名繫著大蝴蝶結的少女，突然從畫面右邊其中一扇窗子探出小小的臉。究竟是哪扇窗已經記不得了。只能確定是月牙下方的某扇窗。少女把頭探出窗子之後，她的臉又轉向保吉這邊來。即便相隔很遠，但保吉卻清楚地看見少女對著他浮現出微笑，這點是千真萬確的。只是發生在一兩秒之間的事。當保吉不禁叫出「哎呀」一聲，睜大眼睛想看得更仔細一些，不知何時少女的身影已消失在窗子裡。那扇窗和其他窗子都一樣，垂掛著無人理睬的窗簾。

「怎麼樣，放幻燈的方法明白了嗎？」

父親的話語把一臉茫然的保吉喚回了現實世界。嘴裡叼著雪茄的父親，這時候不耐煩地站在保吉的身後。玩具屋店外的馬路上，人潮依然川流不息。頭髮梳得油油亮亮的老闆就像剛表演完的魔術師一樣，在那異常蒼白的臉頰上洋溢著滿足的微笑。保吉憶起當時的自己，突然之間迫不及待的想把這台幻燈搬到他的房間去。

當天晚上，保吉和父親一塊兒在塗了蠟的布幕上，再次放映了威尼斯的風景畫面。懸在半空中的月牙兒，水渠兩旁的房舍，還有留在家家戶戶窗前的玫瑰倒影，那條閃耀著光的水面。一切的一切都和先前所見並無二致。唯獨那個可愛的少女不知為何這次並沒有露臉。無論保吉再怎麼耐心地等候，窗戶下垂掛的窗簾把房間裡的祕密永遠封存了起來。保吉終於等到不耐煩了，於是對著正在研究投射燈的父親哀求地說：

「那個女孩怎麼還不出來？」

「女孩？哪裡有女孩？」

父親似乎對於保吉所問的問題一時摸不清頭緒。

「嗯，雖然不在這裡，可是剛才不是有張臉從窗子探出來嗎？」

「什麼時候的事？」

「就是在玩具屋投射在牆壁上的那個時候啊。」

「那時候也沒有出現女孩子嘛。」

「可是我明明有看見她的臉。」

「你到底在說些什麼？」

父親不曉得在想些什麼，於是伸出手摸摸保吉的額頭。接著忽然對保吉裝腔作勢地大聲說道。

「接下來，我們來放點別的瞧瞧如何？」

可是保吉充耳不聞，眼睛仍然注視著威尼斯的風景。暗淡的水渠上安靜地映著窗簾的倒影。但是，不知道什麼時候，會從哪扇窗戶，突然有個繫著大蝴蝶結的少女，會從裡面探出臉來。保吉心裡想著，感受到一種無以名狀的懷念。同時也感受到從來不曾有過的歡喜與悲傷。那個從幻燈的畫面中瞬間出現的少女，該不會是某個超自然的幽靈以少女的姿態在他的面前現身吧？又或者是少年時期容易產生的一種幻覺呢？當然光憑保吉自己是無法解答這些疑惑的。不過，反正保吉在三十年後的今日，每當他倦於俗務纏身的時候，就會想起那個永遠不會回來的威尼斯少女，恰似多年不見初戀的情人一樣，令他一輩子魂牽夢縈。

大正十三年四月

死後

我有個習慣，睡前如果不翻個幾頁書就無法入睡。有時就算讀了好幾本書，卻猶然毫無睡意也就不足為奇了。所以我枕邊總是擺著讀書用的檯燈和安眠藥。那天晚上我也如往常一樣把兩三本書拿進蚊帳內，點亮枕邊的檯燈。

「幾點了？」這是躺在我身邊已經睡了一覺醒來妻子的聲音，她把嬰孩摟在胳膊裡，側身看著我。

「三點了。」

「已經三點啦，我以為才一點呢。」

我敷衍似地隨便應了一聲，不想和她多說話。

「煩死了，閉上嘴，睡你的覺。」

妻子模仿我的口氣，小聲地吃吃笑著。不一會兒，將鼻子貼在嬰孩的頭上，不知不覺又安靜地沉沉入睡。

我依然側身面對著她，讀著《說教因緣除睡鈔》這本書。這是享保年間和尚輯錄和漢與天竺故事的八卷隨筆集。不過，書裡頭有意思的故事並不多，就連珍奇的故事也少得可以。我依序讀了君臣、父母、夫婦等五倫部的故事，逐漸有點睡意了。於是隨手關掉枕邊的檯燈，不消一會兒工夫，便進入了夢鄉……

夢中，我和S相偕走在酷熱難耐的街道上，鋪了沙子的街道寬度只有不到兩三公尺，而且家家戶戶都掛著一模一樣的卡其色遮陽棚。

「沒想到你已經死了。」

S一邊搖著扇子，一邊對我這麼說。

他大概覺得很遺憾，可是態度上又不想要表現得過於刻意。

「原本以為你似乎會長命百歲哩。」

「這樣啊？」

「大伙兒都這麼說。這個嘛，你小我五歲、」

S扳起手指來算「三十四歲？三十五歲就死了。」

——突然間他靜默不語。

我倒不覺得死了有什麼遺憾之處，但不知何故在S的面前還是會感到有些不好意思。

「你的工作已著手進行了吧？」

S又一次試探性地問道。

「嗯，長篇才寫了一丁點。」

「你太太呢？」

「還過得去，孩子近來也安然無恙。」

「那真是萬幸啊，像我們這樣也不知道何時會死……」

我稍微瞄了一下S的表情，他還在為我已經死了而他仍活著而感到高興呢。——我清楚地察覺到這一點。這時候S好像也感受到我的心情，神色有些異樣，接著他就不說話了。

我們彼此誰也沒開口，走了一會兒之後，S用扇子遮擋陽光，在一家很大的罐頭店前面停下腳步。

「那麼我先失陪了。」

光線昏暗的罐頭店擺放著幾盆白菊花。我打量了一下那家店，猛然想起

「啊，S的家不就是青木堂的分店嘛。」

「你現在跟令尊住在一起嗎？」

「嗯，最近這陣子才開始。」

「再會了。」

我和S分開之後，很快地在下一條巷子拐彎，巷子的街角有個櫥窗，那裡放了

一台風琴。風琴側邊的飾板被拆卸下來，可以看見裡面的構造，內部並排地插了好幾根青竹筒。我看到不禁心想「原來青竹筒也行啊。」接著，不知不覺已佇立在我家的門前。

舊舊的窄門以及黑牆依舊和平時沒什麼兩樣。就連門上的葉櫻枝枒也和昨日所見一模一樣。可是門口標示的新名牌寫著「櫛部寓」三個字。看到新名牌，才真切地感覺到我已經死了的事實。

但是當我走進門，乃至於從玄關走進屋內，卻絲毫不覺得有什麼罪惡感。

妻子坐在起居室的窗邊，正在用竹皮替孩子製作遊戲用的盔甲，堆在她身旁的都是乾掉的竹皮。但是膝上的盔甲只完成了一件圍裙以及身體的部分。

「孩子呢？」我一坐下來便問妻子。

「昨天和伯母和奶奶一起去了鵠沼。」

「爺爺呢？」

「爺爺好像去了銀行。」

「所以家裡誰也不在是嗎？」

「嗯，只有我和小靜。」

妻子頭也不抬地，將針穿過竹皮專心一意的縫著。不過我馬上感覺出妻子在說謊，便有些不大高興地說：

「可是家中的名牌不是換成櫛部寓了嗎？」

妻子訝異地抬頭看我。那眼神就像平時被我責備的時候，一副莫可奈何的表情。

「他出門了是吧？」

「嗯。」

「所以說那人確實存在？」

「是的。」

妻已無話可說，還是一直在那裡弄著竹皮製的盔甲。

「妳改嫁別人我也無所謂，反正我已經死了……」

我像是在說服自己似的繼續說道。

「況且妳還年輕，我也不便多說什麼，只要那人老老實實就行了……」

妻子再次抬頭看了看我。我從她臉上的表情得知一切已無法挽回了。同時也感到自己的臉上正逐漸失去了血色。

「那人不可靠嗎？」

「我倒不覺得他是個壞人……」

不過我心裡有數了，妻子對那位叫做櫛部的男人似乎也沒多大敬重。那又為何要跟那種傢伙結婚呢？這我還可以原諒，可是妻子對於叫做櫛部的男人偏偏只說好話，不往壞處說。光是這點不由得令我怒火中燒。

「他是個能讓孩子叫父親的人嗎？」

「怎麼會問這個……」

「沒有用的，不管怎麼辯解都無濟於事。」

妻子還沒有等我開始發飆，就把臉藏在衣袖間，肩膀止不住地顫抖著。

「妳這個笨蛋！妳以為這樣我能死得瞑目嗎？」

我控制不住脾氣，頭也不回地鑽進書齋。只見書齋的門楣上掛著一個消防鉤，上頭的桿子漆著紅黑相間的顏色。但似乎有誰曾動過它——止思忖的當兒，不知何時書齋什麼的全沒了，而我正沿著枸橘籬笆獨自走在路上。

已近黃昏，路上逐漸被暮色籠罩。不知是小雨還是露水，使得鋪路的煤渣完全浸濕了。方才餘怒未消，我盡可能地快步疾走，想把內心的不快遠遠地拋在腦後。

可是，不管我怎麼走，枸橘籬笆依舊無止盡地延伸，始終看不見路的盡頭。

　　等到自個兒從夢中醒轉。妻子和嬰孩依然好夢正酣。但眼看著天空已泛白，在那微妙的寂靜中我聽見蟬鳴從不知何處的樹上傳來。我一邊聽著蟬鳴，一邊想著要是睡不好的話，明天（應該是今天）可能會犯頭疼，決定再睡一會兒。但是不僅睡不著，還清楚地記起剛才的夢境來。夢中的妻子無意間成了可憐的犧牲品。S也許在現實中真的是那副德行。而我……對於妻子而言竟成了一個可怕的利己主義者。尤其是，當我想到現實中的我和夢裡的我其實是相同的人格，便成了更加可怕的利己主義者。而且，我自己和夢裡的我未必不是同一件事。為了避免病態的良心作祟，我現在必須好好睡上一覺，於是我吞了〇．五毫克的安眠藥，總算昏沉地睡著了……

大正十四年九月

點鬼簿

一

我的母親是個狂人。我從母親那裡未曾感覺到一絲母性的溫暖。我的母親用梳子盤起她的頭髮，始終在芝的老家一人獨坐著，叼著長菸袋，吞雲吐霧地吸著菸草。她臉蛋小，身子也小。不曉得為何，總是一臉黯淡的灰色，了無生氣。有一回，我讀到《西廂記》裡「土口氣泥臭味」這句話的時候，忽然想起我母親的臉龐——那削瘦的側臉，至今仍記憶猶新。

所以我從未得到過母親的呵護。記得有一次，我跟著養母[1]特意上二樓問候母親。她卻出其不意用長菸袋敲我的頭。說到底，母親還是個安靜的狂人。我和姊姊要是纏著她，她也會用四開的毛邊紙畫畫給我們。畫上不單使用墨水，也會用姊姊的水彩顏料塗抹在那些遊玩女孩的衣服上，或是草木啦花啦。只不過那些畫中的人物都有著狐狸似的面容。

母親是在我十一歲那年秋天死的。她死於衰弱，不全是因為她的病。不過在她去世前後發生的事，我倒是記得一清二楚。

大概是因為收到病危的電報通知，在一個無風的深夜，我和養母坐著人力車從本所趕到了芝。我到現在從不曾用過圍巾之類的東西。印象裡，只記得這一晚，我圍了一條畫有南畫山水的薄絲巾，上頭沾著鳶尾花香水的味道也記得。

母親橫躺在二樓正下方八疊[2]大的客廳裡。我和相差四歲的姊姊坐在母親的枕邊，兩人哇啦哇啦地哭個不停。尤其是當有人在背後說「臨終臨終……」什麼的時候，我愈覺得一陣淒涼湧了上來。然而已闔上雙眼形同死去的母親，卻突然睜開雙眼咕噥了幾句。儘管處於悲傷的氣氛中，我們卻忍不住偷偷笑出聲來。

隔天夜裡，我也一直坐在母親枕邊陪伴她，直到天色將明。但不知何故我一滴淚也沒流。姊姊的哭聲倒是一直沒停過，在哭聲不止的姐姐面前，於是我也拼命裝出號啕大哭的樣子。但同時又確信，既然我哭不出來，那母親肯定不會死的。

第三天的夜裡，母親幾乎毫無苦痛地離開了人世。死前看上去像是迴光返照，臉上顯出爽朗的氣色，看著我們的臉撲簌簌地落下淚來，但依舊像往常一樣沒說半句話。

母親入殮之後，我時常禁不住悲從中來。這時候，有個遠房的老婆婆，人稱

1 芥川龍之介從小便過繼給舅舅當養子。

2 二疊為一坪。

「王子的叔母」說著「真令我感動啊！」這樣的話。但我卻覺得，她真是個會為些怪事輕易感動的人。

母親出殯的那天，姊姊捧著牌位，我抱著香爐跟在她身後，兩人一起搭上人力車。我不時打著盹，猛然驚醒睜開眼，險些失手把香爐給摔到地上，可是谷中路漫迢遙，看似怎樣也到不了。在秋日晴空下，長長的送葬隊伍緩緩穿過東京的街道。

母親的忌日是十一月二十八日。戒名[3]是歸命院妙乘日進大姐。可是我卻記不住親生父親的忌日和戒名。大抵因為對於年僅十一歲的我來說，能記住忌日和戒名就算是一種驕傲吧。

二

我有一個姊姊。雖然體弱多病，卻已是兩個孩子的母親了。我想寫進「點鬼簿」的當然不是這個姊姊，而是剛好在我出生之前突然夭折的姊姊，在我們三姊弟之中，就屬她最聰慧伶俐。

這姊姊名喚「阿初」。大概是因為身為長女之故，在我們家的佛壇上還放了一張「阿初」的相片在小小的相框裡。阿初看起來並不像身體孱弱的模樣。小小的酒渦在臉頰上彷彿成熟的杏子圓圓的，天生一副惹人憐愛的模樣……

家中最得寵的孩子當然是阿初。父母特地把阿初從芝的新錢座[4]送往築地的聖馬丁夫人幼稚園去學習。每逢周末，總會回到我母親家——位於本所的芥川家住。每當阿初要外出時，一定是穿著明治二十年代依然很時髦的洋服吧。猶記我上小學時，要了幾塊阿初穿過的和服布料給橡膠娃娃換上，那些料子彷彿彼此商量好似的，全是印上小碎花及樂器的白細布，肯定是舶來品。

初春，某個周日的午後，阿初在庭院裡邊走著，邊問坐在客廳裡的姨媽說。

（我想像中此時姊姊肯定也穿著洋服）

「姨媽，這樹叫什麼名字？」

「妳說的是哪棵樹？」

「這棵帶有花蕾的。」

母親娘家的院子裡有棵矮木瓜樹，向著一口老井垂著枝椏。梳著小辮子的阿初

---

3 即法號。在日本，死者通常都會有一個佛教式的戒名。

4 為江戶時代建立的一所鑄幣廠，位於現在的港區濱松町。

該是睜大著眼睛，直盯著枝條盤結的木瓜樹瞧上好一會兒。

「那棵樹跟妳同名喲。」

可惜，阿初還聽不懂姨媽的玩笑話。

「噢，它叫做傻瓜樹。」直至今日，只要一提起阿初，姨媽肯定又要重複一遍上述的對話。事實上，除此之外，關於阿初的記憶什麼都沒留下。後來，沒隔多久，阿初就躺在棺材裡了，我記不得阿初刻在小小牌位上的戒名是什麼了，卻清楚地記得她的忌日是在四月五日這一天。

不知為何，我對於這位從未謀面過的姊姊，卻有著一種特殊的親切感。如果阿初還活在世間的話，現在也有四十來歲吧。搞不好年過四十的阿初，和坐在二樓陶醉地抽著菸草的母親也有幾分神似。我時常感覺到有個年約四十的女人幻影，不知道是母親還是姊姊，在身邊守護著我的一生。難不成是因為長期吸食過量的菸草和咖啡，導致神經錯亂的因子在作祟。或是基於奇妙的機緣，在現實世界顯現的超自然現象？

三

由於母親發狂，所以我一出生就來到了養父母家（也就是我舅舅家）。我跟親生父親之間很冷淡，聽說他開了間牛奶店，也算是個成功的商人。當時給我買了新鮮水果及飲料的全是我父親，包括香蕉、冰淇淋、鳳梨、萊姆酒，此外或許尚有其它東西我不知道。我記得當時在新宿牧場外的橡樹下飲著萊姆酒，萊姆酒是一種酒精含量很低，帶著橙黃色的飲料。

父親之所以買這些東西給年幼的我，主要是想從養父母家把我領回去。記得有個夜晚在大森的魚榮店裡，他一邊買冰淇淋給我吃，一邊擺明了要勸我逃回老家。父親說這番話的時候，極盡巧言令色。可惜的是，他的勸說沒有一次成功奏效。因為我的養父母對我疼愛有加，尤其是養母，但父親並不知情。

父親是出了名的壞脾氣，又個性急躁。不管遇到誰，動不動就要吵架。中學三年級的時候，我跟父親玩相撲，趁他一個不留神，我使用最擅長的過肩摔將父親摺倒在地。父親一爬起來，就撲向我，大聲說：「再比一回」。我又輕而易舉地將他摺倒在地，父親仍不服氣，又說：「再比一回」。看他臉色都變了，我的姨媽，也就是我母親的妹妹，眼見這光景，便朝我使了兩三次眼神，示意要我放水。就在父親與我扭打成一團的時候，我故意仰面倒了下去，要不這麼做的話，父親肯定仍會抓著不放，他就是個性如此倔強的人。

在我二十八歲那年，還在學校裡當教師的時候，收到一封電報，上頭寫著「父因病住院」，於是我倉皇地從鎌倉趕回東京探視父親。他因得了流行性感冒住進了東京醫院。我和養父家的叔母和母親家的姨媽，一同窩在父親病房角落三天左右。那幾天無事可做，頗感無聊，正好一位熟識的愛爾蘭記者打電話到醫院，約我在築地見面，順便吃頓晚餐，我聽說這位記者近日要去美國，於是把垂死的父親丟下不管，一個人前往築地赴約。

我們和四、五位藝妓一同愉快地享用日本料理，晚餐約十點結束，我便留下記者，獨自走下窄梯。突然有人從身後呼喚「芥川先生！」我在樓梯中間停下腳步回過頭來張望，原來是剛才席間的藝妓，從樓上看著我，但我不發一語走下樓梯，坐上門外的計程車。計程車很快地發動了，這時我沒想著父親，反倒想起那個梳著西式髮型的藝妓，水嫩的臉龐，特別是她那雙會說話的眼眸。

回到醫院時，父親早已等得不耐煩了。他叫其餘人等全退到屏風外，獨留我和他談話。父親緊握著我的手，一邊撫摸，一邊講起我從不知道的往事，像是當年和母親結婚的事啦，一同去買衣櫃的事啦，去吃壽司啦，諸如此類瑣碎之事。可是當我聽他訴說這些往事時，不禁熱淚盈眶，而父親削瘦的臉龐也落下淚來。

隔天早上，父親沒有太多痛苦地離開了人世。臨終之際，腦子好像有些混亂，竟大聲叫著「那艘掛著旗幟的軍艦來了，大家快高喊萬歲！」我已記不得父親的葬禮是什麼情形。只記得當遺體從醫院運往老家時，一輪春夜的大明月照在父親的靈車上，讓人感覺有些淒涼。

四

今年三月中旬，我懷中揣著小懷爐，許久不曾與妻子相偕去掃墓。許久不曾去——來到這小小的墓前，不消說，就連墓上那棵伸出枝條的赤松也未改變它的樣貌。加入「點鬼簿」的三人，都葬在谷中墓園的一隅——他們的的骨灰也埋在同一座石塔之下。我憶起母親的靈柩被安靜地安放在這墓地的情景。阿初下葬時也是如此吧。唯獨我的父親——記得父親細碎的骨灰中還摻雜著他的金牙⋯⋯

我不喜歡掃墓。倘若能忘卻，我寧願把父母和姊姊的事都忘掉。但是，或許是那天身體特別虛弱的緣故，在初春午後的日光下，我凝望著黑幽幽的石塔，心裡想著他們三人之中到底誰幸福呢？

「蜉蝣啊也欲離去，寧宿在墳塋之外[5]。」

事實上，我從來沒有像現在這樣如此強烈地體會到丈草的心情。

大正十五年十月

5 江戶俳人內藤丈草之俳句。

夢

我實在好疲倦，累到快虛脫了。肩膀和頸部僵硬不用說，夜裡也難以入睡，失眠得厲害。不僅如此，即便偶爾睡著了，還是會做很多夢。不曉得誰曾經說過：「做彩色的夢是心理不健全的證據」。然而，也許跟我的職業是畫家有關吧，我基本上從未做過無色彩的夢。有一回，我夢見和朋友一塊兒走進郊區像是咖啡館的一扇玻璃門。此外，那扇滿布灰塵的玻璃門外是鐵路平交道，一旁的柳樹剛抽出新芽。我們坐在角落裡的桌邊，吃著碗裡的料理。然而，當我吃完後一瞧，赫然發現碗裡面竟殘留著一尾一寸長的蛇頭。——這樣的夢也留下色彩鮮明的印象。

我租的房子位於嚴寒的東京近郊。每當我感到憂鬱時，就會從住處走到土堤上，向下俯瞰電車軌道。沾滿油漬與鐵鏽的碎石路上有幾條軌道閃閃發光。而對面的土堤上，有一棵好像是櫸樹斜斜地伸出樹枝來。如果說這樣的景色本身即是憂鬱，倒也無妨。但比起銀座和淺草來，這裡的風景更能契合我現在的心境。「以毒攻毒」——我一個人蹲在土堤上抽著菸，不時思考這些事。

我並不是沒有朋友。我的朋友是個年輕的西洋畫家，是有錢人家的兒子。他看見我一副無精打采的樣子，就勸我不如出去旅行。「錢的事總有辦法搞定。」——他如此好心安慰我。但我比誰都清楚，即便去旅行，並不能治癒好我的憂鬱症。事實上，三、四年前我也曾陷入同樣的憂鬱狀態，為了能暫時減緩症狀，我還特地大老遠跑到長崎旅行。可是到了當地，不管哪個旅館都看不中意，這還不打緊，好不容易住了下來，晚上又有幾隻撲火的飛蛾竄進房間胡亂飛舞，我真是受夠了，不到一星期左右，又莫可奈何回到了東京……

某個下午，地面上仍留有殘霜，我去銀行領取匯票回來時，忽然湧上一股創作欲。身上有了錢可以請模特兒，肯定也是原因之一。除此之外，我的創作欲也確實是突如其來地大爆發。我並沒有回到租屋處，而是先去了一家叫M的地方，雇了一位十號身材的人體模特兒。這樣的決心，總算讓陷入憂鬱的我提振起精神來，畢竟已經很久沒有這種感覺了。「要是這幅畫能順利完成，死也值得。」——我是說真的。

從M請來的模特兒，臉蛋不怎麼好看，但是她的身體——特別是胸部很美，全往後梳的頭髮相當濃密。我對她很滿意，請她坐在籐椅上，立刻著手畫了起來。裸體的她拿著代替花束的英文報紙卷，兩腿微微靠攏，偏著頭擺了一個姿勢。可是我一面對畫架，卻感覺身體更加疲倦。我的房子方位朝北，屋內又僅有一個火盆。所以儘管我把火燒得連火盆架都快要焦了，屋內還是不夠暖和。她坐在籐椅上，交疊在一起的雙腿肌肉不時反射似地抽搐著。我拿起畫筆的同時，心裡頭一陣一陣地感到焦躁難耐。與其說是對她，不如說是對我買不起一個爐子而感到懊惱。同時又對自己為這種事焦急更加不滿。

「妳家在哪裡？」

「你問我的住處啊，我住在谷中三崎町。」

「妳一個人住嗎？」

「不是，我和朋友一起住。」

她說話的調子毫無抑揚頓挫，我原本以為那是她與生俱來的特質。等我覺得她的身體慢慢放鬆，不那麼緊張的時候，就時常在規定的時間外，也請她擺出不同的姿態。然而，我無來由地在她眼睛動也不動的姿態中，感受到一股莫名的壓迫感。

我作畫的速度不快。每當我完成一天的工作後，基本上整個人就癱在地毯上，揉揉脖子和肩膀，或眼神呆滯地環視著房間。房間裡除了畫架之外只有一把籐椅。籐椅因空氣的濕度不同，有時即便沒人坐也會發出聲響。我覺得很恐怖，這時就想立刻奪門而出，到哪兒去散散步。說是去散步，充其量也就是沿著屋後的土堤，走到很多寺廟的小鎮街道兜兜轉轉，眼看著一天就這麼過去了。

我日以繼夜馬不停蹄地面對畫架畫著，模特兒也天天都來報到。但是這段期間，我還是在她的身體面前覺得很有壓迫感，當然同時也對她青春的肉體感到欣羨不已。她依然面無表情，眼睛凝視著房間一隅，躺在粉紅色地毯上。

「與其說是她是個女人，其實更像是動物。」——我拿著畫筆往畫布上塗著，不時地這麼想著。

在一個風和日麗的下午，我仍然面對畫架，埋頭努力地畫著，模特兒好像比平時更沉默，這樣更讓我覺得她體內有種野蠻的力量。我甚至還覺得她的腋下散發出某種氣味，有點近似黑人皮膚的那種臭味。

「妳是什麼地方出生的？」

「群馬縣某某町。」

「某某町？聽說那兒有很多紡織廠。」

「是啊。」

「妳不會織布嗎？」

「我小時候曾經織過。」

就在彼此談話當中，我忽然注意到她的乳頭漲得很大，好像高麗菜的芽初綻未綻似的。當然我還是像平常一樣不停專心揮動著畫筆，但是，對於她的乳頭——奇怪的是我又無法移開視線，不去在意她那既可怕又好看的乳頭。

到了晚上風還沒停。我睜開眼睛想上廁所。但是腦袋清醒一看，雖然紙拉門開著，但我人還在屋裡轉著。我不由得停下腳步，呆呆地看著房間，眼睛最後落在腳邊粉紅色的地毯。接著我光著腳用趾頭輕輕擦著地毯。地毯給我的感覺就像皮毛一般。「這塊地毯的背面是什麼顏色？」——這讓我產生了興趣，但是奇怪的是我又怕把地毯翻過來看。我去上過廁所後，就匆匆鑽進了被窩。

第二天工作結束後，我感覺比平時更失落。這是因為我一直待在自己的房間裡，心裡反而很不踏實。於是我又到房後的土堤上去。天色已經黑了下來。但奇怪的是在暗淡的光線裡，樹和電線桿還看得清清楚楚。我沿著土堤走著，心裡有種聲音在誘惑我放聲大喊。不過我必得要壓抑這念頭才行。我覺得我好像只剩一顆頭，沿著土堤一路往破舊的小鎮走下去。

這裡的街道仍然幾乎見不到行人。但路邊的一根電線上栓著一頭朝鮮牛。牠伸著脖子，但很奇怪，眼睛像女人一樣直直地盯著我看。那眼神就像是等候我到來的表情一樣。我看出牛的表情裡，明顯有種挑釁的意味。這傢伙對著屠夫肯定也會露出同樣的眼神。這樣的想法也讓我感到不安，漸漸地又憂鬱起來，繞過牛旁邊而拐進了巷弄裡。

過了兩三天的某個下午，我還在畫架前不停地揮舞著畫筆。躺在粉紅色地毯上的模特兒依舊連眉毛也不動一下。算起來前後半個月，我在人體模特兒面前不斷地畫著老是無法完成的畫作。彼此之間也始終沒有任何交流。不，應該說她讓我承受的壓迫感越來越強烈。她在休息時間連一件襯裙都不穿，而且不管我問她什麼，也只是鬱悶地應一句。不過不知怎麼回事，今天她背對著我（忽然發現她的右肩上長著一顆痣），兩隻腳伸在地毯上，這樣對我說：

「老師，往你家的路上鋪著幾根細石條吧？」

「嗯……」

「那是胞衣塚呢。」

「胞衣塚？」

「對啊。就是表示埋了胞衣的碑石。」

「為什麼要埋胞衣？」

「那上頭不是寫得清清楚楚嗎？」

她隔著肩膀看著我，臉上露出近乎冷笑的表情。

「哪個人不是裹著胞衣出生的呢？」

「淨說些沒營養的話。」

「可是。一想到是裹著胞衣出生呢……」

「？……」

「就覺得自己像是狗的孩子。」

我又開始在她面前揮動沒有進展的畫筆。沒有進展？——可是這並不等於說我沒有激情，我總是覺得她身上有一種需要粗野表現的東西。但是想要表現這種東西卻是我力有未逮的。更何況我的內心裡還有一種想躲避這種表現的想法。那麼說起來使用什麼的話——我繼續揮動著畫筆，心裡總是想起在哪個博物館看過的石棒和石劍。

她回去以後，我在昏暗的電燈下翻開一本厚厚的高更畫冊，欣賞一幅幅大溪地的畫。看著看著我忽然發現自己不停叨念著：「理應如此。」至於為何重複說著這句話，我也不明白。我毛骨悚然地感到一陣害怕，讓女佣人替我鋪好床被，吞下安眠藥立刻倒頭就睡。

我張開眼睛的時候，已經快十點了。大概是因為昨晚暖和，我躺在地毯上。是我睡醒前做的夢。我站在房子中間，想用一隻手把她勒死（我清楚地知道這是夢）。她把臉略向後仰，閉上雙眼，臉上仍然毫無表情。她的乳房圓鼓鼓的煞是好看，光滑的乳房底下隱約可見流動的靜脈。想要勒死她，對我而言易如反掌。不，好像做了該做的事，一種近乎肉欲的興奮快感湧上心頭。她終於閉上眼睛，彷彿死去一般。——我從這樣的夢中醒來，洗了把臉，又喝了兩杯濃茶，我的心情更加地憂鬱了。

我心裡其實並沒有要殺她的想法。可是在我的意識之外——我抽著菸，控制住自己內心的惶惑不安，專心一意等待模特兒的到來。可是到了下午一點，她還沒有出現。等待她的這段時間裡，我內心十分煎熬。我實在等不及了，就想出去散步，但是散步對我來說也是很可怕的事。走出我房間的紙拉門外——連這麼微不足道的事，都快要把我給逼瘋了。

天色逐漸暗下來，我在房間裡來回踱步，還在等待不可能出現的模特兒。這段時間裡我想起十二、三年前的事。我——當時還是孩子的我，也是在這樣的黑夜點燃仙女棒。當然不是在東京，而是我父母住的鄉下那間老屋的走廊外，就在這時候，忽然有人大聲喊：「喂，小心點。」還有人使勁搖晃我的肩膀。我以為自己坐在走廊上，可是恍惚一看，不知何時我已蹲在屋後的大蔥田裡，正使勁地往大蔥上點火呢。連火柴也被我燒到一根也不剩了。——我不能不想到我的生活裡還有自己所不知道的時間。與其說這種想法讓我不安，倒不如說令我感到害怕。我在昨晚的夢裡用一隻手勒死了她。但如果這不是夢的話……

第二天模特兒依舊沒來。我終於去了M，準備打聽她的下落。可是M的店主也不知道關於她的事。我越來越覺得恐懼不安，於是進一步打聽她的住處，聽她本人說是住在谷中三崎町。可是據M的店主說她住在本鄉東片町。我在路燈剛亮的時候走到本鄉東片町她的住處。她住的地方在一條小巷弄裡，是一家塗著粉紅漆的洋式洗衣店。在有玻璃門的洗衣店裡，兩位師傅正使勁用熨斗熨燙著一件襯衫。我不慌不忙地要推開這家店的玻璃門，這時我的頭卻突然撞到了門。這聲響不但讓師傅嚇一跳，連我自己也受到不小的驚嚇。

我怯生生地進了店裡，問其中一名師傅。

「一個叫做某某某的小姐是住在這裡嗎？」

「名叫某某的……還沒回來。」

這句話讓我更不安了。要不要再接下去問，一時之間還拿不定主意。我也提防著要是萬一出了什麼岔子，絕不能讓他們對我有所懷疑。

「她時常一離開家，一個星期都沒回來。」

一名臉色難看的師傅手沒停下熨燙，又補上這麼一句。我聽得出他明顯帶著輕蔑的語氣，便氣沖沖地離開了。不過，這些倒還好。我在許多歇業店面的東片町街上走著，忽然想起好像什麼時候做夢遇到過這樣的事。塗了油漆的洋式洗衣店、臉色難看的洗衣工、透著火的熨斗——不，連尋找她這件事也確實和幾個月前（或者幾年前）在夢中看見的似曾相識。而且，在那個夢裡頭，我離開洗衣店後也是獨自一人在無人的街道上走著。然後……然後我完全不記得那個夢後來怎麼了。但我確信，要是現在發生了什麼事，很可能立刻成為那個夢的素材……

大正十五年十一月

海市蜃樓

一

某個秋日的晌午時分，我和從東京來玩的大學生K君一起去看海市蜃樓。鵠沼海岸不時有海市蜃樓出現，這種奇妙的自然現象或許已是人盡皆知吧。比如說我家的女傭，她看見船的倒影，就不禁讚嘆地說：「和最近報紙上登的照片一模一樣呢。」

我們從東家旅館旁邊拐個彎，順便也邀了O君一道同行。O君照例穿著紅襯衫，可能是正在準備午飯吧，隔著竹籬笆隱約可見O君在井口費勁地打著幫浦。我揚起白臘樹的樹枝，向O君打了照面。

「請從那邊進屋裡來吧。——噢、你也來了呀？」

O君似乎以為K君是和我一起來串門子的。

「我們是要去看海市蜃樓的。要不要和我們一道去？」

「海市蜃樓？……」O君突然笑出來。

「看來最近海市蜃樓挺熱門的。」

五分鐘之後，我們已經和O君踩在深陷的厚沙地上。路的左邊是沙灘。兩道牛車輾過的轍痕黑壓壓地斜穿過那裡。這麼深的轍痕對我產生一種近似壓迫的感覺。我甚至覺得簡直是鬼斧神工。

「我的精神狀況還不太健全。連看到那樣的轍痕都莫名其妙地難以接受。」

O君皺著眉，沒什麼回答我的話。但我心裡明白，O君好像對於我的心情相當能夠理解，彷彿彼此心領神會。

就在說話的當兒，我們穿過松樹林——這一帶疏疏落落生長著低矮的松樹林，沿著引地川堤岸行去。寬闊的沙灘對面，海上透著蔚藍，一望無涯。但是繪之島的房舍和樹木不知為何籠罩在陰鬱的氛圍裡。

「果真是新時代呀。」

K君冷不防迸出這句話，顯得有些唐突。說著的同時還面帶微笑。新時代？然而我立即發現K君所謂的「新時代」。那是站在防沙竹籬前遠眺海景的一對男女。尤其是那個身穿單薄的長披風，頭戴紳士呢帽的男子，和所謂的新時代並不相稱。可是女的不但剪了短髮，還拿著陽傘，穿了一雙矮跟皮鞋，的確是新時代的打扮沒錯。

「似乎很幸福呢。」

「你啊，就是羨慕這樣的一對吧。」

O君藉此機會調侃了一下K君。

看得見海市蜃樓的地方離他們大約一百多公尺的距離。我們都趴著，隔著河遠眺被陽光直射熱氣蒸騰的沙灘。而沙灘上有一縷像是藍絲緞的東西在搖曳著。怎麼看都像是海的顏色折射在游絲之上。除此之外，沙灘上連一條船影也見不到。

「那就叫海市蜃樓嗎？」

K君的下巴沾滿沙粒，失望地這麼說著。不知打哪兒的一隻烏鴉，在相隔兩三百公尺的沙灘上，掠過空中搖曳著的藍絲緞，降落到視線更遠的地方。就在這時候，烏鴉的影子轉瞬間映在帶狀的游絲上。

「能看到這些，今天算是幸運了。」

O君的話還未說完，我們已經從沙灘上站了起來。不知何時，原本落在我們後頭的那對「新時代」竟然朝著我們迎面走來。

這使我稍稍驚了一下，轉身回頭看了看，兩人似乎背對著一百多公尺外的那道竹籬不知道在聊些什麼。我們——特別是O君掃興地笑了出來。

「這不是比我們方才見到的更海市蜃樓嗎？」

在我們前方的「新時代」當然是另外的一對情侶。但是女人的短髮和男人頭戴紳士呢帽的組合幾乎和他們一模一樣。

「我感覺背脊有些發涼。」

「我也在想他們究竟是何時出現的。」

我們一邊聊著，這次不再沿著引地川的堤岸而是翻過低矮的沙丘前行。

O君通過那裡的時候，口中喃喃唸著「嘿唷咻」吃力地彎下腰去，從沙地上不知撿拾了什麼。那是個似乎塗上瀝青黑框的木牌，上頭寫著洋文。

「那是啥玩意啊？」

「Sr. H. Tsuji......Unua......Aprilo......Jaro......1906......」

「寫些什麼呀？是dua......Majesta......嗎？還寫著1926呢。」

「這該不會是附在水葬屍骸上的吧？」

O君做這樣的推測。

「可是，把屍骸水葬時，不是用帆布什麼的隨意包一包就得了？」

「所以說才要附上這塊木牌。——你瞧，這兒還留有釘痕哩，原本是釘成十字架的形狀啊。」

說這話的時候，我們已經穿過像是別墅的矮竹籬走在松樹林裡。木牌大抵上與O君所推測的東西相去不遠。不知為何，在我心中又升起一股陽光之下不該出現的戰慄感。

「真是的，怎麼撿了個不吉利的東西。」

「不，我偏要將它當作幸運物……可是，若是1906至1926的話，等於這個人二十歲就死了啊，二十歲啊……」

「死者究竟是個男的？還是女的？」

「這就難說了，反正這個人說不定是個混血兒呢。」

我一邊回答K君，一邊想像著死在船裡的混血青年的模樣。依我的想像，他的母親應該是個日本人。」

「海市蜃樓嘛……」

O君筆直地朝前方看著，突然喃喃自語地說著。或許言者無心，他的這句話卻幽微地觸動了我的心情。

「待會喝杯紅茶再走吧。」

不知不覺間，我們已站在房舍密集的街角。雖說這兒房舍密集，但沙土乾燥的路上卻幾乎見不到任何人影。

「K君你覺得如何？」

「我沒什麼意見……」

這時候，一隻雪白的狗無精打采拖著尾巴，朝向我們迎面走來。

二

K君返回東京之後，我又和O君及妻子一起渡過引地川的橋到對岸去。這次是晚間七點鐘左右——晚餐剛吃完不久。

那晚看不見天上的星星。我們連話也不多說，在無人的沙灘上漫步。沙灘上，引地川的出海口附近，有火光在晃動。大抵是給討海人捕魚的船隻充作導航用的標誌吧。

波濤聲自然是不絕於耳。然而，越是靠近浪打上來的岸邊，海水特有的腥鹹味越是強烈地飄過來。與其說是大海本身的氣味，更像是沖刷到我們腳下的海藻與飽含鹽分的漂流木散發出的味道。不知為何，對於這股氣味，不只是鼻子嗅到了，甚至連皮膚表面都有感覺。

我們在岸邊佇留片刻，看著浪花翻騰。不管從任何角度看，海面上都是一片漆黑。我忽然憶起了大約十年前在上總地方某個海岸逗留的光景。同時也回憶起跟我一同待在那裡的一位朋友。他除了自己讀書之外，還幫忙看過我寫的短篇小說〈芋粥〉的校樣……

就在我陷入回憶的當下，O君蹲在岸邊不經意點燃了一根火柴。

「你在做什麼呢？」

「沒……沒什麼……你看只不過燃起這一點火，就能看見各式各樣的東西不是嗎？」

O君回過頭，朝上看了我們一眼，他這話有一半是衝著我妻子說。果然，一根火柴的微光照出了散落在水松和石花菜之間形形色色的貝殼。O君將火柴吹滅了以後，又隨手劃了一根火柴，不急不徐地朝岸邊走去。

「媽呀，嚇死我了！差點以為是土左衛門的腳[1]哩。」

那是半埋在沙堆裡的單隻游泳鞋，那地方的海草之中還被扔進大塊海綿。但是火光消滅後，周圍的光線比剛才顯得更暗了。

「找不到類似白天那樣的戰利品呢。」
「戰利品？啊啊，你指的是那塊木牌嗎？那玩意可遇而不可求啊。」
我們決定將無止無盡的浪濤聲拋在腦後，大步踏著寬闊的沙灘往回走。
「這裡搞不好也有各式各樣的玩意兒。」
「再劃根火柴試試看吧？」
「不用啦……咦，怎會有鈴聲？」
我豎起耳朵稍微聽了一下。想說該不會是我最近常出現的幻聽現象。然而不知從哪兒來的鈴聲真的在響。我也問問O君是不是也有聽見。接下來距離我們約兩三步遠的妻子打趣地說道：
「可能是我木屐上的鈴噹在響。」
就算不轉身去確認，我也知道妻子穿的準是草履。
「今天晚上我可是化身為穿著木屐走路的小孩呢。」
「聲音是從你太太袖子裡傳來的，啊，對了，是小Y的玩具，附有鈴鐺的合成

1　江戶時代的相撲力士「成瀨川土左衛門」，因為他是大塊頭卻死於溺水，後人將他的名字作為淹死鬼的代稱。

樹脂玩具。」O君也這麼說著並且笑出聲來。

就在此時，妻子也追上我們的腳步，於是三人並排走著。我們自從和妻子開了這玩笑之後，便打開了話匣子，比剛才聊得更加起勁了。

我跟O君講昨晚做的夢。我夢見自己在某個現代化住宅前，跟一名卡車司機在聊天。在夢中我也相信自己確實見過這名司機。然而，到底是在哪兒見過，醒來之後完全不記得了。

「我忽然想起來了，好像是三、四年前曾經來採訪過我的一名女記者。」

「所以說，你夢見的是個女司機嘍？」

「不，當然是個男司機。只是他的臉換成了那名女記者的臉。只見過一次的東西，畢竟還是會在腦海中存有一絲印象吧。」

「或許是吧。也是會有讓人印象深刻的臉。」

「可是我對那個人的臉一點興趣也沒有耶。反倒讓我感到有點可怕。總覺得在我們意識的邊界以外，似乎還存在著無以名狀的東西……」

「就好比點燃一根火柴，就能看見各種東西是一樣的道理啊。」

我說著這些話的同時，偶然發現唯獨我們的臉依然清楚可見。但是跟先前的黑暗其實沒啥變化，周圍就連星光也看不見。我又感到一陣毛骨悚然，好幾次仰望著天空。妻子也察覺到我的神色有些異樣，我什麼都還沒說，怎麼妳就知道了呢？我應了她這麼一句。

「都是沙子害的，對吧？」

妻子將和服的袖子合攏，回頭望了一眼寬闊的沙灘。

「似乎是如此。」

「沙子這玩意兒就愛捉弄人。海市蜃樓也是沙子造成的……太太還不曾親眼見過海市蜃樓吧？」

「不，前幾天有看過一次——只看見一團藍藍的東西而已……」

「就那麼丁點兒。今天我們也看見同樣的東西。」

我們過了引地川上的橋，在東家旅館的堤防外邊走著。不知道何時起了風，松樹林一陣沙沙作響。這時候，一名矮個兒的男人行色匆匆朝著這邊走過來。我忽然想起今年夏天曾發生過的一次幻覺。那時也是在這樣的一個夜晚。我把掛在白楊樹上的紙片看成是安全帽。但這男人並非幻覺。我們彼此越走越接近，甚至連他穿著襯衫的胸膛都看見了。

「那是啥玩意，是領帶上的飾針嗎？」

我小聲地說了這句，旋即發覺原以為的飾針其實是雪茄菸的火光。妻子則是用衣袖捂住嘴，率先發出忍不住的笑聲。那個人則是目不斜視地從我們面前擦身而過。

「那麼，晚安啦。」

「晚安了。」

我們很輕鬆地與O君道別，沐浴在松濤聲中信步而行。之後的松濤聲還依稀夾雜著蟲鳴。

「爺爺的金婚紀念日是什麼時候呢？」

「爺爺」指的是我的父親。

「什麼時候啊？……對了，奶油從東京寄到了吧？」

「奶油還沒到，只寄來了香腸。」

就在說話的當兒，我們已經到了門口——走到半開著的門前了。

昭和二年一月

玄鶴山房

一

……這棟房子建造精緻小巧，門口也裝飾得十分雅致。雖說這樣的房子在附近一帶並不少見。不過，與其他房子相比，唯獨這棟房子別具風格，掛有「玄鶴山房」的匾額，隔著圍牆隱約可見庭園裡的樹木。

房子的主人名叫堀越玄鶴，身為畫家的他，在地方上多少有點名氣。不過，玄鶴之所以發達致富，並不是因為他的畫作，而是因為擁有橡皮印章的專利權。或者說，因為擁有了專利權之後，專營炒作地皮的買賣。而歸屬於玄鶴名下位於郊區的地產，充其量不過是一塊連生薑也種不出來的荒地。如今已成了所謂的「文化村」[1]，蓋著紅屋瓦和青屋瓦的房子櫛比鱗次……

然而，「玄鶴山房」無論如何算得上是一棟精緻小巧，門口裝飾雅致的房子。特別是最近這段時間，越牆的老松掛著除雪的繩子；玄關前鋪了一地的枯松針上，一種名為紫金牛的紅色果實夾雜在其間，使得房子看上去更顯風流雅致。尤其是房子所在巷弄裡，幾乎不見行人的蹤影。連賣豆腐的小販從巷弄經過，也只是把擔子卸在大馬路上，吹一下喇叭便揚長而去。

「玄鶴山房——這玄鶴兩字，意謂著什麼？」

一位偶爾從這棟房子門前路過學畫的學生，向另一位學畫的學生問道。問話的那位學生留著長髮，腋下夾著一個細長的畫具箱，他們都穿著同樣繡著金扣子的學生制服。

「是什麼意思呢？該不會是嚴格的諧音[2]吧。」

他們一齊發出笑聲，同時腳步輕快地從玄鶴家門前走過。徒留一截金蝠牌的菸蒂在冰冷的街道上，微微冒出一縷青煙，纖細的煙直上雲霄，也不知道是兩名學生當中哪一個人扔的煙蒂。

二

重吉成為玄鶴的女婿之前，已經在銀行上班了。所以他每次回到家時，總是街燈亮著的夜晚時分。這幾天以來，重吉回來得早，一踏進家門就聞到一股奇怪的臭

1 關東大震災後，在市郊大量興建的住宅區。

2 「嚴格」的日文發音與「玄鶴」相同。

味。那是因罹患了老人罕見的肺結核，而倒臥在床上的玄鶴發出的氣息。不過，外頭當然聞不到。重吉穿著冬天禦寒的大衣，腋下夾著一個折疊公事包，當他順著正門前的踏石往裡面走，不由得懷疑起自己的神經來。

玄鶴在一間獨立的廂房安置了一張床，起身的時候便倚靠在摺疊好的被褥旁邊。重吉把大衣和帽子一脫，必定先到這間房露個臉，嘴裡還掛著「我回來了」、「今天覺得如何？」這一類的問候語。不過，他倒是很少真正踏進這個房間。主因自然是害怕被丈人的肺結核病所傳染，另一方面，是他討厭丈人身上散發出來的難聞氣味。玄鶴每次見到重吉的臉也只是回答一聲「哦」或是「你回來啦」這類的話。他的聲音有氣無力，與其說是聲音，倒不如說是接近喘息。重吉每每聽到丈人搭腔，便覺自己的不近人情而感到內心愧疚。然而，對於老人臥病的房間，他是一步也不願踏進去，多少是基於對死亡的恐懼吧。

接著，重吉去探望位於飯廳隔壁的岳母阿鳥。阿鳥早於玄鶴還沒病倒的七、八年前便臥床不起，連上個廁所也需要家人攙扶。玄鶴之所以娶阿鳥為妻，是因為她是某大藩家臣的女兒，此外也因為阿鳥的長相好看。雖說上了年紀，但她的眼睛還是那麼地美，風韻猶存。她現在坐在床鋪上，正專心地修補著白襪套，那模樣同木乃伊沒什麼差別。不過重吉還是向阿鳥問候了一聲「岳母，妳今天好嗎？」然後就進入六疊的飯廳用餐。

妻子阿鈴若是不在飯廳，肯定是跟信州出身的女僕阿松在狹小的廚房裡一起幹活兒。對於重吉而言，別說這個收拾得乾乾淨淨的飯廳，就連那附有新式爐灶的廚房，比起岳父或岳母的房間，都不知道親切多少倍呢！重吉是某政治家的次子，這位政治家一度做過知事。但比起有豪傑氣概的父親，他更像是曾為女和歌詩人的母親。光從他一臉慈眉善目與尖尖的下巴，便明顯看得出來是個讀書人。重吉一走進飯廳，便脫去西裝換上和服，然後舒舒服服地坐在長火鉢前，一邊抽著廉價的雪茄，一邊和今年剛上小學的兒子武夫逗著玩。

重吉總是和阿鈴及武夫一起圍著矮桌吃飯。他們吃飯的時候一向很歡樂。可是最近這陣子，歡樂之中似乎又多了令人感到拘束的地方。這完全是因為家中多了一位伺候玄鶴的護士甲野的緣故。當然，對於甲野阿姨的存在，武夫絲毫不受影響，照樣頑皮淘氣。不，或者可以說，正因為甲野阿姨在場，他格外地調皮。阿鈴不時皺起眉頭瞪著武夫。但武夫會裝傻，還故意做出把碗裡的飯往嘴裡扒的誇張動作。重吉因為常看小說，知道武夫這番淘氣的舉動其實是在表現自己的男子氣概，所以並不以為意。多半只是一笑置之，又繼續默默地扒著碗裡的飯。

「玄鶴山房」的夜晚靜悄無聲。次日一大早就得出門上學的武夫自不用說，重吉夫婦基本上晚上十點即上床就寢。只剩下護士甲野守夜，她從九點左右開始擔任夜間的看護工作。甲野在玄鶴的床邊挨著燒得紅通通的火盆席地而坐，連瞌睡也不打。而玄鶴，則不時睜開眼睛醒過來，可是除了熱水袋涼了或是濕毛巾乾了之外，他幾乎不開口說話。廂房內只聽得見窗外竹叢搖曳的沙沙聲。甲野就在這帶著微寒的靜謐中，心無旁鶩地看顧著玄鶴，腦子裡也思索著各式各樣的事，像是這一家子每個人的心情以及自身的將來。

三

雪後初晴的某個下午，一位年約二十四、五歲的女人，牽著一位瘦弱男孩的手，出現在堀越家的廚房外。廚房有一扇天窗，可以看得見蔚藍的天空。這時候重吉當然不在家。阿鈴正在縫紉機上忙碌。雖說她心中多少有些預感，但還是有點感到不知所措。不過阿鈴還是從長火鉢前起身迎接。客人走進廚房後，便將自己的和男孩的鞋子擺放整齊。（男孩身上穿著一件白色毛衣。）顯而易見地，這動作是因為客人感到自身地位卑賤的緣故。不過，她會這樣做，倒也無可厚非。這五、六年來，她住在東京的近郊，是玄鶴公開納的小妾，名字叫做阿芳，以前曾做過女僕。

阿鈴見到阿芳蒼老許多的面容，感到相當意外。不光是臉蛋而已，記得四、五年前她還有一雙圓潤的手，但如今卻削瘦到連手臂上的靜脈都清晰可見。還有身上穿戴的飾品，那廉價的戒指，都讓阿鈴覺得這終日操勞的女人身上有種說不出的淒涼感。

「這東西是哥哥託我帶過來孝敬老爺的。」

阿芳還沒進到飯廳前，怯生生地把一個用舊報紙包著的東西，輕輕地擱在廚房的角落裡。正忙著洗衣的阿松，雙手使勁地搓揉著，一邊不時地用眼角打量著她。阿芳的頭上油亮亮地梳著左右對稱的銀杏髮髻。一見到那包舊報紙，阿松的臉上露出更加嫌惡的表情。心想裡頭肯定又是什麼發臭的東西，和新式爐灶和講究的餐具一點也不相配。阿芳雖然不曾見過阿松，但她至少感到阿鈴的表情有些異樣，連忙解釋道：「這，這就是大蒜。」接著對正在咬手指的男孩說：「快，少爺，快行個禮。」不用說，這男孩就是阿芳和老爺所生的文太郎。聽到阿芳把這男孩喚作少爺，阿鈴心中不由得感到一絲憐憫之情。可是按照以往的經驗，阿鈴馬上明白，阿芳這麼做也是有苦衷的，只好裝作若無其事的樣子，端出現成的點心和茶水，招待這對坐在飯廳角落的母子。阿鈴一會兒聊聊玄鶴的病況，一會兒又和文太郎逗著玩……

玄鶴自從納了阿芳做妾以後，不以乘換國營電車為苦，每個星期總會固定前往阿芳的住處一兩次。對於父親這種感情，阿鈴起初感到很厭惡，她不止一次想過：「也該稍微站在母親的立場想想呀。」但其實阿鳥似乎對一切都聽天由命。正因為如此，阿鈴更加同情母親的處境。父親到了小妾那裡之後，阿鈴還會編造謊話來騙母親，說什麼「今天父親去參加詩會」之類的謊話。她自己也不是不明白，這種謊話是瞞不了母親的。所以當她看到母親臉上不時露出一種近乎冷笑的表情，就更後悔當初不該說謊。相對地，阿鈴覺得癱瘓的母親完全無法體諒做女兒的心情，也令她心灰意冷。

阿鈴將父親送出門後，不時因憂慮著全家人的事而停下手邊的縫紉機。對她來說，在玄鶴未納阿芳為妾之前，他就不是個令人尊敬的好父親。不過個性賢淑的她總是逆來順受，唯獨放心不下的是，父親老愛把自個兒收藏的骨董字畫三不五時搬往小妾的住處。打從阿芳當女僕的時候開始，阿鈴就不曾把她當成壞人。不，她甚至覺得阿芳比一般人還要老實，可是阿芳的哥哥究竟有何企圖就不得而知了。他在東京城郊某處開了一間海產店，說真格的，在阿鈴的眼中他準是沒安什麼好心眼。阿鈴不時纏著重吉，把心中的憂慮說給他聽，可是重吉根木聽不進去。「我怎麼好對岳父開口說這些呢。」既然重吉都這麼說了，阿鈴也只好默不作聲，別無他法。

「岳父未必認為阿芳懂得羅兩峰[3]的畫作……」

重吉有時會意有所指地跟阿鳥閒話家常。可是阿鳥聽到這番話，抬頭看著重吉，總是苦笑著說：「你岳父就是這德行，有時候也會突然對我說『你看這硯台如何？』我根本拿他沒轍。所以說……」

不過，若以現在的眼光來看，對誰的憂慮似乎都是多餘的。

今年冬天以來，玄鶴由於生了重病，再也無法去小妾那裡。之後，他竟然出乎意料地爽快答應重吉所提出斷絕往來的意見。（與其說分手條件是重吉提出來的，倒不如說是阿鳥與阿鈴共同想出來的）而且阿芳的哥哥，那個一直以來令阿鈴感到

3 清代畫家，揚州八怪之一。

不安的男人，竟然也爽快地答應了這些條件，包括給阿芳一千圓的贍養費，等到阿芳回到上總[4]海邊的娘家後，每個月再寄給若干金錢，算是給文太郎的教育費。阿芳的哥哥對這樣的條件提出沒什麼異議。不但如此，甚至還主動把玄鶴珍藏於阿芳住處的煎茶道具給送了過來。從前曾對他抱持懷疑態度的阿鈴，這麼一來反而對他產生更多好感了。

「接下來有一事相求，舍妹說若是府上人手不足，她想來照顧病人……」

在答覆這樣的要求之前，阿鈴先去和癱瘓的母親商量。可以說這是阿鈴失策之處。阿鳥一聽到她來商量此事，立即表示贊成，並要阿芳順便把文太郎一起帶過來。阿鈴除了要顧及母親的心情外，還得擔心家中的氣氛會被搞得一團亂，她一再提醒母親要慎重考慮。（儘管如此，阿鈴正好夾於父親玄鶴與阿芳的哥哥中間的尷尬位置，所以她又不能不顧情面地斷然拒絕對方的要求。）而阿鳥對於阿鈴的意見，說什麼也不肯輕易採納。

「這件事如果沒傳到我的耳裡就另當別論，可是，阿芳那邊也會很難為情。」

阿鈴無可奈何，只得答應對方讓阿芳過來便是。也許這又是阿鈴的一次失策，畢竟她並不知曉世道的艱難。等到重吉從銀行返家，聽阿鈴講述整件事的經過後，他那女人般的秀眉卻表現出不快的神色。重吉甚至說出這樣的話來：「家中能多一個人手，固然是好事，不過妳也得去跟岳父先打個招呼。如果岳父回絕的話，責任自然不會落在妳身上。阿鈴一反常態，悶悶不樂地回應道：「說的也是。」可是要與不久於人世，又和阿芳藕斷絲連的父親說這個，她實在是辦不到。

……阿鈴一邊應付著阿芳母子倆，一邊回憶起這段曲折的過程。阿芳並沒有就著長火鉢烤手，而是斷斷續續聊著她哥哥與文太郎的事。她講起話來和四、五年前一樣，老是把「這個」說成了「介個」，家鄉腔調絲毫未改。這種土音產生一種安心感，使阿鈴比較放鬆地閒話家常。同時她對母親又感到有些不安，因為隔著紙拉門的她，連一聲咳嗽也沒有。

「那能不能請你們待上一個星期？」

「好啊，如果不麻煩的話。」

「不過妳沒帶換洗的衣物怎麼辦？」

「哥哥說了，晚點會幫我帶過來的，應該是沒問題。」

---

4 今千葉縣中南部。

阿芳一邊回答，一邊從懷裡掏出牛奶糖，遞給文太郎，他似乎顯得不耐煩了。

「嗯，那我先去稟告父親一聲。他近來身子很虛，向著紙拉門的那隻耳朵還長出凍瘡來呢。」

阿鈴離開長火鉢之前，下意識地將鐵水壺重新掛好。

「媽。」

阿鳥不知在回應什麼。原來是終於被阿鈴吵醒的母親，發出含糊不清的聲音。

「媽，阿芳來看妳了。」

阿鈴說完，總算鬆了口氣，她盡量不看阿芳的臉，倏然從長火鉢前站起來。走到隔壁房間又喊了一句：「阿芳來了。」阿鳥躺著，嘴埋在睡衣的前襟裡，可是一見到阿芳，眼角就浮現笑意地寒暄起來，「哎呀，可真早啊！」，阿鈴一邊清楚地察覺阿芳的視線尾隨身後，一邊急匆匆地穿過面對下雪庭園的走廊，趕往玄鶴臥病的那間廂房。

從明亮的走廊突然跑過來，一時片刻眼睛還不能適應光線的變化，阿鈴頓時覺得廂房要比實際上更昏暗了些。這時，玄鶴恰好直起身子來，聽甲野讀報紙給他聽。一見到阿鈴進來，就突然問道：「阿芳來了嗎？」近乎質問的沙啞語氣，顯得格外急切。阿鈴佇立在紙拉門旁，反射性地回答：「嗯。」接著，大家都默不作聲。

「我馬上帶她過來這裡。」阿鈴說。

「噢……阿芳是一個人來嗎？」

「不是……」

玄鶴默默地點了點頭。

「那麼，甲野小姐，請到這邊來一下。」

阿鈴一邊說著，比甲野先一步離開廂房，在走廊上小跑步。這時候剛好有一隻鶺鴒在殘雪的棕櫚葉上抖動翅膀。不過阿鈴也顧不著這些了，她只感覺到從滿是病人臭味的廂房飄來一股噁心氣息。

四

自從阿芳住進來，家裡氣氛眼看越來越險惡。首先是武夫欺負文太郎所引起的。文太郎與其說像父親玄鶴，更像是母親阿芳，連生性懦弱這點也完全遺傳自母親阿芳。阿鈴當然十分同情這樣的孩子，但另一方面，阿鈴又常常覺得文太郎很沒出息。

此外，護士甲野出於職業上慣有的冷漠態度，旁觀著這種司空見慣的，與其說是家庭悲劇，對她而言，毋寧是一種樂趣。她經歷過不幸的歲月。在和病人的東家之間，或者是醫院裡的醫生之間都發生過衝突，甲野曾不止一次想要吞下一塊氰酸鉀了結她的人生。

過去的經歷無意間在她心中種下了病態的樂趣，即旁觀他人的痛苦，並以此為樂。她初來堀越家時，發現癱瘓的阿鳥如廁後都不洗手。本以為「這家人的媳婦真能幹，在我沒察覺的情況下就把水給端來了。」這事在多疑的甲野心中產生了一道陰影。可是相處了四五天，甲野就發現這完全是當慣了小姐的阿鈴犯下的過失。這個小小的發現帶給她極大的滿足，於是乎每逢阿鳥如廁完後，甲野就端來裝著水的洗臉盆。

「甲野小姐，幸虧有妳幫忙，我才能像別人一樣洗手。」

阿鳥雙手合十，淚流滿面地答謝。對她的喜悅，甲野絲毫無動於衷。但是看到此後，每三次至少有一次，阿鈴會主動端水過來，甲野就覺得很開心。孩子們的吵鬧並不會使她不快。當著玄鶴的面前，她會假意對阿芳母子表現同情的模樣。同時又在阿鳥的面前，裝出厭惡阿芳母子的不屑態度。就算這樣做好像多此一舉，可確實有了效果。

阿芳住下約莫一星期後，武夫又和文太郎吵架了。起初只是為了什麼豬尾巴像不像柿蒂之類的話題爭吵不休，武夫把文太郎押到他學習用的房間角落，位於玄關隔壁的四疊半房間裡，狠狠地拳打腳踢了一番。恰好這時候阿芳經過，她抱起泣不成聲的文太郎，叱責起武夫：「少爺，不可以欺負弱小啊！」

這種帶刺的話，從向來靦腆的阿芳嘴裡說出來，倒是挺稀罕的。武夫被阿芳如此一本正經的態度給嚇著了。哭著逃回阿鈴所在的飯廳。得知情況後，阿鈴也發起脾氣，放下手邊的縫紉機，硬把武夫拖到阿芳母子的面前說道：

「你這小子也太放肆了。快給芳姨賠個不是，好好地認真道歉。」

阿鈴如此當著阿芳的面教訓武夫，阿芳也沒別的辦法，只得陪著文太郎一起流淚，一個勁兒低頭賠不是。這時出來說情的必定是甲野。甲野一邊把氣得滿臉通紅的阿鈴死命地推回去，一邊在心中想像著另一個人，她想像著一直豎耳聆聽爭吵過程的玄鶴會有怎樣的心情，並在心裡發出冷笑。當然，這些想法絕不會流露在她的臉上。

但是，鬧得一家雞犬不寧的，不光只是孩子們的吵鬧。阿芳不知何時，又把老太婆阿鳥已然萬念俱灰的妒火給煽起來了。

當然阿鳥對阿芳本人從未說過一句怨言。（五、六年前，當阿芳還在家中做女僕的時候，也是同樣的情況。）。和這事毫無關係的重吉反倒成了出氣筒。重吉當然不跟她一般見識。阿鈴覺得他也挺可憐的，時常代替母親向他道歉。重吉也頻頻苦笑著說反話：「要是連妳也歇斯底里那我可麻煩了。」

甲野對於阿鳥的嫉妒心很感興趣。阿鳥善妒這事本身自無須多言，她常拿重吉當出氣筒的心情，甲野也摸得一清二楚。非但如此，甲野感覺自己好像不知不覺間，也對重吉這對夫婦產生了近乎嫉妒的情緒。阿鈴對她而言，不過就是東家的「大小姐」。而重吉也不過也就是個普普通通的男人，是甲野眼中不屑一顧的一頭雄性動物。像這樣的一對夫婦過著幸福的家庭生活，在她看來簡直是助長社會歪風。因此為了端正社會風氣，甲野不得不耍些手段。於是乎她刻意對重吉示好，表現出特別溫順的樣子。或許這對重吉來說不起任何作用，卻是刺激阿鳥的絕佳機會。阿鳥裸露著膝蓋，惡狠狠地對重吉發飆，「重吉，你對我女兒，一個癱子生的女兒還嫌不夠嗎？」

不過，唯有阿鈴並不會因為這樣而懷疑重吉。而實際上阿鈴也對甲野深表同情。甲野非但對此感到不滿，甚至更加瞧不起心地善良的阿鈴。當甲野發現重吉總在閃躲自己時，感到相當愉快，不僅如此，重吉在閃躲時，反而對甲野抱著一種男人的好奇心，這一點尤其令甲野感到愉快。以前即便甲野在場，重吉也毫不在意光溜著身子去廚房旁的浴室洗澡。可是最近，甲野再也見不著他赤條條的模樣了。想必是重吉對於自己像是被拔光了羽毛的公雞一樣的裸體感覺羞恥。甲野看著他（重吉也滿臉雀斑），心裡面就暗自嘲笑他，這傢伙大概在自作多情，搞不好以為誰暗戀上他。

某個陰霾的冬日早晨，甲野待在她挨著玄關的三疊大小房間裡，正在攬鏡梳髮，照例還是她平常梳的那種包頭。明天阿芳就要回鄉下去了。對重吉夫婦來說，阿芳能離開這個家自然是高興的不得了。但是對於阿鳥反倒給予一種強烈的刺激。甲野一邊梳著頭髮，一邊聽著阿鳥尖銳刺耳的說話聲，這讓她想起自己的朋友曾經講過一個女人的故事。話說這女人住在巴黎時越來越想家，突然害起思鄉病來，幸好她丈夫的朋友要回日本，就順道和他們搭船回家鄉。長久的航程她倒不以為苦。

可是當船一到紀州的海面，也不知道為什麼，她突然情緒激動起來，於是就縱身跳入海裡。可能是因為越靠近日本，思鄉病反而變本加厲。——甲野靜靜地擦去手上的油，心裡在想著，那種神祕的力量在阿鳥的嫉妒心裡起了作用，當然不用說，同時也對她自己起了作用，這倒是令她始料未及。

「哎呀，媽，妳怎麼了。怎麼爬到這裡來了，媽，怎麼回事——甲野小姐，請過來一下！」

阿鈴的聲音似乎是從靠近廂房的走廊裡傳來的。甲野聽到阿鈴的叫喊聲，才對著澄澈的明鏡，發出噗哧一聲的冷笑。隨即假裝十分驚訝的語氣，大聲回應著「是的，我馬上過來。」

五

玄鶴的身體一天比一天衰弱。不用說經年累月的病魔纏身，他的背上和腰部長滿了褥瘡，更是疼痛得十分厲害。他不時大聲呻吟，以稍微紓解肉體的折磨。但是令他感到煩惱的不僅於此。阿芳住在家中的這些日子裡，他多少得到些安慰，雖然也必須付出代價，包括承受阿鳥的嫉妒，以及孩子們經常傳來的吵鬧聲。不過這些倒也還好。只是阿芳離開之後，玄鶴將籠罩在恐怖的孤獨感中，不得不面對他漫長的一生。

玄鶴的一生對他自己來說是微不足道的。誠然，擁有橡皮印章專利權的那段時期，成天不是和朋友打牌就是喝花酒度日，相較之下，確實是他一生中的光榮歲月。但是也因為這樣，來自同儕的嫉妒，還有害怕失去既得利益的焦慮感也不斷加諸痛苦在他身上。自從包養了阿芳之後，除了家裡的紛紛擾擾之外，他始終背負著沉重的包袱，必須在外頭四處籌錢。尤其感到可鄙的是，玄鶴雖然對年輕貌美的阿芳所吸引，但這一、兩年來，他不知多少次起心動念，巴不得阿芳母子早點死掉！

「可悲嗎？可是想想看，可悲的也不光只有我一人呀。」

玄鶴在夜裡捫心自問，他仔細地回想起一個個親戚、友人的事。他的親家只是為了「擁護憲政體制」，便帶有社會性地把幾個比玄鶴手腕更差勁的敵人給剷除了；跟他最親近的那位古董商人，都一大把年紀了，竟然和他前妻的女兒發生不倫關係；那個律師把別人委託他保管的金錢給花光了；還有那個篆刻家……可是他們犯下的罪並沒有給玄鶴的苦痛帶來任何的變化。尤有甚者，這些反而使他生活上的陰暗面更加擴大。

「管它的，好在這種苦痛也不會長久。只要兩腿一伸，總會過去的。」

這是玄鶴殘存的安慰。為了排解蠶食心靈的種種苦痛，他開始想著一些往日時光中的快樂回憶。然而正如前面所說的，他的一生確實是微不足道。如果之中還有一絲光明面的話，那也只是無人知曉的幼年時期所僅存的記憶。在他懵懵懂懂的時候，腦海總浮現父母早年住過，位於信州某個山谷的那個村子。玄鶴總忘不了那木板修茸的屋頂，上頭還壓著石塊，也忘不了散發蠶繭臭味的桑樹枝，然而這樣的記憶沒多久又淡去了。玄鶴在病痛的呻吟聲中，不時會念著觀音經或是以前流行過的歌曲，他在念過「妙音觀世音、梵音海潮音、勝彼世間音」之後，又會唱起「卡波勒、卡波勒」[5]的小調，總覺得滑稽又教人感到萬分無奈。

「睡覺就是極樂，睡覺就是極樂……」

玄鶴知道唯有酣睡不醒才能忘卻這一切苦痛。其實是因為甲野除了給他服用安眠藥之外，還為他注射了海洛因的緣故。但是他連睡覺的時候也不得安寧，不時會夢見阿芳和文太郎，這使得玄鶴——夢中的玄鶴心情開朗不少。（有一天夜裡，他還見和花牌裡的「櫻花二十點」交談。這「櫻花二十點」轉眼間又變成了四、五年前阿芳的容貌。）正因如此，玄鶴從夢中醒來之後更覺淒慘。所以不知不覺間，他對睡覺也感到一種近乎恐懼的不安。

差不多接近除夕的一個下午，玄鶴仰躺著，對枕旁的甲野說：

「甲野，我呀，好久沒有穿褌[6]了，可不可以請你替我買六尺白棉布。」

「要買白棉布的話，就不用特地讓阿松到附近的布店去買。」

「褌我自己會穿。只要把它摺好放在這裡就行啦。」

玄鶴就憑著這褌——想著用它來勒死自己的念頭，好不容易捱過了半天的時光。可是，連從床上起身都要借助別人的玄鶴，要找到這樣的機會談何容易！更何況真的要死，玄鶴畢竟也沒那個膽子。在昏暗的燈光下，他專心讀著黃檗宗[7]的經文，不禁嘲笑起自己的貪生怕死。

「甲野，扶我起來一下。」

此時已經是晚間十點左右。

---

5 原文「かっぽれ」，江戶時代的流行民謠，經常搭配滑稽的舞步。

6 日本傳統內褲樣式，多用白色棉布製成。

7 日本佛教三大禪宗之一，與曹洞宗及臨濟宗齊名。

「我啊，現在想睡一下，妳也別客氣，快去休息吧。」

甲野一臉狐疑地看著玄鶴，便冷冷地回應：

「不，我不睡。這是我的職責所在。」

玄鶴發覺自己打的如意算盤被甲野一句話給徹底打碎，就若無其事點了點頭，什麼也沒說地佯裝睡著了。

甲野在他枕邊打開一本婦人雜誌的新年號，似乎看得入迷。玄鶴則是躲在被窩裡一邊想著褌布的事，一邊瞇著眼觀察甲野的動作。於是乎——他突然感到一切是如此荒謬可笑。

「甲野小姐。」

見到玄鶴的臉，甲野著實嚇了一跳。他就著睡衣，不知何時在那裡笑個不停。

「有什麼事嗎？」

「不，沒什麼事，也沒什麼好笑的……」

玄鶴還是不停地笑，並且伸出他細瘦的右手揮動著。

「也不知怎麼著，剛才忽然覺得很好笑。待會兒讓我睡一下吧。」

過了一小時後，玄鶴不知不覺進入了夢鄉。那晚的夢很可怕，他站在茂密的樹林裡，從很高的紙拉門縫隙朝一間茶室模樣的屋子張望著，只見一個赤裸裸的孩子，有著像老人一樣的皺紋。玄鶴不由得大叫一聲，嚇得一身冷汗，自睡夢中驚醒。

怎麼一個人也沒到廂房裡來，而且這房間依舊如此昏暗？

玄鶴看著牆上的掛鐘，才知道現在已接近正午時分。那一瞬間他鬆了一口氣，心裡也明白了。不過，忽然間他又像往常一樣心情變得陰鬱起來。他仰臉躺著，數著自己的呼吸。他覺得好像有什麼在催促自己「是時候了。」玄鶴悄悄地攤開褌布，往自己的脖子套上去，然後用雙手使勁地勒緊。

這時候，武夫恰好把頭伸進廂房內，他衣服穿得很多，身體圓墩墩的。

「啊，外公怎麼會這樣！」

武夫一邊大聲嚷嚷著，便一溜煙地跑到飯廳去了。

六

過了一星期左右，玄鶴因罹患肺結核而病逝，死的時候親人圍繞在側。他的告別式盛大舉行。（只有癱子阿鳥未能出席告別式）聚集在玄鶴家的人們都向重吉夫婦致上哀悼之意，並向還罩著白色錦緞的玄鶴靈柩前上香。然而，這些人一走出門，大抵已將玄鶴忘得一乾二淨。只有玄鶴的故舊好友例外，這些好友交談的內容千篇一律，不外乎是「老爺也該心滿意足了。既有年輕貌美的小妾，這些年也攢了不少錢。」

安放玄鶴靈柩的出殯馬車後頭還跟著另一輛馬車，通過街道往火葬場行去，此時十二月的陽光尚未西沉。重吉和他的表弟坐在後頭那輛有些髒污的馬車上，他的表弟是個大學生，邊在意著馬車的顛簸，邊埋首讀著手中小開本的書，和重吉之間沒什麼交談。那本書是李卜克內西[8]回憶錄的英譯本。重吉則因為徹夜守靈，非常疲累，不是昏昏沉沉地打著盹，就是毫無目的地打量著窗外的新市街，「這一帶的街景完全變了個樣」，他漫不經心地喃喃自語著。

沿著融雪的道路，兩輛馬車總算抵達火葬場。儘管在電話事先預約好了，可是現場的頭等爐暫時沒有空位了，只剩下二等的。這對於重吉他們倒是無所謂。然而，與其說是為了丈人著想，倒不如說是體諒阿鈴的心情。於是他隔著半月形的窗子開始熱心地與辦事員交涉了起來。

「老實說，這位死者是因為延遲治療的緣故才因病去世的，所以，最起碼在火葬的時候要用最好的。」——重吉情急之下編了謊言，不過這謊言比他預想的還要有用。

「不如這樣吧。頭等的目前沒有空位，不然你付頭等的價錢，就在特等爐裡燒吧，算是給你特別優待。」

重吉感到有些不好意思，頻頻向辦事員道謝。辦事員載著一副黃銅鏡架的眼鏡，看上去是個老好人。

「沒什麼，不用這麼客氣。」

等到爐灶的門關上之後，重吉等人又乘著那輛有些髒污的馬車離開火葬場。出乎意料的是，現場只留下阿芳一人佇立在磚牆前，對著他們的馬車行注目禮。重吉感到不知所措，都想要脫帽致敬了。可是這時候馬車微微傾斜，已然奔馳在樹葉凋零的白楊樹路上了。

「就是她嗎？」表弟問道。

「嗯……我們來的時候，她好像已經在那兒。」

---

8 威廉・李卜克內西（Wilhelm Liebknecht），德國社會主義者，德國社會民主黨創始人之一。

「哦？我還以為是乞丐呢……不知道這女人往後如何生活？」

重吉點起了一根敷島牌[9]香菸，盡可能冷淡地回答說：

「是啊，未來會怎樣很難說……」

表弟悶不吭聲。腦海中已經開始想像上總海邊的漁師町。還浮現出迫不得已必須住在那裡的阿芳母子的模樣。他的面容一下變得嚴峻起來，陽光不知何時又照射進來，他再一次讀起李卜克內西寫的那本書。

昭和二年二月

9 此為芥川龍之介最喜愛的牌子。

齒輪

一、雨衣

為了參加友人的婚禮，我帶著一個手提包，從遠處的避暑勝地[1]開車趕往東海道的一處火車站。馳騁的道路兩旁，大多生長著茂盛的松樹。對於是否來得及趕搭上行列車[2]我是有些疑慮的。汽車內除了我之外，還坐著某理髮店的老闆。他是個蓄著短髭，體型肥墩墩宛如棗子般渾圓的男人。我一邊注意時間，一邊跟他有一搭沒一搭地聊著。

「有件事很古怪，聽說某某先生的房子，大白天也會出現幽靈哩。」

「大白天也會啊？」

我眺望著西斜冬日籠罩下的松山，漫不經心地附和著。

「偏偏好天氣的日子是不會出現的，聽說最常出現在下雨天。」

「雨天不是會淋得一身濕嗎？」

「你在說笑吧，不過，聽說是穿雨衣的幽靈喔。」

汽車鳴著喇叭，橫靠在車站外。我和那位理髮店老闆道別，逕自走進了車站。果不其然，北上列車在兩三分鐘前已經駛離月台了。候車室的長椅上，有一名男子穿著雨衣茫然地望著外面。頓時想起了剛才聽到的幽靈故事，不由得苦笑了一下，總之，為了等下一班車，走進車站前的咖啡吧。

那是一處勉強算得上是咖啡吧的地方。我坐在角落的一張桌子，向店員點了一杯熱可可。鋪在桌上的是白底印上藍色細線粗格子的花紋布。但已經是隨處可見髒污的帆布了。我一邊喝著散發強烈膠臭味的熱可可，一邊環視著空無一人的咖啡吧。布滿灰塵的牆壁上貼了好幾張寫著「親子丼」、「炸豬排」的菜單字條。

「土雞蛋、蛋包飯」

我在這種菜單上感受到接近東海線的農村風味。那是電車穿過麥田與包心菜田之間的農村……

搭到下一班上行列車時，已近日暮時分。我通常都是坐二等[3]車廂，不知何故，那時決定坐三等車廂。車廂裡人潮相當擁擠。而且在我前後，都是些不知是去大磯或其它地方遠足的小學女生。我點著菸草，望著這群女學生。她們每個都興高

1 此地指的是神奈川縣的鵠沼，芥川晚年常居於此。
2 開往東京的列車稱為上行，反之則為下行列車。
3 當時火車車廂分為一等、二等及三等。

采烈，一路上嘰嘰喳喳說個不停。

「照相館老闆，什麼是LOVE SCENE[4]?」

在我面前的照相館老闆好像是跟著她們一道來遠足的，他只是虛應一應敷衍個幾句，但一位十四、五歲的女學生還是問個不停。我忽然察覺到她有鼻竇炎，便忍不住想笑。接著我的隔壁又有一位十二、三歲的女學生坐在年輕女老師的膝上，一隻手摟著她的頸子，另一隻手撫摸她的臉頰。而且在她與別人說話的空檔，還不時對女老師這麼說：

「好可愛呀，老師，妳的眼睛真可愛呢。」

她們給我的感覺，與其說她們是女學生，不如說是女人。如果不算蘋果連皮一起啃啦，以及剝牛奶糖包裝紙的動作的話……倒是其中有一名年紀較長的女學生，她經過我身邊的時候，不知踩到誰的腳，說了聲「對不起」。只有她看起來比其他女學生成熟許多，反而給我的感覺比較像女學生。我叼著菸草，不由得對於感受到這矛盾的自己發出了冷笑。

不知何時亮著電燈的火車[5]，終於抵達位於郊外的轉乘車站。我走下寒風刺骨的月台，走過人行陸橋，等待電車的到來。結果，很偶然地遇到在某公司任職的T

君，我們在等車時，聊了些關於不景氣的事。當然T君比我更明白這問題，不過，他粗壯的手指上卻戴著與不景氣毫不相干的土耳其石戒指。

「戴著不得了的東西啊。」

「這個啊？這是去哈爾濱做生意的朋友叫我買的。那傢伙如今已往生了。因為和消費合作社做不成生意，最後客死他鄉。」

幸虧我們所坐的電車不像火車那般擁擠。我們並肩坐著，天南地北地聊。T君今年春天剛從巴黎的工作崗位返回東京。因此，我們的話題差不多都圍繞著巴黎打轉。像是卡約夫人[6]的事，螃蟹料理的事，以及正在出遊中的王子殿下……「法國的經濟沒那麼拮据，而且本來法國人向來就是不愛納稅的國民，所以內閣也時常垮臺。」

「可是聽說法郎暴跌哩。」

「那是報紙上這麼說。不過你到那邊看看，報紙上描述的日本，是個經常發生

4 電影或戲劇裡的激情橋段。
5 早期日本火車皆為蒸氣式，大正初期開始於東京及大阪等都市周邊架設電氣化設施，即為電車。
6 卡約夫人（Henriette Caillaux），為當時法國首相第二任妻子，一九一四年犯下殺人罪，轟動一時。

大地震大洪水的地方。」

這時候，有個穿著雨衣的男人走來坐在我們的對面。我有點兒害怕，想對T君說剛才聽到有關幽靈的故事。可是T君在我正要開口之前，把手杖的柄轉向左，臉依然朝前，小聲地對我說：「看到那邊有個女人沒？披著鼠灰色毛線披肩。」

「你說挽著西洋髮型的那個女人？」

「嗯，就是抱著風呂敷包[7]的女人。那傢伙今年夏天去了輕井澤，還穿著頗時髦的洋裝哩。」

不過，看在任何人眼裡，她的打扮是如此寒酸。我一邊跟T君說話，一邊打量她，總覺得她的眉宇之間流露出精神錯亂的樣子。並且從風呂敷包又露出豹似的海綿來。

「在輕井澤的時候，我看到她和年輕美國人一起跳舞。好像叫做莫迪安……什麼的。」

我和T君分別時，穿雨衣的男人不知何時已消失無蹤。我在省線電車的某個車站下車，仍持著手提包，打算前往一家飯店。馬路兩旁大型建築物林立。我走在其中，忽然想起了松林。而且在我的視線範圍裡出現了奇異的東西。奇異的東西？那是不停轉動的半透明齒輪。相同的經驗，我也遇過好幾次。齒輪的數目也隨著看到的次數增加，幾乎遮住了我的視線，不過時間並不長，每當齒輪的幻象消失之後，接下來我就會開始頭痛。——每次總是這樣。眼科醫師說這是錯覺所造成的，三番兩次叮嚀我戒菸。可是這種齒輪在我還沒抽菸以前，也不是沒有看見過。

我心想又開始了，為了測試左眼的視力，便用一隻手遮住右眼。果然，左眼什麼也沒有。可是右眼裡卻有好幾個齒輪在轉動。我一邊看著右邊的建築物逐漸消失，一邊快速地走著。

走進飯店大廳時，齒輪也消失不見了。不過，頭痛依然持續。我寄放外套和帽子的時候，順便訂了一個房間。然後打電話到某個雜誌社，在電話中商量錢的事情。

婚宴的晚餐好像已經開始。我坐在餐桌的一角，動著刀叉。正前方的新郎新娘，和坐在白色凹字形桌邊的五十多人，大家都顯得很開心。我的心情在明亮的燈光下卻漸漸憂鬱起來。為了逃避這種心情，我開始和鄰座的客人交談。他恰好是兩頰蓄著如獅子般白色虬髯的老人。而且還是我從以前就知曉的一位相當有名氣的漢

7 日本傳統的包巾。

學者。自然而然地，我們的話題就落在古典的知識上頭。

「麒麟就是獨角獸。而鳳凰就是名為菲尼克斯的神鳥……」

這位著名的漢學者似乎對於我的言論頗感興趣。於是我機械性地侃侃而談，逐漸感到一種病態的破壞慾，除了說出堯舜其實是虛構的人物，甚至還說《春秋》的作者其實是後世漢代的人物。結果漢學者很明顯地流露不悅的表情，連正眼也不瞧我，像老虎咆哮似地打斷我的話：「倘若堯舜不存在的話，那麼孔子就是在扯謊。聖人是絕不會說謊的。」

我沒有多作回應。隨後想要動起刀叉來切盤中的肉。可是有一條小小的蛆在肉的邊緣蠢動著。蛆在我的大腦裡喚起了英語 Worm 這個單字。聽起來它就像是麒麟或鳳凰這一類傳說中動物般的語言。我放下刀叉，看著不知何時注滿香檳的酒杯。

婚宴好不容易才結束，我為了躲到先前預訂好的房間休息，獨自走在無人的走廊上。走廊給我的感覺，與其說是飯店，不如說比較像監獄。不過，所幸不知何時頭痛已減緩了些。

不用說手提包，帽子和外套也都一起帶到我的房間了。牆上掛著的外套好像自己站著一般，令人發毛，我連忙把外套扔到房間角落的衣櫥裡去。接著走到梳妝台前，注視著鏡中自己的臉。反射在鏡中的臉露出皮膚下的骨架。蛆的樣貌突然鮮明地從我記憶中浮現。

我打開門步出走廊，漫無目的地走著。此時，通往大廳的角落，一盞綠色燈罩，高高的綠色落地燈清楚地映照在玻璃門上。這帶給我一種心境上的平和感。我坐在它前面的椅子上，想著種種事情，可是連五分鐘都坐不住。在我旁邊的椅子上，一件雨衣鬆垮垮地披掛在那裡。

「明明現在天氣這麼冷。」我心裡這麼想著，再度折回走廊。走廊角落的櫃臺一位服務生也看不到，他們的對話卻剛好掠過我的耳朵。某人好像說了什麼，然後對方用英語回答「All right」。「All right?」我下意識地想要捕捉這段對話正確的意思。「All right?」、「All right?」到底是何事「All right?」。

不用說，我的房間仍是靜悄悄的。但開著的房門卻奇妙地讓我直發毛。我稍微躊躇了一下，毅然走進房間。然後不看鏡子，坐在桌前的椅子上。椅子是類似蜥蜴皮，藍色摩洛哥皮的安樂椅[8]。我從手提包取出稿紙，打算繼續寫短篇小說。可是

8 一種兩邊有扶手，可以半坐半躺的椅子。

沾著墨水的鋼筆卻怎麼也動不了。All right……All right……All right……All right……

這時候床邊的電話突然響起。我嚇得站起來，把話筒湊近耳邊，回答道：

「哪位？」

「是我。我……」

電話另一端是我姊的女兒。

「怎麼了？發生了什麼事？」

「嗯，出了大事。因為……出了大事，所以剛才我也打過電話給舅媽。」

「什麼大事？」

「嗯，總之請馬上過來一趟，越快越好。」

電話就這麼掛斷了。我把話筒放回原處，反射性地按下呼叫鈴。可是我很清楚地意識到自己的手在顫抖。服務生等了好久還沒來，我感到焦急萬分，又重複按了好幾次呼叫鈴的按鈕。終於命運教會了我「All right」這句話的意思。

我的姊夫在那天下午，在距離東京不遠的鄉下被輾死。身上還披著不合時宜的雨衣。如今我仍在飯店裡繼續寫著之前的短篇。深夜的走廊空無一人。但有時會聽見門外傳來振翅的聲音，也許是別的地方有人養鳥吧。

二、復仇

早上八點，我從飯店房間醒來。但是，正當我要下床的時候，發現拖鞋莫名其妙地少了一只。這一兩年之間，這種現象始終令我感到恐怖與不安。也使我想起希臘神話當中有個王子只有單腳穿著涼鞋的形象。我按下呼叫鈴找來了服務生，請他幫忙我找另一只不見了的拖鞋，服務生露出詫異的表情，在狹小的房間裡搜遍了各個角落。

「找到了，在浴室裡面。」

「為什麼會跑到那種地方去？」

「嗯，也許是老鼠叼走的。」

我在服務生離開後，喝著沒有加牛奶的咖啡，著手完成先前寫的小說。嵌著凝灰岩的四角窗迎向積雪的庭院。每次當我停下筆，就看著這片雪。雪在含苞待放的紫丁花下，被城市的煤煙弄得很髒，總覺得這是給我心裡帶來傷害的風景。我一邊抽著菸草，不知不覺停下筆，想著種種過往的事。妻子的事，孩子們的事，特別是姊夫的事……

姊夫在自殺之前蒙受縱火的嫌疑，其實也是無可奈何。他在房子失火之前投保了房價兩倍的火險，而且當時他還犯了偽證罪被判緩刑中。但令人不安的，與其說是他的自殺，不如說是每當我回到東京時必定會目睹火災發生，有時是在火車上看到火燒山，或是在汽車裡（那時和妻子在一起）看見常磐橋一帶的火災。在他的房子還沒燒掉前，我就有預感火災遲早會發生。

「搞不好今年家裡會發生火災。」

「怎麼說這種不吉利的話……要是真的發生火災，那可慘了，房子都還沒保險哩……」

我們曾經聊過這些事。但是我家並沒有發生火災——我努力地壓抑心中的妄想，試著重新動筆。可是不知道怎麼回事，卻無法振筆如飛。只好離開桌前，躺在床上，讀著托爾斯泰的小說《波利庫什卡》[9]。這部小說的主角是個虛榮心、病態傾向和名譽心交戰，擁有複雜性格的人。而且他一生的悲喜劇若是稍加改寫的話，簡直就成了我人生諷刺的寫照。尤其是在他的悲喜劇中感受命運的冷笑，更令我背脊發寒。不到一小時，我便從床上一骨碌地跳起來，把書本用力扔到垂著窗簾的房間一角。

「見鬼去吧！」

這時一隻大老鼠從窗簾下竄出來，歪斜地沿著地板跑進浴室。我一個箭步衝向浴室，打開門到處找，可是就連白色浴缸後面也不見老鼠的蹤影。我突然感到不寒而慄，連忙把拖鞋換成了鞋子，走在無人的長廊上。

長廊今天依然如牢獄般令人憂鬱。我低著頭在樓梯間上上下下，不小心走進廚房。廚房意外地明亮。並排在一旁的好幾個爐子上閃著火焰，感覺戴著白帽的廚師們正冷冷地看著我。同時又感覺到自己所墮入的地獄。「神啊！給我懲罰吧。請勿發怒，恐怕我將毀滅。」——祈禱的字句就在這瞬間不經意從我的嘴裡冒出來。

我走出飯店，在映著藍天的融雪道路上匆匆走回姊姊的家。路旁公園裡的樹木枝葉全都顯得暗黑而陰沉，而且每棵樹恰好與人相似，皆有前後之分。與其說令我不快，不如說近乎恐怖。我想起但丁的地獄裡也有變成樹木的魂。我決意往高樓林立的電車軌道對面走去。可是在那裡連一百公尺也無法平靜地走完。

9《波利庫什卡》（Polikushka），托爾斯泰之短篇小說。

「剛好路過這裡，真是不好意思……」

那是一位穿著金色鈕扣制服，看上去約莫二十二、三歲的青年。我默默地看著這位青年，發現他鼻子的左側有一粒黑痣。

他脫下帽子，怯生生地對我開口說。

「請問，是A先生嗎？」

「是的。」

「就覺得是您，所以才會……」

「有什麼事嗎？」

「沒什麼，只是想見見您，我也是先生的忠實讀者……」

這時候我已經摘下帽子，與他擦肩而過並且走遠了。先生、A先生——這是我近來聽到最刺耳的話了。我深信自己犯下所有的罪惡。而他們老是找機會叫我先生，我不由得感到話語裡隱含著某種嘲弄的意味。究竟是什麼呢？——但我秉持的物質主義無法不拒絕神祕主義。兩三個月前我曾在某同人雜誌發表了這樣的話：「我不具有身為藝術者的良心，我所擁有的只是神經罷了。」

姊姊和三個孩子一起住在巷弄裡臨時搭建的木板屋避難。貼著褐色壁紙的木板屋感覺比外面更冷。我們就著火鉢烤手，一邊閒聊各種話題。身材魁梧的姊夫生前一直本能地瞧不起比平常人瘦小一倍的我。而且還公開批評我的作品不道德。當時我只是冷冷地看著他，從來也沒想過打斷他的話。就在和姊姊的談話當中，我漸漸領悟到，姊夫也和我一樣早已墮入了地獄。聽說他在臥舖車裡看見了幽靈。然而，我點了菸草，盡可能地只談關於錢的事情。

「反正都到了這節骨眼上，我想把所有家當都賣掉。」

「也只能如此了。打字機什麼的多少還值點錢吧？」

「嗯，還有些畫呢。」

「那N先生（指姊夫）的肖像畫也賣嗎？不過，那是……」

我一看到木板牆上掛著一幅無框的炭筆素描畫，就覺得不能任意談笑。據說被火車輾死的姊夫，臉完全變成了肉塊，只有嘴邊還殘留著鬍鬚。光想想那畫面就令人發毛了。但他的肖像畫每一處都描繪得相當仔細，只有鬍鬚的地方不知何故卻模模糊糊。我想或許是光線的緣故，於是試著從各種角度觀看這幅素描。

「你在做什麼？」

「沒什麼……只不過那肖像畫的嘴邊……」

姊姊稍微轉過頭看了一眼，若無其事地回答道。

「只有鬍子好像淡了些吧。」

我看到的並不是錯覺，但如果不是錯覺的話——想到這裡，我決定不吃午飯，直接離開姊姊家。

「不多坐一會兒？」

「我明天再來……今天還得去青山一趟。」

「啊，去那兒呀？你身體又不舒服？」

「還是一直在吃藥。光是安眠藥就不得了。什麼威洛納、諾羅納、特利歐納、奴瑪納……」

三十分鐘後，我走進一棟大樓，坐電梯來到三樓。接著我推開某餐館的玻璃門。可是玻璃門根本推不動，這還不打緊，門上還貼著用油漆寫著「公休日」的牌子，令我更加不悅。看著玻璃門對面的桌上擺滿了蘋果和香蕉，我決定再度走回街上。這時候有兩名像是公司職員的男子不曉得愉快地聊些什麼，進入這棟大樓時與我擦肩而過。那一瞬間其中一名男子好像說著「令人焦躁不安呀」。

我站在大街上等計程車。等了很久計程車還沒來。好不容易來了一輛，想必又是黃色的計程車。（不知為何黃色的計程車總會讓我遇上交通事故的麻煩。）又等上一會兒，總算讓我等到一輛似乎可以為我帶來好運的綠色計程車。決定無論如何得去一趟靠近青山墓地附近的精神病院。

「令人焦躁不安——tantalizing（焦急）——Tantalus（坦塔洛斯）[10]——Inferno（地獄）……」

坦塔洛斯其實就是隔著玻璃門看著桌上擺滿水果的我自己。我詛咒浮現在我眼前的但丁地獄兩次，眼睛直盯著計程車司機的背。我又感到這世上的一切盡是謊言。政治、實業、藝術、科學……。這些對於這樣的我而言，不外乎只是掩蓋這個可怕人生的雜色釉料，我逐漸感到透不過氣，於是打開車窗。可是，總有一種揪心的感覺仍揮之不去。

綠色計程車終於開到神宮前。那裡應該有一條可以拐進精神病院的小巷。可是今天不知為何，我連那條小巷都找不到。我坐在車內沿著電車的軌道來來回回轉了好幾趟，最後終於放棄，決定先下車再說。

10 坦塔洛斯，宙斯的兒子，他因烹殺親生兒子珀羅普斯，被流放至冥界，不斷受到誘惑，卻永遠得不到滿足。

好不容易發現了那條小巷，我於是轉進路面泥濘不堪的巷子裡。結果我又搞錯了路，來到青山齋場的前面。印象中好像十年前曾經在此參加過夏目漱石先生的告別式[11]，從那之後，就再也不曾從這棟建築前面經過了。十年前的我過得並不幸福，但至少生活上算是平和。我朝鋪著砂石的庭院內部張望，想起「漱石山房」的芭蕉[12]，不由得感到我的一生也將要告一段落。也終於明白到底是什麼讓我在十年後的今天又來到墓地前。

離開精神病院之後，我又坐上計程車，回到飯店。可是，一踏入飯店的玄關，便看到一名穿著雨衣的男子好像跟服務生在吵架。跟服務生？——不，那不是服務生，而是穿著綠色衣服的計程車司機。這讓我感到踏進飯店似乎不大妙，於是我又轉身循著原路折返回去。

當我走到銀座通的時候已近日暮時分。我看著路旁兩側林立的店家和川流不息的人潮，更加感到無比憂鬱。尤其路上的人們渾然不知罪惡是何物，邁著輕快的步伐，特別令我不悅。我在混雜著昏暗的天色與電燈的光線中一直往北走。走著走著一家堆滿雜誌的書店吸引了我的目光。我走進這家書店，漫無目的地抬頭看著不知有幾層的書架。然後找到一本《希臘神話》翻看著。黃色封面的《希臘神話》看起來似乎是寫給孩子們看的書。恰巧讀到其中一行，突然像天打雷劈一樣擊中了我。

「即使最偉大的天神宙斯也敵不過復仇之神……」

我離開這家書店，步行混入人群之中。不知何時總覺得復仇之神正不斷地盯著我微駝的背……

三、夜

我在丸善書店二樓的書架上找到史特林堡的《傳說》，隨意翻看了二、三頁。書中所寫的內容大致上與我的經驗相去不遠。而且又是黃色的封面。我將《傳說》放回書架上，這次幾乎是隨手取下一冊厚重的書。不過這書也有一幅插畫，當中畫滿了與我們人類無異，有眼睛嘴巴的齒輪並列在一起。（這是德國人彙集的精神病患畫冊）我不自覺地在憂鬱中挑起一種反抗心理，像是殺紅眼的賭徒陷入狂熱般翻

11 夏目漱石於大正五年十二月十二日舉辦告別式。

12 夏目漱石的居所，以庭院中的芭蕉樹為其象徵。

開各式各樣的書冊。但不知為何這些書不管是文章也好插畫也好，裡頭多多少少都會隱藏一些針。任何一本書？——就連不知重讀了多少遍的《包法利夫人》拿在手裡時，也感到自己畢竟只是個中產階級的包法利罷了……

接近傍晚，丸善書店二樓除了我以外沒什麼客人。我在日光燈下漫遊在書架與書架之間。最後在掛著「宗教」分類專區的書架前佇足，翻看一本綠色封面的書，這本書的目錄頁有一章的標題寫著「可怕的四個敵人——疑惑、恐怖、傲慢、官能的欲望」，當這些字眼映入眼簾時，不由得更加挑起我內心的反抗情緒。那些被看作是敵人的東西，至少對我而言不過是感受性和理智的代稱罷了。然而傳統精神依然像近代精神一樣讓我不幸，毋寧使我更加難以忍受。我將這本書拿在手裡，忽而憶起曾經用過「壽陵餘子」這個筆名。典故出自《韓非子》[13]，描述一位壽陵的年輕人想學邯鄲人走路不成，反倒把原來的步伐也給忘了，最後只好匍匐返回故鄉。今日的我在任何人看來肯定都像是「壽陵餘子」。可是還未墮入地獄的我卻將此作為筆名。——我離開巨大的書架，竭盡所能地排除妄想，剛好走到對面一間海報展覽室，那裡有一幅海報畫的好像是聖喬治騎士正在刺殺一隻展翼的惡龍。而且那騎士的頭盔下方露出半邊近似我敵人的臉。又讓我想起《韓非子》曾提及屠龍之技[14]的故事，於是我還沒看完展覽，便轉身走下寬闊的樓梯。

走在入夜的日本橋通，我一直想著屠龍這個詞。那確實是我擁有的硯台上的銘言，送我這塊硯台的是一位年輕的企業家。他嘗試過各種事業，最後都以失敗收場，終於在去年底宣告破產。我仰望高空，想想無數的星光中，地球顯得多麼地渺小——再想想自身的存在又是多麼的微不足道。白天的晴空不知不覺間已完全陰暗下來。我突然感到有什麼東西對我抱持敵意，於是走到電車軌道對面的一家咖啡館避難。

如同字面上的意思，我確實是在「避難」沒錯。不知為何我對於咖啡館的薔薇色牆壁產生某種近似和平的感覺。終於舒舒服服地在最裡面的桌子坐了下來。很幸運地除了我以外只有兩三位客人。我啜飲著熱可可，如往常一般抽著菸草。淡青色的煙霧在薔薇色牆壁徐徐升起，柔和的色調令我愉快。但是過了一會兒，當我看見左邊牆上掛的拿破崙肖像畫，又開始感到惶惑不安。拿破崙還是學生的時候，在

13 此應出自《莊子・秋水篇》。
14 此應出自《莊子・雜篇・列禦寇》，比喻學習需專注，不可取巧，否則一事無成。

地理筆記的最後一頁寫著「聖赫勒拿島」[15]，或許如同我們所說的只是純屬巧合也說不定。但這件事甚至連拿破崙自己也感到恐懼，卻是千真萬確的事……

我凝視著拿破崙，想起我自己的作品。首先於記憶浮現的是〈侏儒的語言〉[16]當中的格言（特別是「人生比地獄還要地獄」這一句）。接著是〈地獄變〉的主人公——畫師良秀的命運。然後……我吐著煙，為了甩脫這些記憶，我開始環視咖啡館的四周。我到這裡避難不過是五分鐘前的事。但這間咖啡館在短時間內完全變了樣。最令我感到不快的是仿桃花心木的桌椅，和薔薇色的牆壁一點都不搭。我唯恐再次深陷旁人看不見的痛苦中，於是丟下一枚銀幣[17]，巴不得馬上離開這間咖啡館。

「喂，喂，要二十錢……」

原來我方才丟下的是銅板。

我感到屈辱，獨自走在大街上，不禁想起遠在松林的老家。那不是在郊外養父母的家，而是以我為中心的家庭，租來的家。我在這個家生活也有十年了。我為了某件事輕率地跟父母住在一起。同時變成了奴隸、暴君，無能為力的利己主義者……

將近晚間十點回到飯店。走了很長一段路的我，已失去回到房間的力氣，於是就坐在燃燒著粗柴火爐前的椅子上。想起我醞釀已久的長篇小說[18]。那是從推古天皇到明治天皇各時代的人民為主角，大致三十多篇的短篇小說，依時代順序連綴而成的長篇。我望著飄舞的火花，忽然想起皇居前的一尊銅像，那銅像穿著甲冑，像是忠義耿耿地，高高跨坐在馬上，但他的敵人是——

「謊言！」

我又從遙遠的過去滑落到眼前的現代。這時幸虧相識的前輩雕刻家[19]走來。他仍舊穿著天鵝絨的衣服，留著短短的山羊鬍。我從椅子上起身和他握手。（這不是我的習慣，而是順應他在巴黎和柏林過了半輩子的習慣。）他的手不可思議地像爬蟲類的皮膚一般濕潤。

「你住在這裡嗎？」

---

15 一八一五年拿破崙被流放到聖赫勒拿島，一八二一年死於島上，彷彿早已預示命運最終的歸宿。

16 芥川龍之介晚年創作之格言體思想隨筆。

17 當時流通的硬幣分為銀幣及銅板二種。

18 原訂標題為《民》，但尚未完成即過世。

19 新海竹太郎，曾旅居巴黎及德國，與當時日本文壇關係密切。

「是的……」

「在這裡工作？」

「是的，也是為了工作。」

他直勾勾地看著我的臉，我覺得他的眼神好像偵探一樣。

「到我的房間聊聊如何？」

我挑戰似地主動向他提出邀請。（明明缺乏這種勇氣卻又突然採取挑戰的態度是我的壞毛病之一。）於是他微笑著反問我，「你的房間在哪兒？」

我們宛如好友並肩而行，經過安靜交談的外國人，回到我住的房間。他一走進我的房間，就在背對著鏡子的地方坐了下來。然後告訴我許多事情。都說了些什麼？——大抵是關於女人的事，我一定是犯了罪而墮入地獄的人——若只是這些悖德的故事更加使我憂鬱。我突然變成清教徒，嘲笑起那些女人來。

「你瞧S小姐的嘴唇。那是為了跟好幾個男人接吻……」

我突然住嘴，凝視他鏡中的背影，他的耳朵下方貼著黃色膏藥。

「為了跟好幾個男人接吻？」

「我就覺得她是那種人啊。」

他微笑地點了頭。我感覺到他是為了知道我的祕密而不斷注意我。可是我們的話題還是圍繞著女人。與其說我厭惡對方，不如說是我因為自己的懦弱感到羞恥而愈加憂鬱了。

好不容易等到他離開後，我躺在床上開始讀《暗夜行路》[20]。對於主人公在精神上的鬥爭，在在讓我有痛切的體會。與這位主人公相比，我感到自己是多麼地愚蠢，竟不自覺流下眼淚。淚水同時帶給我心情上的平和感。但沒多久，我的右眼又再度出現半透明的齒輪。齒輪仍舊不停地轉動，而且數量也逐漸增加。我唯恐頭痛即將來襲，於是把書置於枕邊，吞下〇・八克的威洛納，無論如何先好好睡個覺再說。

然而在睡夢之中我看見一座游泳池。那裡有許多男孩女孩們在游泳、潛水。我離開游泳池走向對面的松樹林。這時突然有誰從背後對我叫了一聲「孩子的爹」。我轉身一看，發現站在游泳池前方的妻子，並同時感到強烈的後悔。

「孩子的爹，毛巾呢？」

20 日本作家志賀直哉之長篇小說，共分四部。

「不用毛巾，要好好看著孩子們。」

於是我又繼續往前走。但走著走著，景象不知不覺變成了月台。看起來是鄉下的火車站，月台旁有一排長長的灌木籬笆。那裡佇立著一位名叫H的大學生和一位年長的女性。他們一看見我，就走近我的面前，搶著要跟我說話。

「聽說發生了大火呢。」

「我也是好不容易才逃出來的。」

我覺得好像曾經在哪裡見過那個女人。而且跟她說話時會有種興奮感。此時火車冒著煙，安靜地停靠在月台邊。我一個人上了車，在兩側垂著白布的臥舖車廂內走著。結果有一個近似木乃伊的女人朝向這邊躺著。這肯定又是我的復仇之神——某個狂人的女兒……

我一醒過來，就立刻跳下床。房間電燈依然亮著。可是不曉得哪裡傳來振翅聲以及窸窸窣窣的老鼠聲響。我打開房門沿著長廊急忙走到火爐前。然後坐在椅子上注視著搖曳不定的火焰。有個穿著白衣的服務生走過來添柴火。

「現在幾點？」

「大約三點半吧。」對面大廳的角落看似美國人的女子正在看一本書。從遠處看她身上穿的應該是一件綠色洋裝沒錯。我不知為何有種得救了的感覺，決定在此等待黎明的到來。就像是長年經歷病痛的折磨，安靜地等待死亡的老人一樣……

昭和二年三月二十八日

四、未完

我終於在這間飯店的房間裡寫完之前的短篇小說，打算寄給雜誌社。當然我的稿費還不足以支付一星期的房錢。不過，能夠完成這份工作令我相當滿足，為了找點精神上的補給品，我決定走一趟銀座的書店。

在冬陽的照耀下，因為光線不同，柏油路面上的幾張紙屑看上去就像是一朵朵薔薇花。不知怎地我心裡感到一絲安慰，於是走進一家書店。書店也比平日乾淨多了。一位戴眼鏡的女孩不知和店員說些什麼，這使我不由得在意了起來。我想起路上見到的紙屑薔薇花，決定買下《阿納托爾・法郎士[21]對話集》和《梅里美書信

21 阿納托爾・法郎士（Anatole France），為雅克・阿納托爾・弗朗索瓦・蒂博（Jacques Anatole François Thibault）的筆名。曾獲得諾貝爾文學獎，是芥川龍之介相當崇拜的法國作家。

集》。

我抱著兩本書，進了一家咖啡館。然後坐在最裡面的桌前，等待服務生端來咖啡。在我的對面坐著一男一女，感覺像是一對母子。兒子比我還年輕，但看起來跟我幾乎差不多年紀。而且他們說話的時候，就像戀人一樣臉貼著臉。我看著他們，覺得那個兒子至少意識到在性的方面給了母親安慰。那確實是我體會過的一種親和力的例證，肯定也是將現世化作地獄的某種意志力表徵。但是——我唯恐又陷入痛苦，幸好這時候咖啡端來了，我開始讀起《梅里美書信集》。梅里美的書信集也和他的小說一樣，充滿犀利的格言。那些格言使我的心情不知不覺變得有如鋼鐵般堅強。（容易受影響也是我的弱點之一）我喝完了這杯咖啡之後，抱著「豁出去」的心情，迅速地離開咖啡館。

我走在大街上，望著形形色色的櫥窗。在賣畫框的櫥窗看見掛著一幅貝多芬的肖像畫。那是怒髮衝冠像個天才似的肖像畫，但我不由得對於這張畫作感到滑稽可笑……

就在那時，突然遇到高中時期的老友。這位在大學教應用化學的教授抱著一只折疊式的手提包，一隻眼睛布滿紅紅的血絲。

「你的眼睛，怎麼了？」

「這個嗎？只是結膜炎而已。」

我突然想起這十四、五年來，每當我感到親和力時，我的眼睛也會像他一樣得了結膜炎。不過我什麼也沒說。他拍拍我的肩膀，聊起一些我們之間友人的事情。說著說著帶我走進了一家咖啡館。

「好久不見啊，自從朱舜水[22]的建碑儀式以來。」

他點起菸草，隔著大理石桌這麼對我說。

「是的，那個朱舜……」

不知為何，我竟然無法正確發出朱舜水的音來。正因為是日語讓我感到有些不安。他卻毫不在乎的天南地北聊著。像是一個叫做K的小說家啦、他買了一條鬥牛犬的事啦、某地發生「路易氏劑」[23]的毒劑事件等等……

「你好像沒寫些什麼東西嘛。那個〈點鬼簿〉我讀過……那是你的自傳嗎？」

22 朱之瑜，中國明代的儒士，反清復明失敗後前往日本，舜水為旅居日本時取的號。

23 路易氏劑（Lewisite），具有強烈皮膚糜爛毒性，於一九一八年由美國化學家W.L.Lewis發明。

「嗯，是我的自傳。」

「那篇有些病態。最近身體還好嗎？」

「老樣子，一天到晚吃藥。」

「最近我也患了失眠症。」

「我也？——為什麼你說『我也』？」

「因為你不是說你也患失眠症嗎？失眠很危險的……」

他左邊充血的眼睛裡浮出近似微笑的眼神。我在回答之前，發現自己無法正確發出「失眠症」的症這個字的發音。

「對於瘋子的兒子來說是理所當然的。」

不到十分鐘，我又獨自走在大街上。掉落在柏油路面的紙屑，有時也會不自覺地看成是我們人類的臉。這時，對面走過來一個短髮的女人，遠看很漂亮，但走近一看，臉上除了皺紋之外，長得一點也不美，而且好像懷有身孕。我不禁別過臉，彎進寬廣的巷弄裡去。但是才走了一會兒就感到痔瘡帶來的疼痛。那是我除了坐浴之外無法醫治的痛楚。

「坐浴——貝多芬也是採用坐浴的……」

坐浴所產生的硫磺味突然撲鼻而來。街上當然看不見硫磺。我又想起紙屑的薔薇花，努力忍痛往前走。

差不多過了一個鐘頭以後，我把自己關進飯店的房間，坐在窗前的桌邊，開始寫新的小說。此時筆竟然毫無滯礙地在稿紙上滑行，真不可思議。又過了兩三個鐘頭，我好像被一個看不見的東西按住似地停下筆。不得已只好離開桌前，在房間裡焦躁地來回踱步。我誇大的妄想在這時尤其明顯。在狂野的歡快之中，我既沒有父母也沒有妻子，唯有從我的筆尖源源不絕流出來的生命。

可是四、五分鐘後，我迫不得已接了一通電話。對著電話我應了好幾聲，話筒那邊卻一直傳來曖昧的話語。總之，聽起來像是摩爾，絕不會聽錯的。我最後掛下電話，再度在房裡來回踱步，莫名其妙地對於摩爾這字眼特別在意。

「摩爾——Mole……」

Mole是鼴鼠的英文。這個聯想令我不太愉快。兩三秒後，我將 Mole 重拼為 La Mort。「拉．摩爾」——在法語裡是「死神」，這突然令我不安。死神就像是逼迫姊夫一樣逼迫著我。在這種不安之中我卻感到可笑。而且不自覺微笑起來。這可笑之處究竟因何而起？就連我自己也不得而知。我站在久未照過的鏡子前面，與鏡中的我對望。鏡中的我也是微笑著。當我凝視鏡中的我，想起了第二個我。第二個我——德國人所謂的Doppelgänger[24]幸好沒有讓我親眼看見。可是已經變成美國電影明星的K君[25]，他的夫人曾在帝國劇場的走廊上看見第二個我。（因為K君夫人有次突然對我說，你這個前輩也不和我們打個招呼，當時我感到很納悶。）後來另一個已故的獨腳翻譯家也說在銀座的某看菸店看見第二個我。或許死神是衝著第二個我來也說不定，如果衝著我來的話——我轉身背對鏡子，回到窗前的桌子。

嵌著凝灰岩的四角窗可以看見枯草和水池。我望著庭院，想起在遙遠的松林中燒掉好幾冊筆記本以及未完成的戲曲。然後又提起筆，開始著手寫新的小說。

昭和二年，三月二十九日

五、赤光

陽光開始折磨我了。我像鼴鼠般把窗簾放下來，在白天也開著電燈拼命趕稿，打算將之前的小說寫完。小說寫累了，我就翻開泰納[26]的《英國文學史》翻看詩人們的生平。他們都命運乖舛。連伊莉莎白時代的巨人們——一代學者班・強生也陷入神經疲勞，他甚至在自己腳拇趾上，觀看羅馬和迦太基開戰。我對於發生在他們身上的不幸，竟不由得感到內心充滿殘酷惡意的歡喜。

一個東風強勁的夜裡（這對我來說是好兆頭），我穿過地下室走到大街上，決意去拜訪一位老人。他在一家聖經出版公司的閣樓裡做些打雜的工作，一面專心祈禱研讀聖經。我們伸手就著火缽取暖，在牆壁掛著十字架的下方聊了許多事。例如為何我的母親會發狂？為何我的父親事業會失敗？又為何我遭受懲罰？——知道這些祕密的他微妙地浮現出嚴肅的微笑，耐心地傾聽我的抱怨，並且不時插入簡短的話語，描繪出人生的諷刺畫。我發自內心尊敬這位閣樓裡的隱者，但與他談話的過程中，我發現他也被親和力左右。

「那個花店主人的女兒姿色不錯，個性善良，對我也很溫柔。」

24 本意是指活著的人同時出現在兩個地方，由第三者目睹另一個自己的現象。

25 上山草人，日本演員，大正八年前往好萊塢發展。

26 泰納（HippolyteAdolphe Taine），法國史學家，著有《拉封丹及其寓言》、《英國文學史》等文學評論書籍。

「她幾歲了？」

「今年十八。」

或許從他身上找到了一種近似父愛的情感。但我從他的眼神之中不由得感到一股熱情。而且他請我吃的蘋果，在不知何時變黃的皮上出現了獨角獸的形狀。（我在樹紋或是咖啡杯的裂痕中也時常發現神話中的動物）獨角獸一定就是麒麟。我想起有個對我有敵意的評論家給我冠上「新時代的麒麟兒」的稱號。我突然感覺這掛著十字架的閣樓也不是安全地帶。

「近來如何？」

「精神上依然覺得焦躁不安。」

「這種病吃藥也不管用，不考慮信教嗎？」

「我若是也能當信徒的話……」

「這並不難。只要相信上帝，相信上帝之子耶穌基督，相信基督所行的奇蹟就沒問題……」

「我只能相信惡魔……」

「為什麼不相信上帝？如果你相信影子的話，也應該要相信光明不是嗎？」

「但是也有無光的黑暗吧。」

「無光的黑暗？」

除了沉默之外我別無他法。他也像我一樣行走在黑暗中。然而，他相信既然有黑暗也會有光明。我們理論的相異之處，就只有這一點。至少對我而言，那是無法逾越的鴻溝……

「不過光肯定是有的。奇蹟就是證據……奇蹟這東西至今還是經常會發生哦。」

「那是惡魔所行的奇蹟……」

「怎麼又扯到惡魔去？」

我感到一種誘惑，好想把自己這一兩年的體驗說給他聽。但是又害怕他會把這些事告訴妻子，我不得不擔心自己會像母親一樣被送進精神病院。

「那是什麼？」

這位精神矍鑠的老人轉身去看舊書架，露出一臉牧羊神般的表情。

「那是杜斯妥也夫斯基全集。你讀過《罪與罰》嗎？」

我十年前就讀過四、五冊杜斯妥也夫斯基的著作。卻出於巧合（？）對於上頭寫的《罪與罰》這句話而感動，於是向他借了這本書，並且回到旅館。熙來攘往的大街閃爍著燈光，依然使我感到不快。尤其是遇見熟人更是讓我難以忍受。我盡可能挑燈光昏暗的街道，像小偷鬼鬼祟祟地行走其間。

可是過了一會兒之後，我又開始感到胃痛。要止痛唯有飲一杯威士忌。我發現一間酒吧，想推門進去。但是煙霧瀰漫中，狹窄的空間中有一群像是藝術家的年輕人聚在一起喝酒。而且他們之中還有一個頂著耳隱髮型[27]的女人，獨自陶醉地彈著曼陀林。我突然感到不知所措，還沒進門便又折了回去。這時候我發現自己的影子左右搖晃。而且映照著我的是一道可怕的赤光。我在大街上佇足，但影子仍像方才那樣不停地左右搖晃。我畏怯地轉過身去，終於發現吊在酒吧屋簷下的彩色玻璃煤油吊燈，可能是因為強風的緣故，徐徐地在空中晃動著……

後來，我走進一間位於地下室的餐廳。坐在吧台前，點了一杯威士忌。

「威士忌？只有 Black and White[28]而已。」

我在蘇打水裡倒入威士忌，默默地一口接一口喝了起來。在我鄰座有兩個像是新聞記者，約莫三十歲左右的男子，小聲地交談著。而且他們說的是法語。我背對著他們，卻全身都能感覺到他們的視線，猶如電波般傳達到我的體內。他們的確知道我的名字，並且正在談論關於我的傳言。

「Bien……trés mauvais……pourquoi ?……」（好的……太可惡了……為什麼？）

「Pourquoi ?……le diableest mort! ……」（為什麼？那惡魔已經死了。）

「Oui, oui……d'enfer……」（是的，是的，太棒了。）

我丟出一枚銀幣（那是我僅剩的最後一枚銀幣），決定逃離這個地下室。夜風呼嘯的大街，使我胃痛的狀況稍稍好轉，也讓我的精神為之一振。我憶起拉斯柯尼可夫[29]想懺悔一切的衝動。然而除了我本身以外——不，除了我家人以外，必然會發生悲劇。而且這股衝動是否為真也相當可疑。假如我的神經與普通人一般強健的話——不過為此我一定非得去別的地方不可。馬德里、里約熱內盧、撒馬爾罕……

不久，吊在一家店簷前的白色小型看板突然使我不安。看板上的商標是有翅膀的汽車。令我聯想到那個憑藉人造翅膀的古代希臘人[30]他飛上空中之際，翅膀被太陽光燒毀，最終溺死在大海中。到馬德里、到里約熱內盧、到撒馬爾罕……我不得

27 大正時代流行的女性髮型。
28 一種調和蘇格蘭威士忌。
29 罪與罰的主人公。
30 希臘神話人物伊卡魯斯。

不嘲笑自己痴人說夢，同時又不由得想起被復仇之神追趕的俄瑞斯特斯[31]。

我沿著運河邊走在黑暗的街道上。走著走著想起位於郊外的養父母家。當然養父母一定每天等著我回家，恐怕我的孩子們也一樣——但我一旦回到那裡，又會害怕束縛我的某種力量，將令我難以脫困。波動的運河水面上停靠著一艘達摩船[32]，船底洩出微弱的光。一定有幾個男女組成的家庭在船上生活著。依舊為了相愛而彼此憎恨著。我再度喚起戰鬥精神，沉浸在威士忌的醉意，回到先前的飯店。

我又來到桌前，繼續讀《梅里美書信集》。不知不覺間它又賦予我活力。但當我知道晚年的梅里美成了新教徒，頓時腦海中浮現出他戴著假面的模樣。他也如同我們一樣，是在黑暗中行走的人。走在黑暗中？——志賀直哉的《暗夜行路》於我而言也開始變成一本可怕的書。我為了忘卻憂鬱，讀起《阿納托爾．法郎士對話集》，然而這位近代的牧羊神也背負著沉重的十字架……

大約過了一個鐘頭，服務生遞給我一疊信件。其中一封是寄自東德萊比錫市的一家書店，希望我寫一篇關於「近代日本女性」的小論文。為何特別要我寫這種小論文？而且這封英文信上還附註手寫的一段話「只要像是日本畫一樣，除了黑與白之外沒有其他色彩的女性肖像畫，我們就心滿意足了。」這段話令我想起起Black and White威士忌的名稱，於是憤而將這封信撕碎。然後隨手拆開另一封寫在黃色書箇裡的信箋，對方是我不認識的一位青年。可是讀不到兩三行，便看到「你的〈地獄變〉……」，這句話不由得令我坐立不安。第三封信，是外甥寫來的，我總算鬆了口氣，讀著有關家務事的問題，但讀到最末一段，有句話突然打擊到我。

「寄上詩歌集《赤光》的再版……」

赤光！我感覺到某種東西的冷笑，決定離開房間到外面避難。走廊上連一個人影也沒有。我一手扶著牆壁，好不容易來到大廳。然後坐在椅子上，決定先點根菸再說。赫然發現竟是飛船牌[33]的（我自從住進這家飯店，一直抽的是星牌的菸），人造的翅膀再度浮現在我眼前。我喚了那邊的服務生，請他幫我買兩包星牌的菸。但如果信任服務生的話，表示星牌剛好不湊巧缺貨了。

「如果是飛船牌，我們有……」

31　希臘神話中的人物，阿伽門農次女。

32　大型木造和船。

33　當時最高級的國產香菸。

我搖了搖頭，環視著寬敞的大廳。我的對面有四、五位外國人圍著桌子彼此交談著。而且他們其中一人——穿著紅色連身裙的女人，好像邊小聲與其他人交談，邊不時偷瞄著我。

「Mrs. Townshead……」

有什麼我眼睛看不見的東西小聲地這樣對我說。湯雪德夫人這名字我當然不認識，即使對面女人的名字我也不認識——我又從椅子上站起來，害怕自己要發瘋了，決定先回房間去。

一回到房間，我立刻想打電話到精神病院。一旦進入那個空間，對我而言無異是宣告死亡。思索再三，為了消除這種恐怖感，我開始讀起《罪與罰》，但隨意翻開其中一頁，居然是《卡拉馬助夫兄弟》的一節。我以為是拿錯了書，翻開封面一看，上頭印著《罪與罰》——這本書是《罪與罰》沒錯，我想一定是裝訂的時候弄錯了——又在翻開裝訂錯誤頁面這件事上，感覺到命運之手正在撥弄，不得不從那裡看下去。可是連一頁都讀不完就感到全身震顫。這節描寫的是苦於被惡魔糾纏的伊凡。被惡魔糾纏的是伊凡，是史特林堡，是莫泊桑，也是待在這個房間裡的我……

唯一能拯救我的只有睡眠。但是安眠藥不知何時連一包也不剩了。我忍受不了難以成眠的痛苦。於是鼓起絕望中的勇氣，請服務生端來咖啡，決心拼死瘋狂地動筆寫作。兩張、五張、七張、十張——眼看著稿紙逐漸堆高起來。我在這篇小說的世界中，填滿了超自然的動物[34]。而且在其中一隻動物身上描繪了我自己的肖像畫。可是疲勞卻開始慢慢地使我頭昏腦脹，我終於離開了桌子，仰躺在床上。然後好像睡了四、五十分鐘。又感覺到有人在我耳邊竊竊私語，我突然醒過來，然後下了床。

「Le diable est mort」（惡魔已經死了）

凝灰岩的窗外不知不覺已接近寒冷的黎明。我佇立在門前，環顧空無一人的房間。這時候窗玻璃蒙上一層斑駁的霧氣，並且出現一幅小小的風景。那確實是一片在黃色松樹林外的海上風景沒錯。我怯生生地湊近窗前仔細一瞧，才發現形成這種風景的其實是庭院的枯草和水池。但錯覺卻在不知不覺之間喚起了我對家的鄉愁。

等到早上九點的時候，我打電話給雜誌社，總之拿到了錢，於是決意回家，同

34 在此指的是河童，可參照芥川龍之介另一篇小說〈河童〉。

時把書和稿件收進擱在桌上的手提包裡。

昭和二年，三月三十日

六、飛機

我在東海道線的一處車站，搭車前往遠處的避暑地。司機不知為何在這寒冷的天氣裡披著一件老舊的雨衣。這個暗示令我害怕，便盡可能不看著他，並將視線投向窗外。此時我瞥見在長著低矮松樹的對面——或許是老街上，一列送葬隊伍正好經過。隊伍裡好像有人提著糊著白紙的燈籠，或許也加入了佛前供奉的龍燈吧。而用金銀紙摺成的蓮花則是靜靜地在轎子前後伴隨著行進的速度搖搖晃晃……

好不容易回到了家，靠著妻子和安眠藥的力量，我過了兩三天相當安穩的日子。從我家二樓可以隱約看見松林外的海，我只有上午坐在二樓的桌前一邊聽鴿子的叫聲一邊工作。除了鴿子和烏鴉之外，麻雀也會飛進戶外的走廊來。這也令我感到愉快。我拿著筆，每次總會想起「喜鵲入堂」這句成語。

在一個溫暖的陰天午後，我去某雜貨店買墨水。而店裡陳列的全都是暗茶色的墨水。這顏色的墨水最令我討厭。我不得已走出了雜貨店，在行人稀少的街道上踽踽獨行。此時前面好像有個年約四十左右且近視眼的外國人聳著肩從對面走來。是住在附近，患有被害妄想症的瑞典人。他的名字是史特林堡。我和他擦肩而過時，身上好像感應到什麼。

這條街道只有二、三百公尺長。但是當我走在這二、三百公尺時，卻有一條只有半身黑色的狗四度從我身邊經過。我轉進巷子裡，又想起 Black and White 的威士忌。而且也想起史特林堡的領帶也是黑白相間。對我而言，無論如何也無法不將它視為巧合。倘若不是巧合——我覺得好像只有腦袋在走路似的，於是在街上佇足片刻。路旁的鐵柵欄中，有一只略帶著彩虹色的玻璃缽被丟棄在那裡。這缽又讓我感覺它的底部浮現類似翅膀的花紋。這時從松樹梢飛下來好幾隻麻雀，一飛到這缽的附近，所有麻雀不約而同地再度飛向空中……

我到妻子的娘家，坐在庭院前的籐椅上。庭院角落的鐵絲籠裡，有好幾隻白色的來亨雞在那裡安靜踱步。還有一隻黑狗躺在我的腳邊。我心裡頭急著想解開誰也不知道的疑問，卻裝作冷靜地與岳母和內弟閒話家常。「來到這裡，好安靜啊。」

「比起東京的話那當然嘍。」

「這裡也有煩心的事嗎？」

「當然，因為這裡是人間啊。」

岳母這樣說著自個兒笑了。事實上這個避暑地確實也是「人間」沒錯。僅在一年之間我非常清楚這裡發生多少罪惡及悲劇。打算慢慢毒殺患者的醫生、縱火把養子夫婦家燒掉的老太婆、奪去妹妹家產的律師——看看那些人的房子，我總覺得人生在世和活在地獄之中毫無差別。

「這條街有一個瘋子哩。」

「你是說H君嗎？他不是瘋子，而是變傻了呀！」

「那叫做早發性失智症。每回我看見他就怕得不得了。最近那傢伙也不知道在想什麼，在馬頭觀音[35]前叩頭。」

「有什麼好怕的？……你應該更堅強一些才行。」

「姊夫比我堅強多了，只不過……」

長著滿臉鬍髭的內弟也從床上起身，如往常一般，很客氣地加入我們的對話。

「因為堅強之中也有脆弱的地方……」

「哎呀，那就傷腦筋了。」

我看著岳母如此說著，不由得苦笑。此時內弟也微笑著，並眺望遠方籬笆外的松樹林，看得出神地繼續說著（這病後年輕的內弟在我看來時常像是精神脫離了肉體似的）。

「真奇怪，有時會覺得離開人群了，但人性的欲望依然很強烈嘛……」

「以為是好人，有時卻是壞人。」

「不，與其說善惡什麼的，不如說是更相對的東西……」

「那麼就是大人的內在也有小孩對吧。」

「也不是這麼說。我雖然不能清楚地說明……大概類似電的兩極吧，同時具有兩個極端相對的東西。」

那時令我們吃驚的是飛機傳來的轟然巨響。我不禁抬頭往天上看，發現一架低空掠過松樹林上方的飛機。那是一架罕見的單螺旋槳飛機，機翼被塗成黃色。聽到巨大的聲響，來亨雞和黑狗都被驚嚇到，紛紛四處逃竄。尤其是黑狗，邊叫著還邊捲起尾巴躲到屋簷下。

35 觀音菩薩的化身，在日本民間信仰裡是守護交通安全之神。

「那架飛機不會掉下來嗎？」

「放心好了。……姊夫有聽過飛機病嗎？」

我點著菸草，搖了搖頭來代替回答「沒有」。

「聽說乘坐那種飛機的人因為只呼吸高空的空氣，漸漸地無法適應地面上的空氣……類似這種症狀。」

離開岳母家之後，我走在樹枝紋風不動的松林裡，陷入深沉的憂鬱中。為什麼那架飛機不飛別的地方偏要飛在我的頭上？又為什麼那家飯店偏偏只賣飛機牌的香菸？我百思不得其解，為此苦惱不已，於是選擇一條無人之徑信步而行。

海在低矮砂丘對面一大片灰濛濛地陰鬱著。且砂丘上有一處沒有踏板的鞦韆。望著這個鞦韆，我忽然想起了斷頭台。實際上在鞦韆上停著兩三隻烏鴉，牠們也都看著我，顯然沒有要飛走的意思。站在正中央的烏鴉還大大地張著嘴巴朝向空中，確實地叫了四聲。

我沿著草已枯黃的土堤，拐進別墅很多的小路。這條小路的右邊，仍舊有一幢二層木造洋樓，刷白醒目地立於高聳的松樹之間（我的朋友把這棟房子稱之為春日屋）。但是當我經過那裡，混凝土的地基上只有一個浴盆留在原地。火災——我立刻想到，又繼續往前走，盡量不看那邊。這時，一名騎著自行車的男子，筆直地迎面而來。他戴著一頂焦茶色的鴨舌帽，目不斜視怪異地瞪著前方，並且把身體伏在手把上。他的臉感覺好像姊夫的臉，於是趁他還沒來到眼前，我很快地彎進一條岔路。但是這條小路上，有一隻腐爛的田鼠屍骸，腹部朝上躺在那裡。

不知道是什麼東西一直監視著我，使得每走一步都令我心神不寧。這時，半透明的齒輪也一個一個遮蔽我的視線。我恐懼著最終時刻的逼近，挺直著脖子往前行。隨著齒輪的數量增加，開始慢慢地急速轉動。同時又和右側的松樹枝靜靜地交纏在一起，視野彷彿透過精巧的鑲嵌玻璃似的，我感到心跳加速，數度想要在路邊停下來休息。然而就像是被人推著走似的，怎麼也停不下來……

過了半小時之後，我仰躺在家裡的二樓，緊閉著雙眼，忍受著劇烈的頭痛。這時在我的眼裡可以看見一雙銀色羽毛如魚鱗般交疊在一起形成的翅膀。它清楚地映在視網膜上，我睜開眼睛看著天花板，當然上頭並沒有那樣的東西，於是我再次閉上眼睛。但銀色的翅膀依然好端端地映照在黑暗中。我忽然想起最近坐的汽車引擎蓋上也有羽翼的事……

此時不知道是誰慌慌張張爬上樓梯，隨即又馬上叭嗒叭嗒地衝下樓。我覺得可能是誰的妻子，於是驚訝地起身，連忙走到樓梯前察看。只見幽暗的客廳裡，妻子整個人趴在那兒，像是憋住氣一樣，肩膀不停地顫抖著。

「怎麼回事？」

「沒、沒什麼……」

妻子終於抬起頭，勉強微笑地說著。

「沒別的事。只是莫名感覺好像你會死掉……」

那是我一生之中最可怕的經驗。——我已經沒有力氣再繼續寫下去。活在這種心情下是何等的痛苦。有沒有人願意趁我熟睡的時候偷偷地將我勒死呢？

昭和二年，四月七日遺稿

譯後記

君看雙眼色，不語似無愁

銀色快手

猶記千禧年的冬天，我在永漢書局找到《無氣力製造工廠》這本書，作者是出版《完全自殺手冊》轟動全亞洲的鶴見濟，內容主要剖析現代人為何會有沉重的無力感，從社會結構、心理層面、藥物濫用乃至文學藝術各個面向探討潛在的原因。其中聳動的標題「昭和的文豪是如何自殺的？從四位作家身上學習自殺的方法」立刻吸引了我，才知道原來近代日本文學的大作家多以自殺了結一生，包括芥川龍之介、太宰治、三島由紀夫、川端康成，而且彼此之間，都有互相影響的師承關係，這引發了我的好奇，隨後我將此系列譯成中文無償分享於網路上，沒想到文章被瘋傳並分享至各大網路論壇。

當時的我還不曾想像未來有一天會成為這些作家的譯者，卻有種強烈的直覺，我會從這些大作家身上學習到某種東西。比方說，寫作的技巧啦，人生的體悟啦，或是觀察入微的能力，如何感知時代的脈動等等。他們有著微妙的共通點，在於字裡行間有某種神祕感和說不出的魅力，這跟他們獨特的憂鬱氣質似乎有某些關連，是不是這種氣質導致他們會選擇以自殺方式走上絕路，至今仍然眾說紛紜，成為永遠也無法解開的謎團。其中尤以追求藝術至上主義的芥川龍之介，特別富於傳奇色彩。

芥川是大正時代的小說家，被譽為「鬼才」和「短篇小說之神」，在日本文學史上地位崇高，如今日本純文學獎項芥川賞，就是為了紀念他而設立的。他生於明治二十五年，正是維新之後，新舊思潮交替，時代劇烈變化的年代。芥川年少時因家學淵源、博覽群書，深受家中濃郁的古典文化藝術之薰陶，他甚至還會寫漢詩、四書五經也難不倒他，求學期間廣泛涉獵歐美文學，又深受世紀末文學的影響，致力鑽研短篇小說的寫作，留下為數可觀的作品，廣泛取材自東西方的古典、歷史與傳說，像是〈鼻子〉、〈芋粥〉皆取材自《今昔物語集》，而〈地獄變〉則是取材自《宇治拾遺集》和《古今著聞集》充分體現藝術至上主義的思想，而〈蜘蛛之絲〉取材自佛教故事，取材自中國的則有〈秋山圖〉、〈杜子春〉。

此外，內容豐富奇想多變又逸趣橫生，既有揭露社會的陰暗醜惡，批判資本主義的作品，也有抨擊利己主義，反應世態炎涼、人情冷暖的作品。芥川擅長描寫人物性格及其玄妙的心理轉折，對於故事氣氛的營造和掌握，隱然呈顯他內心對於死亡的迷戀和恐懼，我最喜歡〈地獄變〉和〈齒輪〉這兩篇，讀來森然駭怖令人毛骨悚然，但仔細重讀又覺得回味無窮，戲劇張力和懸疑性都很強。

他年紀輕輕就得到夏目漱石的賞識，學生時代就成為文壇新星，在許多同人文學刊物上嶄露頭角，而發表在《新小說》雜誌初試啼聲的作品〈芋粥〉，描寫的是一則關於食物的故事，原以為他是為了寫人性的欲望和滿足，仔細一讀才發現這根本是一篇充滿絕望的小說。芥川在遺書〈致舊友手記〉中曾經表明，他之所以自殺是因為「對於自己的未來有種模糊的不安」，這種心情其實早就出現在〈芋粥〉當中了。

故事的主人翁五位，在決定要吃芋粥吃到飽的那一刻，卻有著矛盾的心情，「我覺得吃芋粥這件事不能太早實現」、「這樣會讓人覺得辛苦地等待這麼多年好像白費了」。甚至還覺得，如果發生什麼意外沒吃到芋粥也好。即使如此，假好心的藤原利仁還是一邊邪惡地冷笑著，一邊說「不用客氣」地逼迫他吃。足見主人翁的內心深處對於吃飽這件事始終感到不安，中學時代就能有如此深刻的體會，實在不容易，而芥川本身對於飽食背後所指涉的享樂主義，其實是敬而遠之的。

芥川對於文字的經營有著近乎潔癖的完美要求，他認為作品本身應該像詩一樣單純美好，不容許摻入任何的雜質，也不容許有絲毫輕忽。他直白的文體很有力道，有時像是外科室的解剖刀冷冽而銳利，理性之中又隱含著細膩的情感，他敏感而脆弱的神經，最終還是走向自我毀滅一途。義大利導演費里尼曾說：「夢是唯一的現實。」然而對芥川而言，生活只不過是殉教於作品的結果，在他短暫的生涯所投注的一切，就是為了成就作品而存在，像劃過天際一閃而逝的燦爛花火。

他長年患有神經衰弱、胃消化機能退化、狹心症、胃酸過多、痔瘡、腹脹等，全身上下宛如疾病的巢穴，其中大多屬於神經性的毛病。有時還會心悸，更因為長期失眠，必須仰賴安眠藥和鎮定劑來獲得短暫的休息，他在自殺之前所寫的遺稿〈齒輪〉中出現的幻覺，是一種叫做「閃輝性暗點」的眼疾，根據眼科醫生的判斷，「這是眼科領域的疾病，與精神病毫無關係」。但芥川誤以為出現在他眼前的半透明齒輪，是精神病即將發作的徵兆，這和他出生以來就一直擔心自己會遺傳到母親的精神疾病不無關連，由於當時的人們認定精神疾患是一種遺傳病，所以這樣的不安對芥川造成極大的負擔，也帶來無形的壓力，導致他的胃也出了問題，芥川留存於世幾幀珍貴的黑白照片，那憂鬱清瞿的容貌，清澄睿智的眼眸，高額頭和亂髮，實在令人印象深刻，彷彿他不是活在人間，而是活在陰陽交界處，如同攀住枯枝的鴟鴞一般，冷眼旁觀世事的流動與變化，卻始終置身於黑暗幽谷，凝視著常人所不能見的人性深淵。

對於一個早逝的天才，我們只能從作品中去欣賞他、懷念他，從他手中交付的禮物，打開蘊藏著真情的潘朵拉之盒，既感到惋惜又懷抱著無比的敬意，而他一生最愛吟誦的詩句「君看雙眼色，不語似無愁」，似乎道盡了他多舛的命運和溫厚的憐憫，那些我們所不知道的故事，只有他願意耐著性子說給你聽。

地獄變

作　　者　芥川龍之介
譯　　者　銀色快手
主　　編　呂佳昀
　　　　　林玟萱（二版）

總 編 輯　李映慧
執 行 長　陳旭華（steve@bookrep.com.tw）

出　　版　大牌出版 / 遠足文化事業股份有限公司
發　　行　遠足文化事業股份有限公司（讀書共和國出版集團）
地　　址　23141 新北市新店區民權路 108-2 號 9 樓
電　　話　+886-2-2218-1417
郵撥帳號　19504465 遠足文化事業股份有限公司

封面設計　莊謹銘
排　　版　新鑫電腦排版工作室
印　　製　成陽印刷股份有限公司
法律顧問　華洋法律事務所　蘇文生律師

定　　價　420 元
初　　版　2015 年 2 月
三　　版　2024 年 11 月

電子書 E-ISBN
9786267600139（EPUB）
9786267600122（PDF）

國家圖書館出版品預行編目資料

地獄變 / 芥川龍之介 著 ; 銀色快手 譯 . -- 三版 . -- 新北市 : 大牌出版 ,
遠足文化發行 , 2024.11
360 面 ; 14.8×21 公分

ISBN 978-626-7600-15-3 (平裝)

861.478　　　　　　　　　　　　　　113015344